PERSÖNLICHE
Entscheidungen

—— THE *Personal* SERIES ——
K.C. WELLS

Der erste Band der "Personal" Reihe, vollständig neu
übersetzt von Feliz Faber (Erstübersetzung/ Deutsche
Erstveröffentlichung 2014-2019 unter dem Titel "Es wird
persönlich...")

Originaltitel: Making it Personal
Copyright © 2013 by K.C. Wells
Übersetzt von Feliz Faber
Umschlaggestaltung: Meredith Russell
ISBN: 978-1-915861-51-1

1

Blake Davis schloss die Glastür am Haupteingang von Trinity Publishing auf, die in den Empfangsbereich des Verlagshauses führte. Wie üblich war er als Erster da. Doch Ed Fellows würde auch nicht mehr lange auf sich warten lassen, wie er wusste: sein Stellvertreter brauchte morgens seinen obligatorischen Schuss Koffein, um in die Gänge zu kommen. Blake ging in die kleine, aber gut ausgestattete Küche auf seiner Büroetage und setzte mechanisch die zwei Kannen Kaffee auf, die für sein Personal erforderlich waren. Er musste grinsen. Wie viele CEOs machten *das* jeden Morgen?

Als die Maschinen blubberten und der wundervolle Duft sich in der Küche zu verbreiten begann, ging Blake in sein Büro. Der leere Büroraum nebenan erinnerte ihn daran, dass er momentan keinen persönlichen Assistenten hatte – ein Manko, das hoffentlich bis morgen behoben sein würde. Er betrat den privaten Waschraum seines Büros, hängte seinen Mantel auf einen Kleiderbügel und blieb dann vor dem Spiegel stehen.

Wird es heute passieren?

Kaum war Blake dieser Gedanke durch den Kopf gegangen, folgte gleich der nächste.

Gib's einfach auf, um Himmels willen. Du weißt, dass er es nie tun wird. Da müsste er schon an der Schwelle des Todes stehen.

Blake Davis starrte resigniert in den

bodenlangen Spiegel. Seine Finger nestelten automatisch an der dunkelblauen Seidenkrawatte, bis sie perfekt saß. Er trat zurück, um den Gesamteindruck kritisch zu begutachten, und versuchte, den Gedanken zu ignorieren, der ihm seit zwei Jahren mit ärgerlicher Regelmäßigkeit im Kopf herumspukte.

Sein marineblauer Nadelstreifenanzug saß perfekt, und das Hellblau seines Hemds passte gut zu seiner hellen Haut. Die Figur im Spiegel war schlank und wohlproportioniert, mit schmalen Hüften und breiter Brust. Kurzes, schwarzes Haar umrahmte einen frischen, reinen Teint und betont das Mittelmeerblau von Blakes Augen – ein so erstaunliches Blau, dass andere Leute oft irrtümlich glaubten, er trüge Kontaktlinsen.

Ein letzter Blick in den Spiegel. Komisch, er fühlte sich gar nicht älter. Diese azurblauen Augen starrten ihn aus dem Spiegel heraus an, und Blake lächelte müde.

„Alles Gute zum dreißigsten Geburtstag", flüsterte er seinem Spiegelbild zu. Sein ritueller Gedanke plagte ihn ein weiteres Mal und weckte ein kurzes Aufwallen von Hoffnung in ihm, aber der Zynismus siegte.

Keine verdammte Chance.

Er machte seiner Verbitterung mit einem tiefen Seufzer Luft und verließ das Badezimmer. Draußen warf er seine Morgenzeitung auf das Sofa neben dem Fenster und starrte auf London hinab. Es war erst halb acht, aber die Straßen füllten sich bereits stetig mit Menschen, die an diesem kalten, stillen Oktobermorgen auf dem Weg zur Arbeit waren. Er lehnte sich für einen Moment an die

Scheibe, mit leerem Blick, in Gedanken mit seiner eigenen Situation beschäftigt.

„Herrgott nochmal, Boss, dreißig sein ist doch nicht *so* schlimm, oder? Denkst du etwa schon ans Runterspringen?"

Blake zuckte leicht zusammen, als Eds Stimme ihn aus seinen verschlungenen Gedankengängen riss. Er lächelte seinen Büroleiter an, der mit seiner ledernen Motorradjacke über der Schulter im Türrahmen stand.

„Du freche Socke." Er machte eine Kopfbewegung in Richtung Küche. „Kaffee ist fertig."

Ed stöhnte auf. „Hab' ich dir letztens mal gesagt, dass ich dich liebe, Boss?"

Blake lachte. „Geh einfach in die Küche und schenk uns beiden eine Tasse ein, dann schieb deinen Arsch wieder hier rüber. Ich will die Planung für heute durchgehen."

Ed nickte knapp und zog von dannen, um seine Koffeinsucht zu befriedigen. Blake schüttelte lächelnd den Kopf. Er liebte das ungezwungene Geplänkel, das immer zwischen ihm und Ed stattfand. Es gab keine Förmlichkeiten: Blake war zwar der Geschäftsführer, aber er interagierte mit seinem gesamten Personal auf diese lockere Art. Sein Vater sah das natürlich gar nicht gern, doch er hatte die Firma seinerzeit ja auch nach sehr viel strengeren Richtlinien geleitet.

Genau in diesem Moment fiel ihm das Porträt hinter seinem Schreibtisch ins Auge, und Blakes Lächeln verblasste. Sein Vater blickte ihm von der Leinwand entgegen, eingefangen mit einem warmen, fürsorglichen Gesichtsausdruck. Blake starrte ihn ein, zwei Minuten lang an – Justin Davis, das öffentliche Gesicht von Trinity Publishing, den Mann, den jeder als die treibende Kraft hinter dem am schnellsten wachsenden Verlagshaus Europas kannte. Blakes Kiefermuskeln spannten sich an.

„Irgendwann muss er loslassen, Blake."

Eds Tonfall war warm und verständnisvoll. Blake sah den ernsten jungen Mann an, der ihn voll Sorge betrachtete.

Er presste die Lippen zusammen. „Legen wir los, ja?"

Ed nickte knapp. Botschaft angekommen und verstanden. Die beiden Männer setzten sich aufs Sofa, und Blake ging die Einzelheiten des Tages durch, einschließlich des Ablaufplans für die Teambesprechung um neun Uhr. Ed machte sich Notizen und Blake lächelte innerlich, als er sah, wie Ed krampfhaft versuchte, mit seiner flotten, effizienten Vortragsweise mitzuhalten.

„Wann fängt eigentlich dein neuer PA an?", fragte Ed mit hoffnungsvoller Miene.

„Gib mir eine Chance", erwiderte Blake. „Sein Vorstellungsgespräch ist erst morgen." Er warf einen Blick auf den Schnellhefter, den er auf dem Schoß hatte, und klopfte mit dem Finger darauf. „Aber wenn er in natura nur halb so gut ist wie auf dem Papier, dann ist das Gespräch eine reine Formalität."

„Oh, Gott sei Dank!", seufzte Ed, was Blake zum Schmunzeln brachte. „Und ich will ja nicht unhöflich sein oder so, aber *bitte*, Boss, kannst du vielleicht versuchen, den zu behalten?" Blakes Augenbrauen gingen ruckartig nach oben, und Ed lachte auf. „Ach, komm. Wir haben alle deine Austrittsbeurteilungen von deinen vielen PAs gelesen."

Blake fühlte, wie ihm die Hitze in die Wangen stieg. „Es war nicht *nur* meine Schuld", beteuerte er trotzig.

Ed lachte leise. „Boss, da stand überall dasselbe drin: dass du ein verdammter Tyrann bist." Er grinste über Blakes Gesichtsausdruck. „Okay, das haben sie nicht *wirklich* geschrieben", räumte er widerwillig, wenn auch belustigt ein. „Aber der allgemeine Konsens war, dass du mordsmäßig viel von ihnen verlangst." Eds Tonfall wurde ernst. „Ist wahrscheinlich 'ne gute Idee, einen männlichen PA zu nehmen. Der hat vielleicht mehr Stehvermögen."

Blake warf einen weiteren Blick auf den Schnellhefter. Gott, das hoffte er auch.

„Herzlichen Glückwunsch zum Geburtstag, Boss!"

Blake lächelte, als ihn ein Chor von Stimmen beim Betreten des Konferenzraums begrüßte. Sein Team war bereits um den polierten, runden Birkenholztisch versammelt, und aller Augen waren auf ihn gerichtet.

„Danke, Leute." Blake lächelte nochmals, bis sein Blick auf den letzten freien Stuhl am Tisch fiel. Er war mit Luftballons verziert, die alle die Zahl 30 trugen. Er stöhnte auf.

„*Was* habe ich gesagt? Ihr *wisst*, dass ich sowas nicht will." Alle lachten, Ed am lautesten.

Rick grinste. „Ach, komm schon, Boss, du wirst nur einmal dreißig." Seine Augen funkelten schelmisch. „Dann gehst du heute Abend also nicht mit der schönen Melissa feiern, nehme ich an?"

Blake stieß ein tief empfundenes Stöhnen aus. Alles kicherte. Seinen Vater sollte der Teufel holen. Justin Davis schien fest entschlossen, eine Freundin für Blake zu finden, und versuchte ihn ständig mit diversen jungen Damen aus gutem Hause zu verkuppeln, die offenbar alle aus dem gleichen Holz geschnitzt waren: geistlos, hohlköpfig, promigeil und zu keiner vernünftigen Unterhaltung fähig. Melissa Richards war die Aktuellste, aber auch die Zielstrebigste unter ihnen. Sämtliche Teammitglieder waren sich der Situation bewusst, und Blake hatte ihr vollstes Mitgefühl.

Selbstverständlich wusste keiner von ihnen, dass Melissas Zielstrebigkeit ihr absolut nichts nützen würde. Es sei denn, sie entpuppte sich als Mann in Frauenkleidern.

„Die scheint ja hartnäckiger zu sein als die anderen", bemerkte Lizzie grinsend. Blake warf einen finsteren Blick in ihre Richtung, konnte aber nicht ganz verhindern, dass seine Lippen zuckten.

„Jetzt hört mal zu, ihr alle", begann er, um einen strengen Ton bemüht. „Falls sie heute unangekündigt vorbeischaut – und machen wir uns nichts vor, angesichts der jüngsten Ereignisse ist das sehr wahrscheinlich – seid nett zu ihr!"

Er fixierte sein Team, starrte sie durchdringend an. Soviel zum Thema „autoritärer Blick": In jedem der sechs Augenpaare, die seinen begegneten, lag ein gewisser Grad an Belustigung. Es war schlimm genug, dass sein Vater ständig ohne Vorwarnung vorbeikam.

Was Melissa betraf – Blake hatte es mit dezenten Hinweisen versucht, aber die waren schlicht über ihren Horizont gegangen.

„Genug geredet, Leute", verkündete Blake resolut. „Fangen wir an."

Sofort veränderte sich die Atmosphäre, und alle Mitglieder des Teams lieferten ihre jeweiligen Updates zu den neuesten Autoren und Verträgen ab. Der Oktober schien ein Rekordmonat für Einsendungen zu sein, und Blake würde in den nächsten paar Wochen alle Hände voll zu tun haben. Seine Herangehensweise war sehr aktiv; er versuchte, mindestens zwanzig Romanmanuskripte pro Woche durchzugehen – für gewöhnlich spätabends an seinem Laptop, während er in einer Mahlzeit herumstocherte. Er seufzte innerlich. Irgendwann musste er sich *wirklich* mal einen anderen Lebensinhalt suchen.

Er blickte sich unter den Mitgliedern seines Teams um, die er alle selbst eingestellt hatte, als er im zarten Alter von vierundzwanzig die Geschäftsführung übernommen hatte. Das Team seines Vaters hatte einen anderen Stempel getragen: alle über fünfzig, bieder, ohne Sinn für Humor und ohne Visionen. Blake hatte nicht lange gebraucht, um zu erkennen, dass drastische Veränderungen erforderlich waren.

Und sie waren eine verdammt gute Truppe. Blake hatte jeden einzelnen von ihnen sorgfältig ausgewählt. Alle leiteten jeweils ein eigenes Team und waren verantwortlich für die Effizienz und den Erfolg ihrer Untergebenen.

Sie kümmerten sich um alle Facetten des Geschäfts, mit voller Autorität, die Dinge zu regeln, wie sie es für richtig hielten. Keiner kam meckernd oder jammernd bei Blake angerannt, sie machten einfach. Blake strahlte vor Stolz. Ganz egal, was sein Vater sagte – seine Leute hatten den Laden im Griff.

„Erde an Boss, bitte kommen, Boss!"

Blake zuckte zusammen, von Ricks belustigtem Ausruf aus seiner Grübelei gerissen. Er warf Rick einen gespielt strengen Blick zu, doch der junge Mann mit dem Struwwelkopf grinste ihn nur an, und schließlich musste Blake das Grinsen erwidern. „Tut mir leid", entschuldigter er sich.

Peter lächelte und zwinkerte den übrigen Teammitgliedern zu. „Ist schon okay, Boss. Mit solchen Konzentrationsschwächen muss man rechnen – in deinem Alter." In seinen Augen blitzte der Schalk, als das Gelächter losging. Alle wussten, dass Peter der Älteste unter ihnen war.

„Also gut, das war's." Blake stand abrupt auf. „Sind wir hier fertig?" Rundum nickten alle. „Dann los, an die Arbeit, Leute." Er klatschte forsch in die Hände. Stühle wurden zurückgeschoben, und ein Teammitglied nach dem anderen verließ den Raum, bis nur noch Ed und er am Tisch zurückblieben. Ed starrte ihn an, tief in Gedanken versunken. „Stimmt was nicht, Ed?"

Ed zögerte kurz und schüttelte dann den Kopf.

Blake zog die Augenbrauen hoch. „Komm schon, du hast doch eindeutig was auf dem Herzen."

Ed schaute für einen Moment nach unten auf den Tisch, dann hob er den Kopf und begegnete Blakes forschendem Blick. Er holte tief Luft. Sein offensichtliches Unbehagen machte Blake sofort hellhörig.

„Hat… hat dein Dad schon was verlauten lassen, wann er dir endlich das Ruder übergeben will?" Eds Cockney-Akzent war stärker, wenn er nervös war, und Blakes Augenbrauen schossen nach oben. „'S is' bloß... wir ha'm alle geredet, Blake, und um ehrlich zu sein... so wie's jetzt ist, ist es einfach Scheiße, wenn du uns fragst."

Blake setzte sich wieder auf seinen Stuhl und strich mit den Fingern über die polierte Tischfläche, ohne Ed in die Augen zu sehen. Schließlich blickte er auf.

„Schließ die Tür", sagte er leise. Ed gehorchte eilig und setzte sich dann Blake gegenüber. Jetzt schaute er besorgt drein.

Blake seufzte. „Was soll das?", fragte er ruhig, aber bestimmt.

Ed stöhnte auf. „Ich wusste, ich hätt' nichts sagen sollen." Er atmete unsicher aus. „Blake, als du die Leitung übernommen hast, nachdem dein Dad den Herzinfarkt hatte, hast du den Laden hier gerettet. Du hast die Art, wie Trinity Geschäfte macht, komplett umgekrempelt, und der Profit spricht für sich. Du bist ein toller Chef, dein Personal denkt, dir scheint die Sonne aus'm Arsch" – Blake schmunzelte – „aber soweit die da draußen wissen", Ed nickte Richtung Fenster, „ist der ganze Erfolg Justin Davis zuzuschreiben. Die denken immer noch, dass er das Sagen hat, dass er hier ein verdammtes Wunder vollbracht hat..." Eds Stimme zitterte leicht vor Entrüstung.

„Du willst also wissen, warum ich den Verlag leite, aber er die ganzen Lorbeeren einheimst, ist es das?"

Ed nickte. „Tut mir leid, Blake, aber das stinkt doch zum Himmel! Du hast in dieser Firma Wunder gewirkt, aber jeder denkt, du bist bloß der Geschäftsführer."

„Ich *bin* der Geschäftsführer!", entgegnete Blake erstaunt.

„Nein, bist du nicht!", rief Ed, dessen Wangen allmählich zu glühen begannen. „Komm schon, Boss, Justin hat dir die Firma vor sechs Jahren *übergeben*! Hat gesagt, dass er zurücktritt, dass es Zeit wird, der jüngeren Generation eine Chance zu geben und all so'n Scheiß." Blake blieb bei diesem ungewöhnlichen Temperamentsausbruch seines Teamleiters der Mund offenstehen. „Aber sonst hat er keinem was davon gesagt, oder? Scheiße, er hat ja sogar seinen Herzinfarkt verheimlicht. Und er ist *nicht* zurückgetreten. Kommt immer noch ständig hier angetanzt und kontrolliert dich, hinterfragt jede verdammte Entscheidung, die du triffst..." Ed holte Luft und versuchte sichtlich, sich zu beruhigen. „Blake, warum macht er das?"

Blake betrachtete nachdenklich seine auf dem Tisch gefalteten Hände.

„Ich glaube, anfangs hatte er Angst", sagte er schließlich. „Davor, was die Leute sagen würden, wenn bekannt würde, dass der Verlag von jemandem geleitet wird, der frisch von der Uni kommt und eben erst seinen Abschluss in Betriebswirtschaft und Marketing gemacht hat."

„Das haben wir auch alle gedacht", räumte Ed ein. „Aber was für 'ne Ausrede hat er jetzt? Blake, du bist dreißig. Wär's nicht langsam mal Zeit, dass er deine Erfolge mit der Firma anerkennt? Ich meine, wie konntest du letztes Jahr einfach dasitzen, als er den Preis für das Unternehmen des Jahres gewonnen hat? Dank *deiner* ganzen harten Arbeit?"

Blake starrte Ed an. „Was hätte ich denn machen sollen? Zur Preisverleihung gehen und denen sagen, dass sie den falschen Mann ehren? Und was hätte das für Dad bedeutet? Es wäre eine Demütigung für ihn gewesen." Er schüttelte den

Kopf. „Nein, ich muss darauf vertrauen, dass er eines Tages das Richtige tun wird. Und ja, ich hatte irgendwie gehofft, dieser Tag wäre heute."

In Eds Blick lag so viel Mitgefühl, dass Blake gerührt war. Er warf seinem Abteilungsleiter ein, wie er hoffte, beruhigendes Lächeln zu.

„Aber bis dieser Tag kommt, läuft hier alles weiter wie gewohnt, in Ordnung? Was bedeutet, dass ich eine Firma zu leiten habe. Und wenn ich hier rumsitze und mit dir quatsche, wird das nichts." Er stand auf, trat zu Ed und klopfte ihm auf die Schulter. „Also, gehen wir an die Arbeit, ja?"

Ed sah ihm für einen Moment in die Augen. Schließlich nickte er. „Du bist der Boss."

Blake lächelte erneut, diesmal mit mehr Wärme. „Stimmt, der bin ich." *Also komm schon, Dad... hab' einfach ein bisschen Vertrauen in mich.*

„Guten Morgen, mein Sohn."

Blake stöhnte innerlich, als sein Vater das Büro betrat – wie üblich ohne vorher anzuklopfen – und zielstrebig zum Schreibtisch ging, wo er in den ordentlich zu Stapeln geordneten Papieren zu blättern begann.

„Guten Morgen, Dad. Kann ich was für dich tun?" Blake tat sein Möglichstes, um ruhig zu bleiben, aber sein Vater stellte seine Geduld schwer auf die Probe. Er nahm Justin die Verträge aus der Hand, was seinen Vater offenbar ärgerte, seiner missbilligenden Miene nach zu schließen. *Herrgott, der Mann wird es nie lernen.* „Ich wusste nicht, dass du heute kommst."

Justin machte ein überraschtes Gesicht. „Natürlich bin ich hier – du hast schließlich heute Geburtstag, nicht wahr?" Blake musste sich große Mühe geben, keine Miene zu verziehen. Justin Davis hatte eine haarsträubende Erfolgsbilanz, was das Vergessen von Geburtstagen und speziellen Anlässen betraf. Blake wusste ganz genau, dass er nur dank der Sekretärin seines Vaters jedes Jahr eine Geburtstagskarte bekommen hatte. Und was Geschenke anging? Bücher. Oder Buchgutscheine. Jedes Jahr. Wie gut, dass Blake eine echte Leseratte war.

„Dad, versteh' mich nicht falsch. Ich freue mich, dich zu sehen", begann Blake mit einem aufgesetzten Lächeln. „Aber ich habe heute eine Menge zu tun und nicht viel Zeit für dich."

Justins unmutiger Gesichtsausdruck war wieder da. „Ja, und warum hast du immer noch keine Sekretärin? Dann könntest du wenigstens einen Teil deiner Arbeit delegieren." Sein Blick wurde noch finsterer. „Und ich bin mir ziemlich sicher, dass dein *Team* auch mehr tun könnte. Was ist mit diesem Rüpel, Ed Dingsda, deinem sogenannten Büroleiter? Kannst du nicht mehr an ihn delegieren? Obwohl ich nie verstehen werde, was du in ihm siehst. Der Mann ist so ungehobelt wie ein Hauklotz." Der verächtliche Unterton in seiner Stimme war plötzlich mehr, als Blake ertragen konnte, und dass er dann auch noch Blakes Team schlechtmachte…

„Ich arbeite dran, Dad. Morgen führe ich ein Bewerbungsgespräch mit einem Kandidaten für die Stelle." Er griff nach dem Ordner mit den Bewerbungsunterlagen und fuchtelte seinem Vater damit vor der Nase herum. „Will Parkinson:

hervorragende Qualifikationen, beste Referenzen, scheint ehrgeizig zu sein – der perfekte Mann für den Job, allem Anschein nach."

Justin fiel die Kinnlade runter. „Ein Mann? Du willst einen *Mann* als PA einstellen?

Herrgott, ich wusste, ich hätte nichts sagen sollen. „Ja, Dad. Hast du ein Problem damit?" Kaum waren die Worte heraus, wusste Blake, dass er einen Fehler gemacht hatte. Justin Davis spannte gereizt die Kiefermuskeln an.

„Es liegt mir fern, dir Vorschriften machen zu wollen, mein Sohn..." begann sein Vater. Blake starrte ihn mit aufrichtiger Verwunderung an. *Der Mann tut* nichts anderes, *als mir Vorschriften zu machen.*

„Dann tu's nicht, Dad." Justin hob ruckartig den Kopf und sah Blake mit großen Augen an. „Ich komme offensichtlich auch ohne deinen Rat ganz gut zurecht, nicht wahr?"

Blake griff nach der Morgenzeitung und schlug den Finanzteil auf. „Wir haben es wieder in die Presse geschafft. Die Gewinne sind gestiegen – noch weiter. Und die neuen Märkte erweisen sich als Erfolg." Er warf die Zeitung auf den Schreibtisch, eine Art Fehdehandschuh – falls sein Vater es wagte, ihn aufzunehmen.

Justin presste die Lippen zusammen. „Ich kann nicht leugnen, dass du das Unternehmen aus der Krise geführt hast, Blake." *Ach, das war ja mal was ganz Neues.* „Und eine eigene Abteilung für die Übersetzung von Büchern in Fremdsprachen zu gründen, nun ja, das ist ein Weg, den ich nie beschritten hätte, ganz gewiss nicht, aber es scheint sich auszuzahlen." Justin sah Blake in die Augen. „Aber ich muss sagen, dass ich nicht gerade erfreut über deine Idee bin, diese… *Homosexuellen-Literatur* zu verkaufen." Er verzog beim Sprechen die Lippen, als hinterließen die Worte an sich schon einen üblen Geschmack in seinem Mund.

Blake antwortete mit einem geduldigen Lächeln: „Hast du schon mal nachgesehen, wie viel Umsatz wir mit diesen Büchern machen? Belletristik für Schwule ist ein riesiger Markt, Dad… und ein Genre, das immer beliebter wird."

Justins Gesichtsausdruck machte jedoch klar, dass ihn dieses Argument ziemlich kalt ließ, und für einen Moment wurde es Blake ganz flau im Magen.

Wenn sein Vater so über schwule Romane dachte… Blake wartete ab, ob sein Vater noch etwas hinzufügen wollte, doch Justin blieb stumm.

Blake ging zur Tür und machte sie auf. Er drehte sich zu seinem Vater um.

„Danke, dass du vorbeigekommen bist, Dad, aber ich habe heute wirklich sehr viel zu tun." Er lächelte und hoffte, dass Justin den Wink verstand. Zu seiner Erleichterung nickte sein Vater knapp und machte sich auf den Weg zur Tür. Im Vorbeigehen wechselte er einen Blick mit Blake.

„Alles Gute zum Geburtstag, mein Sohn." Er zögerte kurz. „Triffst du dich heute Abend mit Melissa?"

Blake verzog keine Miene. „Nein, Dad, heute nicht."

Justins Gesichtsausdruck verriet seine Enttäuschung. „Oh." Er schien noch mehr zu dem Thema sagen zu wollen, doch nach einem Blick in Blakes Gesicht überlegte er es sich offensichtlich anders. Mit einem weiteren Nicken ging Justin an seinem Sohn vorbei aus dem Büro. Blake sah ihm von der Tür aus nach, bis er das Stockwerk verließ. Dann stieß er den Atem aus, den er angehalten hatte.

Blake schloss die Tür zu seinem Büro hinter sich, setzte sich an seinen Schreibtisch und lehnte sich zurück. Es war schwer gewesen, ohne Mutter aufzuwachsen. Sie war an Lungenkrebs gestorben, als Blake dreizehn war. Nach ihrem Tod hatten Blake und sein Vater sich weiter durchgewurstelt, so gut sie eben konnten, aber sie hatten nie eine enge Beziehung zueinander gehabt. Die beiden Männer hatten nichts miteinander gemein. Als Blake im Alter von sechzehn erkannt hatte, dass er schwul war, hatte er sich schon gegen die bloße Vorstellung gewehrt. Er fühlte sich seinem Vater ohnehin bereits entfremdet – er wollte auf keinen Fall, dass ein weiterer Umstand die Kluft zwischen ihnen noch tiefer machte.

Und was genau brachte ihn dazu, seine sexuelle Orientierung geheim zu halten? Lebhafte Erinnerungen an Besuche seines Onkels Dominic. Dominic war der Bruder seiner Mutter, und er war keiner, der sein Schwulsein verbarg.

Blake wusste nur, dass sein Vater Dominic hasste, und deshalb fand er es sicherer, auf absehbare Zukunft an seinem Geheimnis festzuhalten.

Seine Dates mit Melissa hatten sich bisher auf kurze Abstecher in Clubs und ein paarmal Essen gehen beschränkt. Keinerlei Intimitäten. Blake hoffte, sie würde bald verstehen, was er ihr damit klarmachen wollte, und aufgeben, so wie alle anderen Möchtegern-Freundinnen, die sein Vater ihm organisiert hatte. Bisher hatte keine von ihnen sich zu der Tatsache geäußert, dass Blake nichts unternommen hatte, um sie ins Bett zu kriegen. Und solange es so blieb, war Blake zufrieden.

Blake nahm sein Handy und scrollte durch die Kontakte, bis er Jennys Nummer fand. Er starrte sie eine Zeitlang an, gedanklich hin- und hergerissen. Es war schon eine Weile her, seit er Jennys spezielle Dienstleistungen in Anspruch genommen hatte, aber im Moment hatte er es nötig. *Gott, und* wie *nötig er es hatte*...

Seine Entscheidung stand fest. Er wählte die Nummer und bekam sofort bessere Laune, als er Jennys Stimme am anderen Ende der Leitung hörte. Jenny klang immer, als würde sie lächeln.

„Hi Jenny, Blake Davis hier." Blake war froh, dass er mit Jenny offen reden konnte: die Frau war die Diskretion in Person. Nun ja, in ihrer Branche musste sie das auch sein.

„Blake!" Ihre Stimme klang merklich erfreut. Im Verlauf der letzten zwei Jahre waren sie von „Mr. Davis" zu „Blake" übergegangen, und Blake konnte inzwischen ganz ungezwungen mit ihr plaudern. „Was kann ich für dich tun?"

„*Bitte* sag' mir, dass du jemanden hast, der heute Abend verfügbar ist." Blake konnte nicht ganz verhindern, dass ihm die Dringlichkeit seines Anliegens anzuhören war. Jenny kicherte in seinem Ohr und er hörte das Klackern ihrer Fingernägel auf der Tastatur.

„Apropos, alles Gute zum Geburtstag."

Blake lachte. Er hätte nicht überrascht sein sollen, dass sie wusste, wann er Geburtstag hatte. Sie setzte ihren Stolz darin, ihren Kunden einen erstklassigen Service zu bieten. Und über kleine Details wie Geburtstage Bescheid zu wissen gab dem Ganzen eine persönliche Note. „Danke, Jenny."

Er wartete, während am anderen Ende der Leitung weiteres Klackern zu vernehmen war. Schließlich gab sie einen zufriedenen Seufzer von sich.

„Ooh, der hier wird dir gefallen", sagte sie mit einem vergnügten Unterton in der Stimme, der Blakes Interesse weckte. „Ich habe ihn neu auf der Liste, er ist seit ungefähr drei Monaten bei mir. Aber anscheinend erweist er sich bereits als sehr beliebt." *Herrgott, war es wirklich schon* so *lange her, seit er Jenny in Anspruch genommen hatte?* Blake schüttelte ungläubig den Kopf. „Ich nehme an, du benötigst ihn für persönliche Dienstleistungen und nicht als Begleiter?"

Blake schnaubte. „Komm schon, Jenny. Wie lange nutze ich J's schon? Musst du überhaupt fragen?" Er hörte sie kichern. „Wie heißt er? Und kann er heute Abend gegen acht bei mir zuhause sein?" Blake drückte die Daumen.

„Sein Name ist Alec, und ja, für diese Zeit ist er verfügbar. Üblicher Tarif, okay?"

Blake grinste. „Ja, das geht in Ordnung, Jenny. Du hast doch meine Kreditkartendaten, nicht wahr?" Jenny bestätigte das und beendete das Gespräch. Blake lehnte sich zurück, in Gedanken plötzlich bei Alec und der Aussicht darauf, ihn in seinem Bett zu haben. Sein Schwanz zuckte. Oh ja, es war schon viel zu lange her...

2

Blake schaute sich ein letztes Mal in seiner Wohnung um und vergewisserte sich, dass alles präsentabel war, dann warf er einen Blick auf seine Armbanduhr. Fast acht. Er hatte keine Ahnung, warum er so nervös war. Es war schließlich nicht das erste Mal, dass ein Callboy von J's zu ihm nach Hause kam.

Blake hatte die Agentur durch Zufall entdeckt, als er bei einem seiner seltenen Abstecher in eine Schwulenbar ein Gespräch mitgehört hatte. Er mochte J's. Einige der Escorts waren ausschließlich das, was die Bezeichnung besagte; sie begleiteten Kunden zu gesellschaftlichen Anlässen, ohne dass Sex im Spiel war. Aber es gab auch Escorts, die einen sehr viel... persönlicheren Service anboten, wofür Blake zutiefst dankbar war.

Der Türsummer riss ihn aus seinen Gedanken und er drückte den Knopf neben der Wohnungstür. „Ja?"

Eine tiefe Stimme kam über die Gegensprechanlage. „Alec hier. Ich möchte zu Blake."

Blake drückte auf den Türöffner. „Hi. Komm rauf. Oberstes Stockwerk, gegenüber vom Aufzug." Er öffnete die Wohnungstür und hörte, wie der Aufzug leise surrend zum Leben erwachte. Innerhalb einer Minute ging die Schiebetür auf... und Blake stockte der Atem.

Aus dem Aufzug trat ein Mann, den Blake nur als atemberaubend beschreiben konnte. Alec war ungefähr so groß wie Blake, etwas über ein Meter achtzig, und ähnlich schlank gebaut, hatte kurzes, braunes Haar und milchschokoladefarbene Augen. Blake schätzte sein Alter auf Mitte zwanzig. Er trug eine dunkel-rehbraune Lederjacke über einem schwarzen T-Shirt, dazu sündhaft enge schwarze Jeans und modische Turnschuhe. Eine Sporttasche hing über seiner Schulter. Die warmen braunen Augen musterten Blake mit unverhohlener Anerkennung.

„Ja, hallo." Diese dunkle Stimme brachte Blakes Schwanz völlig durcheinander; Blake fühlte ihn erwartungsvoll zucken. Alecs Stimme klang eindeutig belustigt. „Darf ich reinkommen?" Der Anflug eines Lächelns spielte um seine Lippen.

Blake merkte, dass er ihn angestarrt hatte. Errötend trat er zur Seite. „Entschuldige bitte. Ja, komm rein." Er atmete unauffällig ein, als Alec an ihm vorbei in die Wohnung trat. Der Mann roch göttlich; ein holziger Duft, der Blake eindeutig und unmissverständlich ansprach. *Hmmm... Alles Gute zum Geburtstag für mich.*

Alec blickte sich im Flur um und wartete offensichtlich auf weitere Anweisungen. Er hatte etwas Selbstbewusstes an sich, das Blake zusagte. Der Mann fühlte sich anscheinend wohl in seiner Haut. Genau genommen beneidete Blake ihn. Er hätte alles dafür gegeben, solches Selbstvertrauen zu haben.

„Komm ins Wohnzimmer." Blake deutete auf die Tür, und Alec ging ihm voraus in das warme Zimmer, wo er sich mit offensichtlicher Anerkennung umsah.

„Schön hast du es hier", murmelte er. Blake lächelte. Die einzigen Besucher, die in sein Allerheiligstes kamen, waren Escorts von J's. Seinen Vater hatte er in den ganzen vier Jahren, seit er die Wohnung gekauft hatte, nie hereingebeten. Er sah zu, wie Alecs Blick das große, bequem aussehende Ledersofa erfasste, den dicken, warmen Teppich davor und den in die Wand eingelassenen Gasofen, der aussah wie ein echter offener Kamin. Blake mochte das minimalistische Erscheinungsbild seiner Wohnung. Es gab wenig Unordnung, und das Farbschema war eine Palette von gedämpften Farbtönen, akzentuiert durch einige Farbkleckse hier und da in Form tiefroter Kissen und eines Drucks über dem Kamin, der einen abstrakten Sonnenuntergang in Gold, Orange und Rot zeigte.

Er hörte seinen Gast leise nach Luft schnappen, und als er sich umdrehte, starrte Alec auf die Wand gegenüber dem Kamin. Blake grinste. Er hatte sich schon gefragt, wann Alec es bemerken würde. Noch ein Grund, warum er seinen Vater nie in dieses Zimmer lassen würde... Alecs Blick wanderte über die vier großformatigen, dramatisch beleuchteten Schwarzweißdrucke, die in gleichmäßigen Abständen voneinander dort hingen. Sie stellten nackte männliche Körper in Posen dar, die man nur als lasziv bezeichnen konnte, obwohl keine Gesichter zu sehen waren. Das eine zeigte einen nackten Männerrücken, dessen Kurve den Blick auf ganz natürliche Weise nach unten zu den festen, runden Gesäßbacken lenkte. Auf dem zweiten bedeckte ein weit heruntergeschobenes weißes Laken etwas, das eindeutig ein voll erigierter Penis war. Auf dem dritten reckte sich das Model nach oben; die breite Brust und die straffen

Bauchmuskeln lenkten den Blick an einem schmalen Streifen von Haaren entlang zum Ansatz eines nackten Glieds, von dem nur ein aufreizend flüchtiger Eindruck zu sehen war.

Das vierte war Blakes Lieblingsbild. Es war, als hätte die Kamera den Mann auf dem Bild direkt vor dem Orgasmus eingefangen, den Rücken von den weißen Laken hochgewölbt, auf denen er lag, die Muskeln angespannt, die Hand um seinen Schaft gelegt, der dadurch dem Blick entzogen war.

„Wow", sagte Alec leise. Er drehte sich um und wandte Blake das Gesicht zu. „Die sind großartig." Sein Blick glitt über Blakes Körper, und plötzlich weiteten sich seine Augen. „Sie sind von dir." Er grinste.

Blake stutzte. „Das… das hast du sehr gut erkannt, wenn man bedenkt, wie wenig du tatsächlich von mir sehen kannst. Genau genommen bist du der erste Besucher hier, dem das auffällt." Alec wandte sich wieder dem Bewundern der Drucke zu. „Die Aufnahmen hat ein Freund von mir gemacht, ein sehr guter Freund sogar. Er ist Berufsfotograf, und wir waren zusammen an der Uni."

Alec nickte, ohne den Blick von den vier Drucken zu wenden. „Er hat ein erstklassiges Auge." Er unterbrach seine Betrachtung, um Blake einen fragenden Blick zuzuwerfen. „Man muss schon ein sehr entspanntes Verhältnis zu jemandem haben, um sich so fotografieren zu lassen. Wart ihr ein Liebespaar?"

Blake brach in schallendes Gelächter aus, was Alec zum Lächeln brachte. „Um Himmels willen, nein! Dave ist so hetero, wie man nur sein kann." Beim Gedanken an seinen besten Freund lächelte

Blake liebevoll. „Aber er war der Erste, vor dem ich mich geoutet habe, nachdem ich mir endlich eingestanden hatte, dass ich schwul bin." Er fühlte, wie sein Lächeln sich veränderte. „Der Erste und so ziemlich der Einzige. Ich lebe nicht offen schwul."

Alec warf ihm einen mitfühlenden Blick zu. „Wirklich?" Blake nickte. „Ich hatte mich nämlich schon gewundert, warum in aller Welt ein so attraktiver Mann wie du einen Typen von J's engagieren muss. Du könntest doch sicher einfach in irgendeinen Schwulenclub gehen und würdest mit Angeboten *überschüttet* werden."

Blakes Herz schlug ein wenig schneller. *Er findet mich attraktiv.* Zugleich fragte er sich unwillkürlich, ob das nur eine Masche war. Ein Blick in Alecs Gesicht jedoch ließ ihm den Atem stocken. Die Aufrichtigkeit in diesem Blick war nicht zu leugnen. Blake grinste verlegen. „Ich gehe nicht oft in Schwulenclubs. Nicht, dass ich das je getan hätte, um ehrlich zu sein. So ist es viel einfacher." Alec nickte verständnisvoll. Sein Blick schweifte zu dem niedrigen Kaffeetisch, auf dem ein Eiskübel mit einer Flasche Champagner stand. Daneben warteten zwei Champagnerflöten.

„Ooh, Champagner", grinste Alec. „Wie nett." Sein Grinsen erwies sich als ansteckend – Blake konnte nicht anders, als es zu erwidern.

„Ich habe heute Geburtstag", erklärte er. „Und es ist einer von *diesen* Geburtstagen."

„Oh, herzlichen Glückwunsch!" Alec musterte Blake langsam von Kopf bis Fuß, dann sah er ihm wieder in die Augen. „Wenn das so ist, solltest du mich besser als dein Geburtstagsgeschenk an dich betrachten." Alec stellte die Sporttasche ab, drehte sich zu Blake um und kam langsam auf ihn zu.

Blake deutete zum Sofa. „Hast du... hast du was dagegen, wenn wir uns erstmal hinsetzen und was trinken?" Alec zog die Augenbrauen hoch. „Es ist nur... ich würde mich gerne eine Weile mit dir unterhalten, dich besser kennenlernen, wenn das in Ordnung ist." Zu seiner Erleichterung wurde Alecs Lächeln noch strahlender.

„Das hört sich gut an. Sehr gut sogar." Alec ließ sich aufs Sofa sinken, einen Arm entlang der Rückenlehne ausgestreckt, den anderen locker auf seinem Schenkel. Als Blake sich hinsetzte, blieb Alecs Blick auf ihn gerichtet. „Also, ich hätte ein paar wichtige Fragen, wenn es dir nichts ausmacht." Jetzt war es Blake, der die Augenbrauen hochzog. Er nickte verwundert. „Top, Bottom oder versatil?"

Blake wurde rot. „Du verschwendest keine Zeit, was?", sagte er schmunzelnd.

Alec schüttelte den Kopf und erwiderte Blakes Lächeln genauso gelassen. „Es zahlt sich aus, sowas im Voraus zu wissen." Er sah Blake in die Augen, und Blake erschauerte unter der Eindringlichkeit dieses Blicks. „Also?"

Blake überlegte kurz, dann antwortete er: „Versatil."

Alec lachte leise. „Das hört sich nicht so an, als wärst du dir da ganz sicher."

Blake zuckte die Achseln. „Um ehrlich zu sein, meistens übernehme ich im Bett den aktiven Part. Aber..." Er verstummte.

Alec lächelte. „Aber du lässt dich auch gern ficken, stimmt's? Obwohl mir völlig klar ist, warum viele Männer lieber dein Bottom-Boy sein wollen. Du hast so eine ‚Ich-habe-hier-das-Sagen"-Ausstrahlung an dir." Ein lüsternes Funkeln trat in seine Augen. „Nun, ich muss sagen... ich will dich *unbedingt* ficken. Also, falls das ein Problem ist, sagst du's mir besser gleich." Das Lächeln geriet keine Sekunde lang ins Wanken.

Blake stellte fest, dass ihm bei dem Gedanken, sich von Alec nehmen zu lassen, ganz heiß wurde. Es war schon eine Weile her, seit er den passiven Part beim Sex übernommen hatte. Und obwohl er schon einen Ständer bekam, wenn er nur daran dachte, in Alecs willigen Körper einzudringen, konnte er sich auch durchaus vorstellen, sich Alec zu unterwerfen. Alecs Gesichtsausdruck nach zu schließen gefiel ihm diese Vorstellung ebenfalls.

„Ich gehe davon aus, dass das kein Problem ist", sagte Alec lächelnd. „Ausgezeichnet. Also dann, weiter zu meiner nächsten Frage. Worauf stehst du? Reden wir hier von Blümchensex – nicht, dass ich was gegen Blümchensex hätte, versteh mich nicht falsch, manchmal ist ein netter, langsamer Fick genau das Richtige – oder magst du es gern ein bisschen… schärfer?"

Blakes bereits halb steifer Schwanz suchte sich diesen Moment aus, um sich aufzurichten und Interesse zu zeigen.

„Schärfer?" *Oh Gott, bitte… sag mir, dass Alec auf harten Sex steht…*

Alec angelte nach seiner Sporttasche, und Blake hielt den Atem an, als er hineingriff, den Inhalt herausnahm und sorgfältig auf dem Kaffeetisch ausbreitete. Vor ihm lag ein dicker, geäderter Dildo, eine Rolle Seil und – ein Satz Hand- und Fußfesseln aus Leder. *Volltreffer…* Blakes Atmung beschleunigte sich, und Alecs leises, sonores Lachen verriet ihm, dass das nicht unbemerkt geblieben war.

„Oh, sagen wir mal so: ‚*ein bisschen schärfer*‘ stand für heute Abend durchaus auf dem Programm.“ Alec grinste breit. Sein Blick heftete sich auf den Champagner. „Sollen wir?“

Blake atmete tief durch, um die Aufregung zu unterdrücken, die seinen Puls rasen ließ. Er beugte sich vor, um den Champagner zu öffnen. Vorsichtig drehte er die Flasche, bis der Korken herauspoppte, und schenkte dann die schäumende, goldene Flüssigkeit in die Gläser. Eins davon reichte er Alec, der daran nippte und ein anerkennendes Murmeln von sich gab. Blake nahm einen einzigen kleinen Schluck und genoss den prickelnden Geschmack.

Alec hob sein Glas. „Alles Gute zum Geburtstag, Blake.“ Warme, schokoladenbraune Augen betrachteten Blake mit unverhohlener Lust, und als Blake dankend sein eigenes Glas hob, erschauerte er bei dem Versprechen, das sich in diesem Blick spiegelte, der Zusicherung dessen, was noch kommen würde. *Alles Gute, in der Tat...*

Alec blickte sich erneut im Zimmer um, und sein Blick fiel auf das raumhohe Regal, das Blakes Bücher- und DVD-Sammlung enthielt.

„Man kann eine Menge über jemanden erfahren, wenn man sich anschaut, was für Bücher und Filme er mag“, sagte Alec. „Darf ich?“ Er deutete mit einem Kopfnicken auf das Regal, und Blake machte eine zustimmende Handbewegung.

„Nur zu.“

Alec erhob sich geschmeidig vom Sofa und ging mit seinem Glas in der Hand zum Regal. Blake nutzte die Gelegenheit, um seine Hinteransicht zu begutachten. Alec hatte breite Schultern und Muskeln, die sich unter seinem T-Shirt abzeichneten. *Offensichtlich ein Mann, der sich fit hält...*

Seine Arme waren muskulös, seine Taille schmal. Blake starrte auf Alecs Arsch, den die enge Jeans umschloss wie eine zweite Haut. Er grinste in sich hinein. Diese Nacht versprach gut zu werden.

„Oh... ach, du meine Güte", sagte Alec mit gedämpfter Stimme. Er nahm eine DVD aus dem Regal, drehte sie um und betrachtete das Cover. Blake war sehr gespannt, bei welcher sein Gast gelandet war, aber er brauchte nicht lange zu warten. Alec wandte ihm das Gesicht zu und hielt die DVD hoch, auf deren Cover ein gefesselter und geknebelter nackter Mann mit einer Spreizstange zwischen den Beinen abgebildet war. Mit einem leisen Lachen stellte Alec die DVD wieder ins Regal.

„Oh, Blake. Wir zwei werden heute Abend *sehr* viel Spaß miteinander haben." Alec nippte noch ein paar Mal an seinem Glas und stellte es dann sorgsam auf dem Kaffeetisch ab. Er griff nach Blakes Glas, nahm es ihm aus der Hand und stellte es neben seines. Ein Schauer der Vorfreude rann Blake über den Rücken, als Alec mit strahlenden Augen auf ihn zukam.

„Es wird höchste Zeit, dass du dein Geschenk auspackst, findest du nicht?" Seine Stimme hatte einen rauchigen Klang, der köstliche Sachen mit Blakes Körper anstellte.

Blake erschauerte, als Alec sich bückte. Sein Gesicht war jetzt ganz nah. „Küsst du?", fragte Blake leise, den Blick auf Alecs Lippen geheftet. Seine Zunge schnellte vor, um seine eigenen Lippen zu befeuchten. Blake fand es befriedigend, ein leises, anerkennendes Wimmern von Alec zu hören.

„Liebend gern", murmelte Alec und hob die Hand, um Blakes Wange zu umfassen... und endlich trafen ihre Münder aufeinander. Ihre Lippen berührten sich sanft, und Blakes lustvolles Stöhnen klang ihm selbst laut in den Ohren. Alecs Augen weiteten sich, und er unterbrach den zarten Kuss. „Oh, du reagierst gut. Das gefällt mir." Seine Augen funkelten. „Aber ich glaube, wir sollten einen Gang zulegen, meinst du nicht auch?"

Bevor Blake reagieren konnte, fiel Alec über ihn her und küsste ihn wild, steckte ihm die Zunge tief in den Mund, erforschte ihn. Blake erwiderte den Kuss begierig. Ihre Zungen und Zähne stießen zusammen, als sie einander packten und festhielten, beide voll offensichtlichem Verlangen. Alec zerrte Blake auf die Füße, ergriff seinen Kopf mit beiden Händen und küsste ihn noch leidenschaftlicher. Sein tiefes Stöhnen ließ bei Blake keine Zweifel aufkommen, dass Alec wirklich mit Begeisterung bei der Sache war. Und Blakes Schwanz wollte eindeutig auch mitmachen. Plötzlich war Blake steinhart.

Alec riss sich keuchend von ihm los und zog ihn in Richtung Kamin.

„Soll ich dich auf diesem schönen, dicken Teppich ficken?" Er umfasste mit einer Hand Blakes wachsende Erektion, die sich fast schmerzhaft gegen den Reißverschluss seiner Jeans presste. Alec rieb und drückte, und Blake stöhnte laut und stieß ihm seinen Unterleib entgegen, wollte mehr.

„Scheiße, ja!", stöhnte Blake. Alec rieb fester. *Herrgott, so hart zu sein ist doch gar nicht möglich, oder?* Als Alec ihm die Jeans aufknöpfte, die Hand hineinsteckte und sie um seinen prallen Schaft legte, wimmerte Blake voll dringendem Verlangen. Alec packte ihn am Hinterkopf und zog ihn in einen weiteren wilden Kuss, saugte an seiner Zunge, während er Blakes Schwanz aus der Jeans befreite.

Blakes Beine zitterten und knickten fast ein, als Alec ihn zu Boden zerrte. Beide Männer landeten auf den Knien auf dem Teppich.

Alec machte seinen Penis und seine Hoden frei, nur um gleich darauf Blakes Hemd aufzuknöpfen. Seine Hände bewegten sich rastlos über Blakes Brust, zupften an seinen Nippeln, bis Blake aufschrie, weil er unbedingt mehr wollte.

Jeans wurden hastig runtergezerrt, Alecs T-Shirt segelte durch die Luft. Keiner von beiden war bereit aufzuhören, bis sie schließlich beide nackt waren und ihre Klamotten überall verstreut lagen. Alec ließ sich auf den Rücken fallen und zog Blake rittlings über sich, bis Blake breitbeinig über seiner Brust kniete, eine Hand um seinen Ständer, der so hart war, dass er schon fast wehtat.

„Gott, Blake, dein Schwanz ist ein Prachtstück." Alec leckte sich die Lippen und Blake sah atemlos und mit rasendem Herzen zu, wie ein seidiger, zäher Lusttropfen, der von seinem Schlitz herabhing und im Feuerschein glitzerte, Alecs Lippen berührte. Alec fing ihn mit der Zunge auf, dann saugte er Blake hungrig ein. Blake wölbte den Rücken, warf den Kopf zurück und keuchte auf, als Alec mit der Zunge seine Eichel umkreiste, ehe er die Lippen fest um den Schaft schloss und Druck ausübte, während er Blake tiefer in den Mund nahm. Alec packte Blake an den Hüften, hielt ihn fest und machte sich über Blakes Schwanz her, sodass sein Kopf heftig auf und ab wippte.

Blake wollte es langsamer angehen lassen, sich Zeit nehmen, um Alecs Körper zu bewundern, doch er wurde von einer unerbittlichen Strömung mitgerissen. Alec zog und zerrte an ihm, bis Blakes Schwanz tief in seiner Kehle steckte, bis Blake sich mit den Armen abstützte und ihn mit zuckenden Hüften in den Mund fickte. Alec stöhnte, und das Vibrieren steigerte Blakes Vergnügen noch mehr. Er stieß immer schneller zu, und Alec packte ihn am Hintern und sog ihn noch tiefer ein. Als Alec ihm einen Finger zwischen die Gesäßbacken schob und gegen seinen Anus tippte, stieß Blake einen heiseren Schrei aus, der von den Wänden widerhallte.

Alec gab Blakes Penis frei und streckte sich nach seiner Sporttasche. Er griff hinein, kramte darin herum und förderte schließlich eine Flasche Gleitgel und eine Packung Kondome zutage.

Er ließ den Verschluss fachmännisch mit einer Hand aufschnappen und gab sich Gleitgel auf die Finger. Dann warf er die Flasche beiseite und zog an Blake, um ihn wieder in Position zu bringen. Blake versenkte seinen Schwanz wieder in den heißen, feuchten Tiefen von Alecs Mund und begann ihn ernsthaft zu ficken, und seine Schreie wurden noch lauter, als Alec ihm zwei Finger in den Hintern steckte.

„Oh, Fuck!" Blake erstarrte, den Schwanz tief in Alecs Kehle, als diese Finger sich in ihm spreizten; der brennende Schmerz erinnerte ihn daran, wie lange es schon her war, seit er irgendwas da drin gehabt hatte. Aber Alecs Mund war himmlisch, und Blake erholte sich rasch und rollte die Hüften, drang immer weiter vor, bis seine Eier gegen Alecs Kinn stießen. Stöhnend und nach Atem ringend zog Alec sich erneut zurück.

„Reite mich." Er griff nach den Kondomen und drückte sie Blake in die Hand, der hastig von ihm herunterkrabbelte und sich weiter nach hinten schob, bis er endlich Alecs Schaft im Visier hatte. Blakes Anus zog sich erwartungsvoll zusammen, denn was er hier vor sich sah, war ein an die zwanzig Zentimeter langer, unbeschnittener Schwanz mit breiter, pilzförmiger Spitze. Mit zitternden Händen und Fingern, die fast nicht mitmachen wollten, fummelte Blake ein Kondom aus der Folienverpackung und streifte es Alec über. Alec schnappte sich das Gleitgel und strich hastig seinen Schwanz damit ein. Er sah Blake in die Augen. „Steig auf." Sein Mund war leicht geöffnet, er atmete in schnellen, keuchenden Stößen, und seine Augen funkelten.

Blake schob sich vor, bis Alecs Schwanz zwischen seine Hinterbacken glitt. Er griff danach, hielt ihn am Ansatz fest und richtete sich auf, bis die stumpfe Spitze gegen seinen Anus drückte.

Den Blick unverwandt auf Alecs Gesicht gerichtet schob er sich den dicken, fleischgewordenen Pfeiler behutsam in den Körper.

Tiefer, tiefer, tiefer sank er herab, genoss jeden wunderbaren Zentimeter, der ihn ausfüllte, bis er schließlich Alecs krauses Schamhaar an seinem Hintern spürte. Blakes Schwanz ragte steil nach oben, hart und begierig, und er wimmerte, als Alec ihn mit einer Hand umschloss und die Vorhaut zurückschob. Lusttropfen glitzerten auf der Eichel.

Alec stöhnte auf. „Gott, bist du eng." Er packte Blake an den Oberschenkeln und hob ihn an, dann stieß er die Hüften nach oben und Blake blieb die Luft weg, als Alec ihn komplett ausfüllte. „Oh, ja…" Er hielt Blake in dieser Position und stemmte sich vom Teppich hoch, stieß mit wiegenden, unregelmäßigen Bewegungen ein paarmal von unten in ihn hinein. Blake schrie auf, als Alecs Eichel an seine Prostata stupste, und Alec grinste. „Volltreffer." Er zog Blake an sich und küsste ihn. Seine Zunge war so beweglich wie sein Schwanz, und Blake begann zu stöhnen. Das hier würde nicht mehr lange dauern.

„Alec… du bringst mich zum Kommen!"

Alecs Augen weiteten sich. „Dann komm für mich. Ich bin noch nicht fertig mit dir. Wir vögeln heute die ganze Nacht." Er stieß kräftig zu, drang bis zu den Eiern ein, und Blake erschauerte, als der Orgasmus ihn mit voller Wucht traf und sein Samen aus ihm herausspritzte. Alec hielt ihn fest in den Armen, die Hüften ständig in Bewegung, und fickte ihn durch seinen Höhepunkt. „Gott, dein Arsch ist einfach himmlisch." Plötzlich erstarrte er, Mund und Augen weit offen, und Blake fühlte Alecs Hitze, leicht gedämpft durch das Kondom. Alec klammerte sich an seinen Rücken, und beide zitterten unter den letzten Nachbeben ihrer Orgasmen.

Blake sah nach unten in warme, schokoladenbraune Augen. „*Bitte* sag mir, dass du eine kurze Refraktionszeit hast." Er keuchte. Alecs Schwanz steckte immer noch in ihm.

Alec, der genauso außer Atem war, zwinkerte ihm zu. „Mach' dir mal keine Gedanken um *mich*, ich bin erst fünfundzwanzig. *Du* bist derjenige, der heute dreißig geworden ist. Wie oft kannst du in einer Nacht, Alter?"

Blake grinste. „Oh, ich denke, ich kann mit dir mithalten."

Alecs Augen weiteten sich. „Oh, eine Herausforderung." Er strich mit den Händen über Blakes Rücken, umfasste seinen Hintern und drückte kräftig. „Dann zeig' mal, was du draufhast, Baby."

Blake stöhnte leise. Das würde eine lange Nacht werden. Wenn er Glück hatte.

3

Blake wälzte sich auf den Rücken. Seine Haut war von einem dünnen Schweißfilm überzogen. Neben ihm rollte Alec sich auf die Seite und sah ihn an, den Kopf auf ein Kissen gebettet.

„Hey, hast du schon genug?", neckte Alec und hob die Hand, um Blakes feuchte Brust zu streicheln.

Blake verdrehte die Augen. „Oh mein Gott – du bist unersättlich." Er hielt Alecs Hand fest und verschränkte ihre Finger miteinander. „Dreimal reicht doch für eine Nacht, findest du nicht?"

Alec schnaubte. „Oh Baby, ich werde gerade erst richtig warm." Blake sah ihn fassungslos an, bis Alec schließlich breit und selbstzufrieden grinste. „Ganz ehrlich? Jesus, ich bin fix und alle." Er legte sich auf den Rücken und stieß einen müden, aber zufriedenen Seufzer aus. „Ich weiß nicht, ob mich meine Beine bis nach Hause tragen können, so kaputt bin ich."

Blake blieb still. Eine Nacht wie diese hatte er noch nie erlebt. Er schloss die Augen und sah ihren bisherigen Verlauf im Geiste nochmal vor sich. Alec, gegen die kalte Glasfläche seiner raumhohen Fenster gepresst, die Hände mit einem Seil auf den Rücken gefesselt, an dem Blake sich festhielt, während er ihn nagelte wie ein Presslufthammer, ihn nach Strich und Faden durchbumste. Alecs ununterbrochene Schreie. Sein Geheul, als er kam, als er das Fenster vollspritzte und sein Arsch Blakes Schwanz einklemmte wie ein Schraubstock. Wenigstens hatten sie es danach endlich in Blakes Bett geschafft, wo Alec ihm einen Rimjob verpasst hatte, bis er kurz vor dem Schreien war. Als Alec zu seinem Schwanz gewechselt hatte, war Blake fast sofort gekommen. Sie konnten beide keinen einzigen Tropfen Sperma mehr in sich haben.

Aber mit diesem letzten Satz hatte Alec der wundervollen Sexfantasie, die er Blake beschert hatte, ein Ende gemacht. Alec würde bald gehen – und Blake wollte nicht alleine sein. Er wollte die Nacht seines Geburtstags mit einem warmen Körper in den Armen verbringen. Und apropos warmer Körper…

Ohne Alecs Hand loszulassen rollte er sich auf die Seite. Er betrachtete den hinreißenden Callboy. Alecs Augen waren geschlossen, seine Brust schweißgebadet, was seiner Haut einen perlmuttartigen Schimmer verlieh. Blake blickte an Alecs Körper hinab. Er war schlank, straff, hatte kein Gramm Fett an sich. Seine Oberschenkel waren muskulös, aber nicht übermäßig. Blake erschauerte, als er sich das Gefühl wieder in Erinnerung rief, wie diese Schenkel seine Taille umklammert hatte, während er Alec mit festen Stößen durchpflügte. Alecs Penis ruhte schlaff auf seinem Oberschenkel. Selbst so war er noch eindrucksvoll. Verdammt, das ganze *Paket* war eindrucksvoll.

„Bewunderst du die Aussicht?"

Alec sah ihn an, ein belustigtes Funkeln in den Augen. Blake kehrte mit einem Ruck wieder in die Gegenwart zurück.

„Seien wir mal ehrlich, da gibt es eine Menge

zu bewundern." Ehre, wem Ehre gebührte, und das traf hier schließlich zu

Alec lächelte. „Vielen Dank, der Herr, sehr freundlich. Man tut, was man kann." Er zwinkerte, doch dann warf er einen Blick auf den Wecker neben dem Bett. „Himmel, ist es schon so spät?" Blake wusste, dass es kurz vor Mitternacht war. Alec setzte sich auf und streckte sich. „So ungern ich das auch sage, aber" –

„Dann sag es nicht." Alec runzelte die Stirn. „Bleib. Bleib über Nacht." Alecs Lächeln geriet ins Wanken; er machte den Mund auf und dann wieder zu. Blake preschte weiter vor. „Ich kläre das mit Jenny, wenn es das ist, was dir Sorgen macht. Du wirst für die ganze Nacht bezahlt."

Alec versteifte sich, doch dann entspannte er sich wieder. „Lädst du die Jungs öfter zum Übernachten ein?" Alec sprach leise, und seine Augen schimmerten warm im Lampenschein. Ihre Finger waren immer noch miteinander verschränkt.

Blake schüttelte den Kopf. „Nein, nie. Es ist nur... ich... ich möchte heute Nacht nicht alleine sein." Sein Magen war wie zugeschnürt, während er auf Alecs Antwort wartete. Alec musterte ihn, und der Moment schien sich ins Unendliche zu dehnen.

„Okay", sagte Alec schließlich. Es war Blake ein Rätsel, wie ihm dieses eine Wort so viel Erleichterung bringen konnte. Und er wusste, dass er grinste wie ein Dorftrottel, aber das war ihm scheißegal. „Ist es okay für dich, wenn ich ziemlich früh gehe? Ich habe morgen einen großen Tag." Blake nickte zustimmend. „Na ja, wenn das so ist..." Alecs Augen funkelten. „Kann ich mal unter die Dusche?"

Blake lachte glucksend. „Du wirst meine Dusche *lieben*."

Urplötzlich zog Alec ihn in einen leidenschaftlichen Kuss, den Blake sofort erwiderte. Ihre Zungen balgten sich, Hände glitten über schweißnasse Haut, bis Alec sich schließlich schwer atmend von ihm löste. Er begegnete Blakes Blick mit einem Augenzwinkern.

„Nur, wenn du mit mir drunter stehst."

Das schrille Piepsen des Weckers durchdrang die Stille seines Schlafzimmers. Blake fummelte schlaftrunken nach der Schlummertaste und stellte den Alarm ab.

Dann lag er dort in der Dunkelheit, immer noch halb benebelt vom Schlaf. Sein suchender Griff nach der anderen Seite des Bettes ging ins Leere, und das Bettlaken war kalt. Verwundert tastete er nach dem Lichtschalter und knipste die Nachttischlampe an. Blinzelnd und mit Schlaf in den Augen starrte er auf die Stelle, wo Alec noch vor wenigen Stunden gelegen hatte. Auf dem Kissen lag ein Zettel. Gähnend setzte Blake sich auf, rieb an den Bartstoppeln auf seinem Gesicht, die unter seinen Fingern knisterten, und griff nach dem Zettel.

Blake, es ist halb sechs, und ich muss jetzt los.

Danke, dass du deinen Geburtstag mit mir gefeiert hast.

Wenn du das nächste Mal J's Dienste nutzt, wäre es mir eine Freude, dich wiederzusehen.

Jederzeit.

Alec

Blake verspürte einen leichten Anfall von Bedauern, doch das war nicht zu ändern. Seine Nacht war von Alec erfüllt gewesen. Er stolperte ins Bad, drehte verschlafen die Dusche auf, und dann lehnte er sich an die kühlen Fliesen, während das Wasser sich erwärmte, und ließ im Geiste die Szenen der vergangenen Nacht nochmal ablaufen. Wie Alec ihn mit Duschgel eingeseift und sich dann sinnlich an ihm gerieben hatte, das schlüpfrige Gleiten von Haut auf Haut – das war eine höchst erotische Erinnerung. Aus dem Halbschlaf zu erwachen und zu spüren, wie Alec sich an seinen Rücken schmiegte, mit einer Erektion, die nur allzu offensichtlich war. Alecs Hand um Blakes Kehle, als er ihn von hinten genommen hatte, langsam in ihn hinein geglitten war, sich Zeit genommen hatte, bis sie beide mit leisen, atemlosen Schreien kamen. Blake erschauerte trotz der Wärme des Wassers. *Verdammt, der Mann versteht seinen Job.*

Als Blake um halb acht den Haupteingang des Verlagshauses aufschloss, war er wieder ganz der Alte, kühl und effizient und bereit für den Tag. Methodisch erledigte er seine E-Mails und schickte Memos an sein Team, bevor er sich auf dem Sofa zurücklehnte und Will Parkinsons Bewerbung noch einmal durchlas. Er machte sich Randnotizen und Vermerke zu Punkten, die Will ihm während des Gesprächs weiter ausführen oder genauer erläutern sollte. Dann warf er einen Blick auf seine Armbanduhr. Wills Bewerbungsgespräch war auf zehn Uhr terminiert. Blake ging an seinen Schreibtisch und drückte den Knopf an der

Gegensprechanlage. „Karen, kannst du bitte mal kommen?"

Gleich darauf erschien Karen Candido mit ihrem Notizblock in der Hand und setzte sich auf den Stuhl vor seinem Schreibtisch, den Stift schreibbereit erhoben. Blake seufzte innerlich angesichts der tief dekolletierten Bluse, des starken Make-ups und des übertriebenen Schmucks. Karen war die Empfangschefin und das einzige Mitglied der Belegschaft, das noch aus der Ära seines Vaters stammte. Zarte Hinweise auf den Dresscode im Büro hatten anscheinend wenig gefruchtet. Wenn es wenigstens nur ihr Aussehen wäre, dachte Blake. Karen war als Femme fatale bekannt, wie jeder männliche Angestellte, der neu in die Firma kam, zu seinem Leidwesen erfuhr. Sie war ungefähr so subtil wie ein Schweißbrenner.

Blake kam ohne einleitende Worte sofort zur Sache. „Ich führe heute Vormittag ein Vorstellungsgespräch wegen der PA-Stelle, Karen, also wenn Will Parkinson kommt, machst du ihm einen Kaffee und dann gibst du mir Bescheid. Er soll entspannt sein, wenn ich ihn empfange." Blake hasste Bewerbungsgespräche und ging daher davon aus, dass es allen anderen genauso ging. Er tat immer sein Bestes, um dafür zu sorgen, dass Bewerber sich wohl fühlten. „Stell bitte während des Gesprächs keine Anrufe durch und schick eine Memo unter dem Team herum. Ich möchte nicht gestört werden."

„Ja, Sir." Karen kritzelte rasch. „Wäre das dann alles?" Blake nickte knapp, und sie stand auf und verließ das Büro. Blake stieß einen Seufzer der Erleichterung aus. Wenigstens hatte sie endlich aufgehört, ihm schöne Augen zu machen und angelegentlich an ihrer Bluse herumzunesteln. Ansonsten hätte er ihr demnächst die Firmenrichtlinien zum Fraternisierungsverbot innerhalb des Personals um die Ohren gehauen. Die Tatsache, dass solche Richtlinien nicht einmal existierten, hätte ihn dabei keine Sekunde lang aufgehalten.

Er klappte einen Aktenordner auf, um die Liste der neuen Verträge durchzugehen, die diese Woche rausgehen würden. Sie stellte eine beeindruckende Lektüre dar. Noch erstaunlicher jedoch war der Erfolg des relativ neuen Projekts für die Übersetzung von M/M-Büchern in europäische Sprachen. Lizzie war für die Übersetzungsabteilung zuständig, und Blake hatte ihr vier Übersetzungen der beliebtesten M/M-Titel pro Monat als Ziel vorgegeben. Lizzie, schon immer eine Überfliegerin, hatte sich mit ihrer üblichen Entschlossenheit und Hingabe ans Werk gemacht. Blake musste lächeln: im letzten Monat hatte ihre Abteilung elf Übersetzungen veröffentlicht, und jetzt teilte sie Blake mit, dass sie per Anzeige weitere Übersetzer, Korrekturleser und Lektoren suchte.

Die Gegensprechanlage summte. „Mr. Davis, Will Parkinson ist hier." *Es geht los.* Blake stand auf, brachte seinen Schreibtisch in Ordnung und rückte ein letztes Mal seine Seidenkrawatte zurecht, ehe er die Tür öffnete und den Flur entlang zu Karens Empfangstisch ging. Als er um die Ecke kam, erblickte er einen hochgewachsenen, schlanken Mann, der mit dem Rücken zu ihm stand und die gerahmten Zeitungsartikel an den Wänden studierte.

„Mr. Parkinson? Wenn Sie dann bitte" –

Der Mann drehte sich um, und Blakes nächste Worte blieben ihm in der Kehle stecken. Es war Alec.

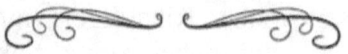

Oh, das darf doch wohl nicht wahr *sein!* Will stöhnte innerlich auf, als plötzlich sein megascharfer Kunde von gestern Nacht mit offenem Mund und weit aufgerissenen Augen vor ihm stand. *Na ja, das war's dann wohl mit dem Job. So ein saublödes Pech aber auch...*

Will nahm sich zusammen. *Bringen wir's besser schnell hinter uns.* Er näherte sich Blake mit ausgestreckter Hand. „Mr. Davis, vielen Dank für die Einladung, aber jetzt stelle ich fest, dass ich meine Bewerbung um diese Stelle leider zurückziehen muss." Seine Hand hing in der Luft und wartete auf Blake, der sie mit leerem Blick anstarrte. *Na los, Blake, mach schon.* Blake riss sich sichtlich zusammen, aber er gab Will immer noch nicht die Hand. Das wurde langsam peinlich. Will zog hastig seine Hand zurück. Er fasste seine Aktentasche fester.

„Mr. Parkinson, würden Sie bitte in mein Büro kommen?" Der Blick in Blakes Augen sagte Will, dass der Mann kein „Nein" als Antwort akzeptieren würde. Dazu kam noch sein verbissener Gesichtsausdruck. Will schluckte. „Karen, bitte keine Anrufe." Blake deutete mit einer Handbewegung in die Richtung, aus der er gekommen war. „Hier entlang, bitte." Blake starrte ihn unverwandt an, und Will hatte keine andere Wahl. Er hatte nicht die Absicht, den Mann bloßzustellen. Er nickte und folgte Blake den Flur entlang und in ein Büro. Blake machte die Tür zu und starrte ihn dann mit glühenden Augen an.

„Hast du es letzte Nacht gewusst?" Wills Augen weiteten sich. *Er denkt...* Wills Blick fiel auf Blakes Hände, die zu Fäusten geballt waren. Oh je, Blake war wütend. „Nun? Hast du es gewusst?"

„Natürlich nicht!", platzte Will heraus. Seine Wangen wurden heiß.

„Aber du hast gewusst, dass du heute hier ein Vorstellungsgespräch hast."

Will dachte fieberhaft nach. „Moment mal, ich dachte, es ginge um die Stelle als *Justin* Davis' persönlicher Assistent. *Er* leitet doch den Verlag, oder etwa nicht?" Blake runzelte die Stirn. Will hatte keine Ahnung, was los war. „Letzte Nacht wusste ich nur, dass mich ein Typ namens Blake gebucht hatte. Kein Nachname, ganz bestimmt nichts, was dich mit Trinity Publishing in Verbindung gebracht hätte. Und in den Unterlagen, die ich mit dem Bewerbungsformular bekommen habe, stand eine Menge über Justin Davis – Biografie, Firmengeschichte, Pressemitteilungen..." Er zermarterte sich das Hirn. War darin irgendwo von *Blake* Davis die Rede gewesen? Ein Blick in Blakes Gesicht jedoch sagte ihm, dass der Mann sich allmählich beruhigte.

„Na schön, das spielt ja jetzt alles keine Rolle mehr, okay?" Will sprach mit bewusst ruhiger Stimme. Innerlich fluchte er. Verdammt, er hatte diesen Job *gewollt*. „Das Vorstellungsgespräch ist sowieso hinfällig, denn wir wissen doch beide, dass du mir den Job auf keinen Fall geben wirst. Nicht nach letzter Nacht." Er atmete tief durch. „Also, dann gehe ich jetzt einfach, danke." Er wandte sich zum Gehen.

„Warte."

Will blieb stehen, erstaunt über den dringlichen Tonfall von Blakes Stimme. Er drehte sich wieder um und sah ihn an.

„Du bist zu einem Vorstellungsgespräch gekommen. Führst du dich bei Vorstellungsgesprächen immer so auf?"

Diesmal war es Will, dem die Kinnlade runterfiel. Blake machte Witze, oder? Doch Blake sah ihm unverwandt in die Augen.

„Du willst das Vorstellungsgespräch trotzdem führen?", fragte Will ungläubig. Blake nickte. Trotz seiner anfänglichen Reaktion befasste sich der logische Teil von Wills Verstand bereits mit der Situation.

Okay, Blake würde ihn nicht einstellen. Aber er hatte Kontakte in der Branche. Es könnte sich lohnen, sich sein Wohlwollen zu sichern. *Wenn sich eine Tür schließt... Komm schon, du schaffst das.* Er holte tief Luft. „Okay." Er fand es immer noch verrückt, das zu tun, aber was soll's – es war sowieso ein verrückter Tag.

Blake deutete auf den Stuhl vor seinem Schreibtisch und Will nahm Platz, dankbar, sich hinsetzen zu können. Seine Beine zitterten und sein Magen fühlte sich an, als hätte er eine Bowlingkugel verschluckt. Blake verschwendete keine Zeit. Er setzte sich und legte sofort mit seinen Fragen los, machte sich Notizen und hörte sichtlich aufmerksam zu, wenn Will antwortete. Nach den ersten paar Fragen wurde Will allmählich gelassener und gewann an Selbstvertrauen, obwohl Blake sich bei seinen Fragen nicht zurückhielt. Will konnte ihn nur bewundern. Er beherrschte offensichtlich die Materie, was Will dabei half, sich zu entspannen und wirklich sein Bestes zu geben. Als Blake schließlich seinen Stift weglegte, stellte Will bei einem Blick auf die Uhr betroffen fest, dass vierzig Minuten vergangen waren. Wirklich ein Jammer, dass aus dem Job nichts wurde – nach allem, was Will erfahren hatte, wäre er perfekt für ihn gewesen. Und Blake hätte einen großartigen Chef abgegeben.

„Danke fürs Kommen, Will." Blake stand auf, ging um den Schreibtisch herum und schüttelte ihm die Hand.

„Nur damit du's weißt", sagte Will mit einem halben Lächeln. „Das war so ziemlich das surrealste Vorstellungsgespräch, das ich je hatte." Er lachte leise. „Ich weiß es zu schätzen, dass du es durchgezogen hast, aber ich glaube, wir wissen beide, was dabei rauskommen wird. Aber wenn du vielleicht bitte meine Unterlagen aufheben könntest, falls du mal irgendwas hörst, wo sich eine Bewerbung für mich lohnen würde."

Er nahm seinen Aktenkoffer, der neben dem Stuhl auf dem Boden gestanden hatte, und ging zur Tür. An der Schwelle blieb er stehen und drehte sich noch einmal zu Blake um. Der Mann sah geradezu zum Fressen aus in seinem eleganten Anzug. Diese Pfirsichhaut und diese fantastischen blauen Augen ließen Wills Schwanz immer noch steif werden, trotz der Situation. „Und ich könnte es verstehen, wenn es dir jetzt peinlich wäre, mich nochmal über J's zu buchen. Obwohl ich persönlich das sehr schade finden würde." Blake öffnete den Mund, als wollte er etwas sagen, aber Will hatte genug. „Auf Wiedersehen, Mr. Davis." Und damit verließ er das Büro. Er nickte der Rezeptionistin kurz zu, als er am

Empfang vorbeikam, und eilte dann aus dem Gebäude. *Na schön, dann fangen wir eben nochmal von vorn an...*

Blake atmete zittrig aus, nachdem Will das Büro verlassen hatte. *Was zum Teufel soll ich jetzt bloß machen?* Trotz Wills anfänglicher Nervosität war schnell klar geworden, dass er der perfekte Mann für den Job war. Blake sank auf seinen Stuhl und stützte sich auf den Schreibtisch, das Gesicht in den Händen vergraben. Er hatte sich noch nie so zerrissen gefühlt, so restlos kompromittiert. Dann kam ihm die Erleuchtung. Er brauchte einen unparteiischen Rat.

Blake scrollte durch seine Kontakte und rief Dave Thurston an. Als die Verbindung hergestellt war, erklang Daves joviale Stimme.

„Blake, gutes Timing. Ich habe gerade alles für meine erste Kundin aufgebaut, aber sie kommt erst in fünfzehn Minuten. Wie läuft's denn so, Kumpel?" Blake entfuhr ein leises Stöhnen und Dave lachte leise. „So schlimm, hm?"

„Dave, ich brauche deinen Rat."

Daves Tonfall änderte sich sofort. „Leg los."

Rasch legte Blake ihm die Sachlage dar. Dave unterbrach ihn kein einziges Mal. Als er zum Ende kam, herrschte Schweigen. „Dave?"

„Okay, entschuldige meine Beschränktheit, aber was genau ist hier das Problem?"

Blake blieb der Mund offen stehen. „Ähm, hast du nicht gehört, was ich gesagt habe? Ich habe den Mann *gefickt*!"

„Und? War er wenigstens gut im Bett?"

„Dave!" Blake klappte der Unterkiefer herunter.

Da war dieses leise, sonore Lachen wieder. „Okay, sag mir eins. Erfüllt er deine Kriterien?"

„Ja. Er ist perfekt."

„Fühlst du dich zu ihm hingezogen?"

Blake zögerte, dann antwortet er: „Nein." *Warum kriegst du dann schon beim bloßen Gedanken an ihn einen Ständer?* Blake nahm sich zusammen und verdrängte die Erinnerung daran, wie Alec – *Will*, ermahnte er sich ungeduldig – gesättigt und schweißüberströmt in seinem Bett gelegen und ihn mit diesen braunen Augen so eindringlich angesehen hatte.

Daves Tonfall verriet seine Skepsis. „Hmm, ja, schon klar." Bevor Blake protestieren konnte, sprach Dave weiter. „Okay, meine Meinung, wenn du sie hören willst? Stell ihn ein."

Blake fielen fast die Augen raus. „Du machst Witze, oder?"

„Nein, eigentlich nicht." Dave klang ernst. „Er hört sich an, als wäre er genau das, was du brauchst. Dann habt ihr eben gebumst, na wenn schon. Willst du diese Information mit irgendjemandem teilen?"

„Kommt nicht in Frage!" Auf gar keinen Fall würde Blake sich outen.

„Na schön, sofern er sich darüber im Klaren ist, sage ich nochmal: stell den Mann ein." Eine weitere Pause. „Ist er offen schwul?"

Das gab Blake zu denken. „Ich glaube schon. Bei seinem Beruf..."

Dave schnalzte missbilligend mit der Zunge. „Stelle nie unnötige Vermutungen an, mein Freund. Dürfte ich vorschlagen, dass du dich mit Will besprichst, bevor du weitere Schritte unternimmst? Er muss wissen, dass es mit diversen Einschränkungen verbunden ist, wenn du ihm die Stelle anbietest." Dann lachte er gackernd. „Apropos Einschränkungen... hat er dich auf Touren gebracht?"

Blake stöhnte auf. „Oh, Dave, du machst dir keine Vorstellung." Dave und er hatten keine Geheimnisse voreinander. Der Mann war wie der Bruder, den Blake nie gehabt hatte.

Dave brach in Gelächter aus. „Oh wow, Blake, das nenn' ich mal richtig Schwein gehabt. Dein Traumkandidat *und* teuflisch gut in der Kiste. Sieh zu, dass der dir nicht durch die Lappen geht. Denk an die Vorteile."

Blake verstand erst nicht, was Dave meinte, bis plötzlich ein Bild vor seinem geistigen Auge auftauchte – Will in einem Anzug und gerade dabei, ihn über seinem Schreibtisch zu ficken. *Oh mein Gott...*

„Du weißt *genau*, wovon ich rede, stimmt's?" Blake konnte die Schadenfreude in Daves Stimme hören.

„Daraus wird nichts", knurrte Blake. Zu seiner Erleichterung schien Dave wieder ernst zu werden.

„Also dann, okay, ich habe dir gesagt, was ich denke. Ruf ihn an, triff dich mit ihm und sag ihm, wie die Lage ist. Dann siehst du weiter."

Blake atmete tief durch und ließ seine Anspannung mit dem Atem ausströmen. „Danke, Kumpel. Vielen Dank."

„Kein Problem. Gern geschehen." Blake hörte ein langes Summen im Hintergrund. „Oh, Scheiße, sie ist früh dran. Tut mir leid, Kumpel, ich muss los.

Ruf mich bald mal an, dann essen wir zusammen zu Abend, okay?"

„Ja, klingt gut. Danke, Dave." Die Verbindung wurde getrennt.

Blake lehnte sich zurück und starrte auf den Ordner mit Wills Unterlagen. Was Dave gesagt hatte, leuchtete ihm ein. Er fand Wills Handynummer in seinen Personalien und rief ihn an.

„Will Parkinson hier." Am Telefon klang Will effizient.

„Mr. Parkinson, hier spricht Blake Davis." Das darauffolgende Schweigen überraschte ihn nicht. „Können wir reden?"

Will lachte leise. „Nun, diese Entscheidung war schnell getroffen, nicht? Ich hatte nicht wirklich mit einem Anruf gerechnet, wenn ich ehrlich bin, aber nett von dir."

Blake holte tief Luft, bevor er weitersprach. „Will, ich würde mich gern mit dir treffen, wenn möglich."

„Zu welchem Zweck?" In Wills Stimme lag plötzlich ein müder Unterton. Blake konnte es ihm nicht verdenken.

„Will, ich möchte dir den Job anbieten." Er hörte, wie Will der Atem stockte. Bevor der Mann etwas sagen konnte, preschte Blake weiter vor. „Aber bevor du mir eine Antwort gibst, wären da noch gewisse Bedingungen, über die wir meiner Meinung nach sprechen müssen. Falls du das Angebot danach immer noch annehmen möchtest, könntest du gleich anfangen."

„Das ist doch kein Scherz, oder?" Will sprach leise. In seiner Stimme schwang fast so etwas wie Hoffnung mit.

„Keineswegs", bestätigte Blake. „Willst du dich mit mir treffen?"

„Ja." Kein Zögern. „Wann und wo?"

Blake überlegte rasch. Er wollte das nicht im Büro machen.

„Kannst du heute Abend in meine Wohnung kommen, so gegen sieben? Wir können uns unterhalten und zusammen essen, wenn du möchtest. Wenn du mit mir zusammenarbeiten willst, möchte ich dich kennen lernen."

Es gab eine Pause, dann antwortete Will: *„Nur essen und reden?"*

„Ja. Rein geschäftlich." Blake wartete, plötzlich nervös, auf Wills Antwort.

Schließlich sagte Will: „Okay. Also dann um sieben."

Blake stieß den Atem aus, den er angehalten hatte. „Wunderbar. Bis heute Abend." Sie wechselte noch einige kurze Worte und beendeten dann das Gespräch. Blake legte sein Handy auf den Schreibtisch und starrte es einen Moment lang an. Trotz Daves beruhigender Worte war er nervös. Er hofft zu Gott, dass er hier nicht gerade einen gewaltigen Fehler machte.

4

Will betrat das Apartmenthaus, in dem Blake wohnte, und blieb stehen. Anders als gestern Abend tat heute ein Pförtner Dienst. Er hatte die Füße auf dem Empfangstisch hochgelegt und sein Blick war auf einen kleinen Fernseher geheftet. Als Will hereinkam, hob der Mann ruckartig den Kopf.

„Guten Abend, Sir. Kann ich Ihnen helfen?"

Will lächelte ihn freundlich an. „Ich möchte zu Blake Davis, oberste Etage."

Der Pförtner nickte. „Mr. Davis hat Sie mir bereits angekündigt, Sir. Sie können gleich nach oben gehen." Will neigte bestätigend den Kopf und steuerte auf den Aufzug zu. Sein Magen war zum dritten Mal innerhalb von vierundzwanzig Stunden wie zugeschnürt. Heute Morgen auf sein Vorstellungsgespräch zu warten war schon nervenaufreibend genug gewesen, aber das war nichts im Vergleich zu seinem Lampenfieber am Abend zuvor. Er wusste, dass er nach außen hin ruhig und selbstbewusst gewirkt hatte, aber das war nur Theater gewesen, nichts weiter. Glücklicherweise hatte Blake ihm geholfen, seine Nervosität zu überwinden. Im Moment tappte Will völlig im Dunkeln, da er keine Ahnung hatte, was auf ihn zukam. *Worüber will er mit mir sprechen?* Bei Blakes Einladung zum Abendessen war ihm in den Sinn gekommen, ob er Will vielleicht nochmal in die Kiste kriegen wollte. Doch diesen Gedanken hatte er fast sofort wieder verworfen. Selbst angesichts einer so kurzen Bekanntschaft hatte er das Gefühl, sich auf Blakes Redlichkeit verlassen zu können. Will schloss die Augen und atmete ein paarmal tief durch, während der Aufzug ihn sanft und ruckfrei in die oberste Etage beförderte. Als die Schiebetüren aufgingen, trat er in den Flur und hob die Hand, um anzuklopfen. Doch bevor seine Finger das Holz berührten, hielt er inne. *Komm schon, nimm dich zusammen.*

Unversehens öffnete sich die Tür, und da stand Blake, in Jeans und einem blauen Hemd, dessen Farbe zu seinen Augen passte. Will bekam fast einen Ständer bei dem Anblick. *Muss der Mann so verdammt* schön *sein?* Es war das einzige Wort, das ihm gerecht wurde.

Blake lächelte. „Auf die Minute pünktlich. Komm rein."

Will folgte Blake ins Wohnzimmer, wo der Gaskamin brannte und den Raum mit Wärme erfüllte. Er schnupperte anerkennend. Irgendwas roch hier gut.

„Das ist nur Hühnchen aus dem Feinkostladen hier in der Nähe." In Blakes Stimme lag ein entschuldigender Unterton. „Mit grünen Bohnen und sautierten Kartoffeln." Wills Magen knurrte, und seine Wangen wurden heiß. Blake lachte leise. „Sollen wir essen, während wir reden?"

„Klingt gut." Will war am Verhungern. Blake ging voraus in ein kleines Nebenzimmer, das Will gestern Abend gar nicht bemerkt hatte. *Wenig verwunderlich, ich war zu sehr mit Bumsen beschäftigt.* Der Gedanke trug nicht dazu bei, seine brennenden Wangen abzukühlen. Er fixierte den

Esstisch mit vier Stühlen, an dem für zwei gedeckt war. Weingläser standen auf Untersetzern.

„Ich war mir nicht sicher, ob du nachher noch fahren musst. Ich weiß, dass wir gestern Abend Champagner getrunken haben. Es gibt auch Saft oder Wasser, wenn dir das lieber ist."

Will mochte Blakes Auftreten. Irgendwas an dem Mann nahm Will seine Befangenheit.

„Saft wäre toll."

Blake lächelte erneut und verschwand, vermutlich in der Küche. Will setzte sich und breitete gerade die weiße Serviette über seinen Schoß, als Blake mit einem Glas Saft zurückkam.

Er gab es Will und verschwand wieder. Diesmal kam er mit zwei Tellern wieder, gefüllt mit Hühnchen und Gemüse. Der Duft nach Knoblauch und Zitrone ließ Will das Wasser im Mund zusammenlaufen.

Sie aßen langsam, und Will genoss jeden einzelnen Bissen. „Das schmeckt köstlich."

Blake schluckte, was er im Mund hatte, und sagte dann: „Ich esse das normalerweise einmal die Woche. Es geht schnell, wenn ich noch arbeiten muss und keine Zeit zum Kochen habe."

„Arbeitest du an den meisten Tagen abends?" Will schob sich einen weiteren Bissen Hühnchen in den Mund und genoss die subtilen Aromen.

Blake nickte. „Im Moment habe ich leider keine Work-Life-Balance. Die Arbeit überwiegt immer mehr."

„Dann ist es ja gut, dass du mich einstellst, nicht?" Will legte seine Gabel auf den Teller und musterte Blake kurz. „Du hast das doch ernst gemeint, oder? Das mit dem Job?"

„Natürlich!" Blake schien überrascht über die Frage. „Hast du gedacht, ich wollte dich auf die Schippe nehmen oder so?" Er starrte Will ein paar Sekunden lang schweigend an.

Will lehnte sich zurück. „Um ehrlich zu sein, ich war schockiert, als du angerufen hast. Ich hätte nie damit gerechnet, das zu hören." Er musterte Blake aufmerksam. „Aber ich muss sagen, ich bin sehr gespannt, was du mit mir besprechen willst."

Blake legte sein Besteck weg und sagte unumwunden: „Du weißt, dass ich nicht offen schwul lebe." Will nickte. Er erinnerte sich daran, dass Blake das gesagt hatte. „Ich möchte, dass das so bleibt. Falls du die Stelle annimmst, dann nur unter der Voraussetzung, dass niemand erfahren darf, was zwischen uns passiert ist."

Will nickte. „Ich bin ‚out', aber ich habe nicht vor, mit einer Regenbogenflagge im Büro rumzutanzen und Mascara und Nagellack zu tragen, falls es das ist, was dir Sorgen macht." Ein Gedanke kam ihm. „Wir würden eng zusammenarbeiten. Du befürchtest, dass deine Angestellten auch über dich Vermutungen anstellen könnten, wenn sie wüssten, dass ich schwul bin. So nach dem Motto, gleich und gleich gesellt sich gern."

Blakes Augen leuchteten auf. „Ja, genau." Er klang richtig erleichtert

„Damit habe ich kein Problem. Aber du solltest wissen, falls jemand fragt – nicht, dass ich das für wahrscheinlich halte, es kommt darauf an, ob jemand ein gutes Schwulenradar hat, weil ich es ganz sicher nicht an die große Glocke hängen werde – aber falls es doch vorkommt, dann weiß ich nicht, was ich davon halten würde, es zu leugnen." Will hatte sich schon vor langer Zeit – vor einem halben Leben – mit seinem Schwulsein arrangiert.

Blake sah ihn schweigend an, und Will fragte sich, was gerade in seinem Kopf vorging. Er mochte den Mann wirklich, und er wusste, in diesem Fall würde er alles tun, was in seiner Macht stand, um das Geheimnis seines künftigen Chefs zu wahren.

„Das ist akzeptabel", sagte Blake schließlich, und Will atmete leichter.

Nach dem Essen ging Will ins Wohnzimmer, während Blake Kaffee machte. Dann saßen sie auf dem Sofa, schlürften das aromatische Getränk und starrten in die flackernden Flammen.

Wills Blick fiel auf den Teppich und sein Schwanz wurde steif bei der Erinnerung daran, wie Blake ihn geritten hatte. Gott, war das erst vierundzwanzig Stunden her?

Er versuchte, die Bilder in seinem Kopf zu ignorieren, aber ein rascher Blick zu Blake verriet ihm viel. Blake starrte auf den Teppich, die Wangen gerötet, den Mund leicht geöffnet. Will warf einen verstohlenen Blick auf Blakes Leistengegend. Der Mann war sichtlich erregt. Will stöhnte innerlich. Er hatte den Job noch nicht mal angetreten, und sein Boss bescherte ihm schon einen Ständer.

„Darf ich dich was fragen?" Blakes Stimme holte Will aus seinen abschweifenden Gedanken. Er wandte ihm das Gesicht zu und nickte. „Warum machst du das mit dem Escort-Service?"

Ach du Scheiße. Will schluckte. „Nach der Uni hatte ich einen Haufen Schulden, wegen meiner Studienkredite. Und ich hatte zwar einen Job bei einem Verlagshaus, aber damit konnte ich kaum was davon abtragen. Jemand hat mir vorgeschlagen, doch mal als Escort zu arbeiten." Innerlich drückte er die Daumen und betete, dass keine weiteren Fragen zu dem Thema kamen. Sein Herz wurde schwer, als Blake doch eine stellte.

„Hast du die Absicht, damit weiterzumachen, wenn du erstmal für mich arbeitest?"

Will wurde ganz still. Er wollte nicht lügen. Das war keine gute Basis für eine Arbeitsbeziehung. „Wenn ich ehrlich bin, muss ich ja sagen. Aber ich garantiere dir, dass das meinen Job bei Trinity *niemals* beeinträchtigen wird." Er sah Blake in die Augen. „Falls das nicht akzeptabel ist, dann sag mir das bitte gleich, und wir beenden das Ganze." Beklommen wartete er auf Blakes Antwort.

Blake schaute für eine ganze Weile auf den Boden, und Wills Brust schnürte sich zusammen. Als Blake endlich den Kopf hob und ihn ansah, schlug Will das Herz bis zum Hals.

„An manchen Tagen werden wir sehr lange arbeiten müssen, das sollte dir klar sein. Und es wird Geschäftsreisen zu Buchmessen in Europa geben. Somit ist das kein Job mit regulären Arbeitszeiten." Will nickte.

„Na schön, wenn du mir dein Wort gibst, dass der Job an erster Stelle steht, dann kann ich damit leben, ja."

Will hätte ihn küssen können. „Danke", sagte er, zitternd vor Erleichterung.

Blake grinste. „Soll das heißen, dass Sie mein Jobangebot offiziell annehmen, Mr. Parkinson?" Seine Augen strahlten.

Will erwiderte das Grinsen. „Ja, Mr. Davis. Mit Vergnügen. Wann fange ich an?"

Blake schmunzelte. „Morgen früh. Ich bin normalerweise um halb acht da, und Ed Fellows, der Büroleiter, kommt kurz danach. Der Rest der

Belegschaft kommt um halb neun. Das gilt dann auch für dich."

Wenn Blake um halb acht zu arbeiten anfing, würde er das auch tun, beschloss Will auf der Stelle. Nicht, dass er vorhatte, Blake das zu sagen. Er würde ihn morgen früh überraschen. Mit einem Blick auf seine Uhr sagte er: „Wenn das so ist, gehe ich jetzt wohl besser nach Hause und schlafe mich aus. Ich will an meinem ersten Tag beim Boss einen guten Eindruck machen." Er zwinkerte.

Will hätte Blake ja nur zu gern gefragt, ob er je wieder seine Dienste in Anspruch nehmen würde. Die Nacht mit ihm war eine Offenbarung gewesen. Er hätte nie erwartet, einen Freier zu finden, der so auf ihn ansprach, und sich mit Blake so innig verbunden zu fühlen hatte ihn erschüttert. Nicht, dass Blake das je erfahren würde. Genausowenig, wie Will seinem neuen Chef jemals das volle Ausmaß seiner Erfahrung mit J's verraten würde. Tatsächlich war er sich nach gestern Nacht nicht mal mehr sicher, ob er das nochmal tun konnte, trotz seiner Erfahrung. Denn nach einer Nacht mit Blake sehnte er sich nach mehr, und die Vorstellung, mit jemand anderem zusammen zu sein, widerstrebte ihm heftig.

Will freute sich, Blakes Augenbrauen in die Höhe schnellen zu sehen, als er am nächsten Morgen beim Verlagshaus ankam und Will dort an der Glastür lehnen sah. Noch besser war der anerkennende Blick, den Blake ihm zuwarf.

„Ich bin beeindruckt."

Will zuckte lässig die Achseln, insgeheim erfreut. Blake schloss die Tür auf und führte ihn ins Büro. Vor der Tür zur Küche blieb er stehen und drehte sich zu ihm um.

„Ich habe ziemlich schnell gelernt, dass der ganze Haufen morgens mit viel mehr Begeisterung rechtzeitig zur Arbeit kommt, wenn ich den Kaffee schon fertig habe", sagte er augenzwinkernd. „Vor allem Ed. Der Mann liebt sein Koffein."

„Lästerst du schon wieder über mich, Boss?"

Will drehte sich nach dem Besitzer der schroffen Stimme um. Das war eindeutig Ed Fellows, Blakes rechte Hand. Blake hatte ihn gestern Abend mit Infos über das gesamte Team versorgt, sodass Will nicht ganz unvorbereitet war. Ed sah aus, als wäre er ungefähr in Wills Alter, vielleicht sogar jünger, mit grünen Augen und widerspenstigen braunen Haaren. Will registrierte das dunkle Wirbelmuster eines Tattoos unter Eds Hemd. Blake hatte ihn mit drei Worten zusammengefasst – loyal, ruppig, engagiert – und er vertraute ihm offenbar rückhaltlos, was den reibungslosen täglichen Ablauf im Büro betraf. Will streckte ihm zur Begrüßung die Hand entgegen, und Ed schüttelte sie mit festem Griff.

„Na, Kumpel, ich bin jedenfalls verdammt froh, dass du hier bist. Vielleicht kann ich mich jetzt mal wieder um meine Arbeit kümmern und seine Hoheit da drüben dir überlassen."

Will musste lächeln. Ed benahm sich so erfrischend anders als die Spießer, mit denen er in seinem letzten Job zusammengearbeitet hatte. Das kleine Verlagshaus war ein großartiger erster Schritt gewesen. Doch Will hatte auch gesehen, wo sie in geschäftlicher Hinsicht enorme Entwicklungsmöglichkeiten gehabt hätten, wenn es nicht so viele Widerstände gegeben hätte. Es war eine tägliche Plackerei gewesen, auch nur die kleinsten Veränderungen zu bewirken.

Eds Redeweise gefiel ihm jetzt schon, und es war nicht zu übersehen, dass er und Blake eine großartige Arbeitsbeziehung hatten.

„Freut mich, Ed. Ich bin Will Parkinson."

Ed grinste. „Tu uns allen einfach einen Gefallen und bleib, Will. Und sieh zu, dass du dich vom Boss nicht unterbuttern lässt. Er schwingt vielleicht manchmal die Peitsche, aber eigentlich ist er so rabiat wie ein Kätzchen." Er zwinkerte Blake zu, und Blake schüttelte zwar den Kopf, doch selbst Will konnte erkennen, dass er über Eds Bemerkung nicht gekränkt war. Ed sah zu, wie Blake die Kaffeemaschine füllte. „Kaffee noch nicht fertig, Boss? Du lässt nach." Seine Augen funkelten.

Blake gab ein leises Knurren von sich. „Sei nicht so vorlaut, sonst kannst du ihn dir selber machen." Doch das Zucken seiner Lippen verriet ihn. Die Maschine begann zu blubbern und es duftete bereits nach Kaffee. Blake winkte Will mit dem Zeigefinger zu sich. „Komm, ich zeige dir dein Büro." Er nickte Ed kurz zu und lotste Will dann aus der Küche und den Flur entlang zu dem Büro neben seinem.

Will blickte sich um. Besonders groß war es nicht, aber er brauchte auch nicht viel Platz. Wie in Blakes Büro gab es ein Fenster und davor einen breiten Schreibtisch mit zwei Stühlen. Zwei Aktenschränke standen an der Wand neben der Verbindungstür zwischen den beiden Büros. Und neben dem Schreibtisch gab es einen Computerarbeitsplatz mit Drucker und Scanner.

Will lächelte. Das hier genügte ihm völlig.

„Falls du dir ein paar Sachen von zuhause mitbringen und deinem Bereich einen persönlicheren Touch geben möchtest, kannst du das ruhig tun", meinte Blake. Will war ihm da weit voraus. Auf seinem Schreibtisch gab es neben dem Monitor ein ideales Plätzchen für seine Friedenslilie, und seine Topfgardenie konnte er auf den Aktenschrank stellen. Dort bekam sie genug Licht.

Blake öffnete die Verbindungstür zu seinem Büro und winkte Will hindurch. „Wir haben jeden Morgen um neun eine Teamsitzung. Keine ewig lange Sache, sondern eine Gelegenheit für alle, ein Update über ihre Fortschritte zu geben." Er warf einen Blick auf seine Armbanduhr. „Vielleicht sollten wir die Zeit bis dahin sinnvoll nutzen und dich auf den neuesten Stand bringen, was aktuelle Projekte und Themen betrifft, mit denen du dich befassen musst. Ich kann dich etwas detaillierter über den täglichen Ablauf hier informieren." Will nickte. Blake schien ihm ausgesprochen gut organisiert und effizient zu sein, was ihm nur recht war.

Blake setzte sich an seinen Schreibtisch, Will ihm gegenüber. „Also, meine tägliche Arbeit besteht im Sichten und Bewerten von eingereichten Manuskripten, und das delegiere ich auch nicht." Will nickte bestätigend. „Außerdem manage ich die Verträge, und die diversen Abteilungen halten alles andere am Laufen. Du wirst das Team ja bald kennenlernen." Er sah Will in die Augen. „Als ich in die Firma gekommen bin, war das hier ein traditionelles Verlagshaus, das Romane als

Hardcover und Taschenbücher herausbrachte. Mein Vater hatte sich gegen die Einführung von E-Books gewehrt; er meinte, die würden nie besonders populär sein. Ja, klar." Beide Männer schmunzelten, und dann wurde Blakes Gesichtsausdruck ernster. „Wir sind kein großes Unternehmen, Will."

„Mag sein", warf Will ein, „aber ihr seid am Wachsen. Ihr habt an die tausend Angestellte, Autoren und Auftragnehmer, und die Liste wird täglich länger." Anerkennung glitzerte in Blakes Augen. Will hatte seine Hausaufgaben gemacht. Er wusste, das Trinity der aufsteigende Stern im Verlagswesen war. Das war einer der Hauptgründe gewesen, warum er sich um die Stelle beworben hatte.

„Du hast gestern von Buchmessen gesprochen."

Blake grinste. „Ja, ich hoffe, du reist gern." Wills Augen leuchteten auf. Das war ein Aspekt des Jobs, der ihn wirklich reizte. „Warst du schon mal auf einer großen Handelsmesse?"

„Ich war ein, zwei Mal auf einer Autoausstellung."

Blake nickte. „Dann wirst du ja das Konzept der Buchmessen verstehen. Über hunderttausend Menschen unter einem Dach. Die Frankfurter Buchmesse hast du gerade knapp verpasst – die war letzte Woche – und da gab es dreimal so viele Teilnehmer. Fünfundzwanzigtausend Anbieter. Alle Aspekte der Buchbranche waren dort vertreten, vom Druck über Lagerhaltung bis hin zu Management-Software."

Will nickte. Er konnte es kaum erwarten, an einer solchen Veranstaltung teilzunehmen.

„Buchmessen sind ein große Sache", fuhr Blake fort. „Wir reden hier vom Aushandeln von Verträgen für Auslandsrechte, von der Vergabe von Produktionsaufträgen an denjenigen, der die besten Preise für den Druck anbietet... Es ist der reine Wahnsinn."

Will grinste. „Aber du liebst es."

Blake erwiderte das Grinsen. „Ja, aber es ist anstrengend. Im Grunde erscheine ich dort am ersten Tag mit einem Lächeln auf den Lippen und mache fünf Tage später zum ersten Mal wieder die Augen zu. Die Ausstellungsfläche ist von neun bis fünf geöffnet, aber dann sind da noch die Geschäftsessen. Manchmal trifft man sich sogar mit drei verschiedenen Leuten – mit einem zum Abendessen, mit dem zweiten zum Nachtisch und mit dem dritten geht man was trinken. Ganz abgesehen davon, dass ich den Tag mit einem Arbeitsfrühstück beginne." Er schaute reumütig drein. „Während der Buchmessen esse und trinke ich wahrscheinlich mehr als sonst in einem ganzen Monat."

Will konnte nicht widerstehen. „Ja, aber das sieht man dir nicht an." Er wackelte mit den Augenbrauen, und Blake fiel der Unterkiefer runter. Er drohte Will mit dem Finger, und Will hob die Hände. „Entschuldigung." Blake sagte nichts, aber Will gefiel dieses Funkeln in den Augen seines Chefs.

In den folgenden fünfzig Minuten gingen sie Blakes Liste mit den derzeitigen Einsendungen durch, und Will notierte sich, welche Manuskripte unter Vertrag genommen und gleich ans Team weitergegeben werden sollten.

Die zielgerichtete Arbeitsatmosphäre im Büro war angenehm, und Will fühlte sich fast sofort wohl. Er hatte ein gutes Gefühl bei diesem Job. Natürlich trug die Tatsache, dass er scharf auf seinen Boss war, nicht unbedingt dazu bei. Es war sehr schwierig, Blake anzusehen und nicht an ihre gemeinsame Nacht erinnert zu werden.

Will hatte keine Ahnung, wieso der Mann ihm so unter die Haut gegangen war, und das so schnell, aber es war nicht zu leugnen: in dieser Nacht hatte er den bisher besten Sex seines Lebens gehabt. So heißer Sex war schwer zu vergessen, und Will ertappte sich mehr als einmal bei der Hoffnung, dass Blake seine Dienste gern wieder in Anspruch nehmen würde. Der logischere Teil seines Verstands machte sich keine solchen Illusionen. Blake würde Geschäft und Vergnügen nicht vermischen wollen. Verdammt...

Es wurde Zeit für die Teambesprechung, und Will folgte Blake in den Konferenzraum.

„Hol dir einen Kaffee, bevor sie alle hier sind", empfahl Blake, aber wie es schien, war Ed ihnen bereits zuvorgekommen. Er betrat den Raum mit zwei Kaffeetassen in der Hand, die er Will und Blake reichte.

„Dachte, ihr wollt vielleicht welchen, bevor diese Bande von Hyänen alles austrinkt", sagte er augenzwinkernd. Will warf ihm einen dankbaren Blick zu und trank einen großen Schluck Kaffee. Zu seiner Überraschung stellte er fest, dass er plötzlich einen trockenen Mund hatte, verbunden mit einem Flattern im Magen. Als das Team unter lebhaftem Geplauder eintraf, atmete Will ein paarmal tief durch, um seine anwachsende Nervosität zu bezwingen.

„Morgen, alle zusammen." Blake setzte sich und gab Will einen Wink, sich auf den freien Platzt neben ihm zu setzen. „Bevor wir loslegen, möchte ich euch meinen neuen PA Will Parkinson vorstellen, der heute bei uns anfängt. Sorgt bitte dafür, dass er sich hier wie zuhause fühlt. Und nur, damit ihr's wisst – ich habe ihm gestern den ganzen Tratsch über euch erzählt. Er weiß also schon, was auf ihn zukommt." Er grinste spitzbübisch, und alle lachten. „Es wäre vielleicht sinnvoll, wenn ihr euch alle reihum vorstellt, damit er die Gesichter zu den Namen hat."

„Naja, das Beste vom Besten kennt er ja schon", sagte Ed augenzwinkernd und polierte sich die Fingernägel an seinem Hemd. Schallendes Gelächter schlug ihm entgegen. „Abgesehen von der Büroleitung habe ich auch die Verwaltung unter mir."

Neben Ed saß eine Frau Mitte Zwanzig mit kastanienbraunem Haar. „Hi, Will, willkommen an Bord. Ich bin Lizzie." Sie hatte einen reizenden Akzent. „Wie du zweifellos hörst, bin ich nicht von hier. Ich bin Belgierin. Ich bin für Auslandsrechte und Übersetzungen zuständig." Will nickte ihr höflich zu. Jedes Teammitglied gab seinen Namen und seinen Aufgabenbereich an. Peter, ein hochgewachsener Mann Anfang dreißig, war für Grafik und Design verantwortlich. Will mochte seine nüchterne Art auf Anhieb. Rick war der nächste, ein Struwwelkopf mit großen, blauen Augen. Er war allem Anschein nach der Jüngste hier, und Will musste zugeben, dass er wirklich niedlich war. Rick war für Marketing und Werbung zuständig. Dann kam Beth, die Lektoratschefin. Sie lächelte Will unbefangen an. Schließlich war da noch Stephen, der Vertriebsleiter. Stephen wirkte sehr gelassen. Das gefiel Will.

„Okay, das war's jetzt mit den Vorstellungen." Blake übernahm in seiner forschen Art wieder das Kommando. „Dann wollen wir mal." Während die Mitglieder des Teams über den Stand der Dinge in ihrem Bereich berichteten, hörte Will zu, machte sich Notizen und nahm sich vor, sich im Laufe der Woche mit jedem einzelnen zu treffen, um ein besseres Gefühl für ihre jeweiligen Teams zu bekommen. Sie schienen eine engagierte Gruppe zu sein, sympathisch und intelligent. Will stellte zu seiner Freude fest, dass seine Nervosität vollständig verschwunden war.

Ein Klopfen an der Tür erregte seine Aufmerksamkeit. Es war Karen, die Rezeptionistin, die er gestern schon kennengelernt hatte. Ihr Kleidungsstil hatte sich nicht verbessert.

Will fand die enge Bluse und den noch engeren, kurzen Rock nicht ganz angemessen für ihren Posten – und auch nicht für ihr Alter, wenn er es sich recht überlegte. Schließlich war sie es, die alle Besucher im Gebäude begrüßte. Und dem ersten Eindruck nach stand ihr Erscheinungsbild im Widerspruch zu dem aller anderen Angestellten, die Will bisher getroffen hatte. Vielleicht würde er darüber mit Blake reden.

„Karen hat auch als meine Sekretärin fungiert, solange die PA-Stelle nicht besetzt war", erklärte Blake.

„Somit ist mein Job seit heute sehr viel einfacher geworden", säuselte Karen mit verführerischem Augenaufschlag. Will erwiderte ihren Blick mit einem angespannten Lächeln. Zu seiner Erleichterung schritt Blake ein.

„Alle Anrufe für mich werden ab jetzt in Wills Büro durchgestellt. Falls im Verlauf des Tages irgendwelche Probleme auftreten, sorgt bitte dafür, dass er auf dem Laufenden gehalten wird. Und falls ihr Informationen bezüglich meines Terminplans braucht, wendet euch an Will", sagte Blake, an alle Anwesenden gewandt.

Will wusste Blakes Äußerung zu schätzen. Sie würden eng zusammenarbeiten, und jetzt wussten alle Bescheid, dass sie erst an Will vorbei mussten, wenn sie zu Blake wollten. Das machte ihn stolz. Er war überglücklich, den Job zu haben und entschlossen, Blake nicht zu enttäuschen. Und wenn Blake ihre Beziehung rein beruflich halten wollte, na schön, dann würde Will das akzeptieren müssen.

Das hieß ja nicht, dass es ihm gefallen musste.

5

Will unterdrückte ein Stöhnen, als Karen schon wieder in seinem Büro auftauchte. Es musste ihr vierter Besuch an diesem Morgen sein. Er wahrte eine höfliche, neutrale Miene. „Karen, was kann ich für dich tun?" Er seufzte innerlich, als sie mit aufreizendem Hüftschwung langsam auf seinen Schreibtisch zukam. Nicht zum ersten Mal wünschte Will, er könnte sich outen. Dann hätte er ihr wenigstens sagen können, was Sache war, und sie dazu kriegen können, nicht mehr mit ihm zu flirten. Er war einen Tag hier gewesen, bevor das angefangen hatte, und zwei Wochen später nervte es ihn allmählich.

„Tut mir leid, dich zu stören, Will, aber ich habe ein paar Anrufe von Autoren bekommen, die sich nach ihren Erscheinungsterminen erkundigen wollten." Karens Stimme war rauchig, und Will fragte sich, ob sie glaubte, dass das verführerisch klang. „Ich habe ihre Daten notiert." Sie lehnte sich über seinen Schreibtisch und stützte sich auf die Ellbogen. Ihr üppiger Busen rutschte fast aus dem Seidentop, das ohnehin schon knapp bemessen war.

„Danke, Karen, aber dafür hättest du nicht extra zu mir kommen müssen. Du hättest mich anrufen oder per E-Mail informieren können." Er achtete darauf, dass nichts an seinem Gesichtsausdruck oder seinem Tonfall ihr einen falschen Eindruck vermitteln konnte, und er sah ihr unverwandt in die Augen. Aber mein Gott, die Verlockung, sie anzuschreien – *Gute Frau, ich bin schwul, lass mich endlich mit diesen wogenden Brüsten in Ruhe!* – war überwältigend. Er streckte die Hand nach den Notizzetteln aus, die sie mitgebracht hatte. Sie überreichte sie ihm mit höchst widerwilligem Gesichtsausdruck. „Danke", sagte er ernst. „Ich sorge dafür, dass Blake die bekommt."

Sie zog einen Schmollmund und verließ mit einem Extra-Wackeln ihres beachtlichen Popos den Raum. Als er sicher wusste, dass sie außer Hörweite war, lehnte Will sich mit einem langen, tiefen Seufzer in seinem Schreibtischstuhl zurück. Gott sei Dank waren Lizzie und Beth nicht so wie sie. Tatsächlich war es eine Freude, mit ihnen zusammenzuarbeiten, genau wie mit dem ganzen Team. Will hatte sich schnell an Lizzies ruhige Art gewöhnt, an Ricks neckende Randbemerkungen und an Eds derbe Cockney-Manieren. Und was seinen Boss anging… Will kam es so vor, als hätte der Job sein ganzes Leben lang auf ihn gewartet: er hatte einfach seinen vorgesehenen Platz eingenommen und losgelegt.

„Sie ist *wirklich* ein bisschen schwierig, nicht?"

Peter lehnte im Türrahmen, eine Kaffeetasse in der Hand und mit entschieden belustigtem Gesichtsausdruck. Will gab endlich dem Stöhnen nach, das so dringend raus wollte.

„Ist sie zu allen so?"

Peter lachte leise. „Tut mir leid, Will, aber das war nicht anders zu erwarten. Karen hat jeden Mann hier schon mal irgendwann angegraben." Er musterte Will über seine randlose Brille hinweg. „Aber bei dir scheint sie hartnäckiger zu sein."

Dieses Grinsen half auch nicht. „Und was es noch schlimmer macht? Ich bin mir ziemlich sicher, dass sie einen Freund hat."

Will erschauerte. Genug von Karen. „Was kann ich für dich tun?"

Peter richtete sich auf. „Geht es Blake gut?" Falten bildeten sich auf seiner Stirn.

Will zog die Augenbrauen hoch. „Was meinst du damit?"

„Ich habe ihn aus der Küche kommen sehen und hatte den Eindruck, es stimmt was nicht mit ihm. Wahrscheinlich ist es nichts, aber…" Er verstummte.

Will überlegte. Er hatte seit einer Stunde nicht mehr mit Blake gesprochen. Wenn er es recht bedachte, war die geschlossene Tür zwischen ihren Büros nicht normal.

„Ich bringe ihm einen Kaffee rein und sehe mal, ob ich rauskriegen kann, was los ist." Peter warf ihm einen dankbaren Blick zu und ließ ihn prompt wieder alleine. Will stand auf und ging in die Küche, um Blake einen Kaffee einzuschenken, dann kehrte er wieder in sein Büro zurück und klopfte leise an die Verbindungstür. Keine Antwort. Will öffnete die Tür und blinzelte verwundert. Das Zimmer war abgedunkelt, die Jalousien ganz heruntergelassen. Will schlüpfte hinein. Blake war nicht an seinem Schreibtisch, aber Will hatte ihn bald entdeckt. Blake lag ausgestreckt auf dem Sofa, einen Arm über den Augen.

„Blake?", fragte Will leise, beinahe im Flüsterton. Irgendwas stimmte hier ganz eindeutig nicht.

Blake wimmerte schmerzerfüllt. Will stellte die Kaffeetasse auf dem Schreibtisch ab, ging weiter zum Sofa und fiel neben Blake auf die Knie. „Was hast du denn?" Er achtete darauf, so leise wie möglich zu sprechen.

Blake schielte unter seinem Arm hervor. Will stockte der Atem. Obwohl der Raum verdunkelt war, konnte er sehen, wie blass Blake war. Seine Augen waren Schlitze. „Migräne." Das Wort war kaum hörbar.

Du lieber Himmel. Behutsam griff Will nach Blakes Arm und nahm ihn von seinen Augen. „Okay. Hast du klassische oder einfache Migräne?" Als Blake die Augen zusammenkniff und die Stirn runzelte, versuchte Will es auf andere Art. „Hast du Sehstörungen, Flimmern vor den Augen, Übelkeit oder ist es nur Schmerz?"

Blakes Stirn entspannte sich ein wenig. „Schmerz. Aber Dunkelheit hilft." Er zuckte zusammen, als wäre der Schmerz plötzlich stärker geworden.

Okay, einfache Migräne. Damit konnte Will umgehen. „Hast du was dagegen genommen?"

„Hab' nichts dabei."

Will dachte rasch nach. „Okay, ich besorge dir ein paar Schmerztabletten, und dann helfe ich dir, es loszuwerden. In Ordnung?" Blake nickte kaum wahrnehmbar. Will stand auf, huschte aus dem Zimmer in sein Büro und machte Blakes Tür hinter sich zu. Er griff zum Telefon und drückte die Kurzwahl für Beth.

„Beth, hast du noch welche von diesen Tabletten, die du letzte Woche genommen hast?" Die arme Beth hatte letzte Woche unter schlimmen Rückenschmerzen gelitten und war schließlich nach Hause geschickt worden. Will wusste, dass sie ziemlich starke Schmerztabletten nahm. Er drückte gedanklich die Daumen.

„Ja, Will, ich habe noch zwei in meiner Handtasche. Warum? Bist du okay?"

Will hätte weinen können vor Erleichterung. „Mit mir ist alles okay, aber Blake geht's nicht so gut. Kann ich die haben?"

„Bin unterwegs." Und weg war sie.

Innerhalb von Minuten stand Beth mit den beiden Kapseln und einem Glas Wasser vor seiner Tür. „Ist es eine Migräne?" Will konnte ihr die Sorgen an den Augen ablesen. „Die kriegt er hin und wieder, aber jetzt hatte er schon länger keine mehr."

Will dankte ihr, nahm das Glas und die Pillen und ging wieder in Blakes Büro, wo er sich erneut neben Blake auf den Boden kniete.

„Blake, du musst dich kurz aufsetzen, nur für einen Moment, damit du die Tabletten nehmen kannst. Bist du gegen irgendwas allergisch?"

Blake stieß ein leises Stöhnen aus. „N-nein. Tut weh." Er stemmte sich mühsam zum Sitzen hoch.

Will fühlte mit ihm. Aus Erfahrung wusste er, welches Elend eine Migräne bereiten konnte, obwohl er nie selbst eine gehabt hatte. Er setzte sich neben Blake, klemmte sich das Glas zwischen die Oberschenkel und legte einen Arm um Blakes Schulter, um ihn zu stützen. Dann drückte er ihm die Kapseln in die Hand, gab ihm das Glas und sah zu, wie Blake in vorsichtigen, kleinen Schlucken trank. Nachdem Blake das Medikament genommen hatte, manövrierte Will ihn wieder in eine liegende Position, doch vorher schnappte er sich ein Kissen und legte es sich auf den Schoß, damit Blake den Kopf auf das Kissen betten konnte.

„Ich möchte dir helfen, aber du musst mir vertrauen." Blake wimmerte nur leise, aber er hob langsam die Hand, legte sie um Wills und drückte einmal leicht. Gut genug. „Sitzt der Schmerz an einer bestimmten Stelle oder tut es dir überall weh?"

„Überall", kam die geflüsterte Antwort. Das hatte Will bereits vermutet. Er ließ seine Finger behutsam, aber mit festem Druck über Blakes Kopfhaut wandern, massierte mit kreisförmigen Bewegungen, blieb nie zu lange an einer Stelle. Anfangs versteifte Blake sich, doch dann sank er schlaff ins Sofa. Will konzentrierte sich auf seine Aufgabe und übte leichten Druck aus, in dem Wissen, dass die Kopfmassage die Schmerzen allmählich lindern würde.

Er verlor jedes Zeitgefühl. Blake lag still da. Sein Kopf ruhte auf dem Kissen und seine Atmung war Gott sei Dank gleichmäßig. Will verminderte allmählich den Druck, und aus der Kopfmassage wurde ein beinahe zärtliches Streicheln. Hin und wieder rieb er Blake über die Arme und den Rücken, wie um ihm zu bestätigen, dass er nicht alleine war. Will hatte keine Ahnung, wie lange er so dasaß, aber schließlich rührte Blake sich, rollte sich vorsichtig auf den Rücken und blickte überrascht zu Will auf.

„Hi."

Will lächelte. „Hi, du." Er sprach weiterhin bewusst leise. „Wie geht's dem Kopf?"

Blake wurde still, als würde er die Lage beurteilen. „Besser."

Wills Lächeln wurde breiter. „Das freut mich. Jetzt bleib ruhig liegen. Lass die Schmerzmittel wirken. Dann hole ich dir was zu essen. Das wird auch helfen." Blake blinzelte ein paarmal und öffnete den Mund, wollte offensichtlich protestieren, doch Will legte ihm einen Finger auf die Lippen. „Keine Widerrede."

Blake machte kurz die Augen zu, dann öffnete er sie wieder und nickte langsam und vorsichtig. „Danke." Seine Augen schlossen sich wieder.

Will saß zufrieden in dem verdunkelten Raum und genoss Blakes Wärme und Nähe. Erinnerungen strömten auf ihn ein. Wie oft hatte er Richard so in den Armen gehalten, denselben dankbaren Blick in seinen Augen gesehen, wenn der Schmerz nachließ. Tränen brannten in seinen Augen. Er wünschte, Richard hätte diesen Tag noch erleben können. Er wäre so stolz auf Will gewesen. Will schloss die Augen und sprach ein stilles Dankgebet für den Mann, der seinem Leben eine neue Richtung gegeben hatte. Vielleicht würde er eines Tages den Mut aufbringen, diesen Teil seines Lebens mit Blake zu teilen. Vielleicht.

Blake stöhnte. Die würde er nie alle fertig kriegen. Er starrte gereizt auf den Monitor, ohne die Worte noch zu erfassen. Wie zum Teufel konnte er so weit im Rückstand sein?

„Mach' eine Pause. Bitte."

Blake hob ruckartig den Kopf. Will stand an der Verbindungstür, die Arme voller Aktenordner, den Blick auf Blake geheftet.

Blake schnaubte. „Ich habe keine Zeit für eine Pause. Diese Manuskripte sind schon vor acht

Wochen reingekommen." Jeder Autor bekam bei der Einsendung eine Bearbeitungszeit von sechs bis acht Wochen mitgeteilt, bis er erfuhr, ob sein Manuskript erfolgreich gewesen war. Aus unerfindlichen Gründen war Blake so sehr in Rückstand geraten, dass bei acht Autoren dieser Termin bereits verstrichen war. Er schaute auf die Uhr. Es war halb sechs. Das Büro schloss offiziell um vier, wenn er auch selten vor sieben zuhause war. Er stieß einen langen, lautlosen Seufzer aus. Da war nichts zu machen. Er würde bleiben und das erledigen müssen.

Dann stöhnte er nochmal auf. „Ach, Mist! Heute Abend bin ich auch noch mit Melissa zum Essen verabredet." Wills sardonisches Grinsen entging ihm nicht. Er konnte sich noch daran erinnern, wie sie zum ersten Mal im Büro aufgetaucht war, seit Will dort arbeitete. Sie hatte sich als Blakes Freundin vorgestellt, und Will war für einen Moment zu sprachlos gewesen, um zu antworten. Doch nachdem sie wieder weg war, hatten die Fragen angefangen. Will fand das Ganze höchst amüsant, der fiese Kerl.

„Ich rufe sie an und sage ab. Geh du ruhig nach Hause", sagte er zu Will. „Ich bleibe und mache die hier fertig."

Will runzelte die Stirn. „Wie viele hast du noch?" Blake sagte es ihm. „Kann ich helfen?"

Blake seufzte. „Nett von dir, aber du weißt doch, dass ich das nicht delegiere."

Will blieb hartnäckig. „Also, du liest dir die Zusammenfassungen durch, und wenn du die Geschichte für brauchbar hältst, liest du das ganze Manuskript?" Blake nickte. „Und falls nicht, kommt es auf den ‚Nein, danke' – Stapel?"

Blake grinste. „Nicht ganz genau so, aber du hast das Prinzip erfasst."

„Und die können nicht bis morgen warten?"

Blake schüttelte den Kopf. „Wir sind schon über der Zeit. Einige von den Autoren haben bereits per E-Mail nachgefragt." Er starrte niedergeschlagen auf die Datei auf seinem Monitor. Will hatte sich nicht vom Fleck gerührt. Und plötzlich wurde Blake weich. *Nur dieses eine Mal,* ermahnte er sich. „Eigentlich", sagte er langsam, „könntest du mir doch helfen."

„Was immer du willst."

„Würdest du dir die Zusammenfassungen durchlesen? Entscheiden, ob es eine Geschichte ist, die wir deiner Meinung nach gern veröffentlichen würden? Dann überfliege ich die, die du für geeignet hältst."

Ein merkwürdiger Ausdruck huschte über Wills Gesicht. Blake fluchte innerlich. Natürlich – Will hatte wahrscheinlich heute Abend einen Kunden in Aussicht. In den zwei Monaten, seit Will in die Firma eingetreten war, hatte Blake das Thema kein einziges Mal zur Sprache gebracht. Aus Gründen, die er gar nicht zu genau analysieren wollte, war es Blake nicht wohl bei dem Gedanken, dass Will irgendwo hinging und sich ficken ließ. Er sagte sich, dass es ihn nichts anging, solange Wills Arbeit nicht darunter litt. Und die konnte er nur loben. Will war ein Schatz. Sie arbeiteten so gut zusammen, dass Will oft Blakes Erfordernisse vorwegnahm, bevor er auch nur ein Wort sagen konnte. Aber das konnte nicht verhindern, dass ihm ein Gedanke mit verstörender Regelmäßigkeit durch den Kopf ging. *Warum gönnst du dir nicht wieder mal eine Nacht mit ihm? Du* weißt, *dass du das willst.* Wollen war die eine Sache. Ernst zu machen war eine ganz andere. Blake schob den Gedanken beiseite. Besser professionell bleiben – auch wenn sein Anus sich zusammenzog bei dem Gedanken, sich von Will erneut ficken zu lassen.

Und jetzt hatte er Will offensichtlich in eine peinliche Situation gebracht. „Hör mal, falls dir das Probleme bereitet, keine Sorge. Geh ruhig nach Hause."

Will presste die Lippen zusammen. „Nee, ist schon okay. Ich muss nur erst einen Anruf machen, das ist alles."

Blake nickte, obwohl seine Brust eng wurde. Oh ja, Will hätte heute Abend „arbeiten" sollen. *Weißt du, das wollte ich eigentlich gar nicht wissen.* „Okay, und danke. Mach du deinen Anruf, und ich koche uns einen Kaffee. Sieht aus, als könnten wir den brauchen." Will nickte ihm kurz zu und ging aus dem Zimmer. Blake starrte auf den Monitor, doch statt auf die Daten dort konzentrierte sich sein Verstand auf Will. Innerlich machte er sich schwere Vorwürfe. *Warum zum Teufel sollte es dich kümmern, wenn er heute Nacht mit irgendeinem Kerl rumbumsen wollte?* Blake konnte es sich nicht erklären. Seine Nacht mit Will haftete ihm immer noch im Gedächtnis. *Vielleicht wäre ja mal wieder ein Anruf bei Jenny angebracht. Ich brauche Sex. Schließlich ist es schon zwei Monate her, seit...* Ja. Seit Will. Blake machte ein finsteres Gesicht. Anscheinend hatte sein Verstand im Moment eine Standardeinstellung. Jeder Gedankengang führte wieder zu seinem hinreißenden PA.

Mit Will zusammenzuarbeiten war einfach. Es lief einfach gut. Aber das hielt ihn nicht davon ab, Will hin und wieder anzusehen – normalerweise, wenn er wusste, dass Will in eine Aufgabe vertieft war. Zwei Monate hatten die Auswirkungen dieses ersten Treffens nicht verringert. Blake liebte es, wie Will sich die Unterlippe rieb, wenn er tief in Gedanken war. Diese sexy, milchschokoladenfarbenen Augen, in denen Blake sich so leicht verlieren konnte. Er schüttelte sich. Schluss damit.

„Pizza war eine verdammt gute Idee."

Blake war ganz derselben Meinung. Ihm und Will hatte vorhin allmählich der Magen geknurrt, und da hatte Blake zum Telefon gegriffen und eine Lieferung organisiert. Die Pizza mit viel Fleisch hatte definitiv ein Loch gefüllt, und jetzt waren sie beide satt und hatten sich wieder an die Arbeit gemacht. Blake musste zugeben, dass Wills Hilfe ein wahrer Segen war. Er hatte bereits drei Autoren eine Absage erteilt. Und das Manuskript, von dem er gemeint hatte, dass Blake es unbedingt lesen müsste? Das war verdammt gut. Nicht, dass Blake das jetzt immer so machen würde. Die Einsendungen zu lesen hielt ihn auf dem Laufenden.

Will stand auf und streckte sich, reckte seine langen Arme über den Kopf. Blake beäugte seinen schlanken Oberkörper, als ihm das Hemd aus der Hose rutschte und einen flüchtigen Blick auf zarte, helle Haut freigab. Hastig schaute er weg, bevor Will ihn ertappte.

„Ich würde sagen, wir sind hier so gut wie fertig." Mit einem Seufzer fuhr er den Rechner herunter. Fünf Verträge würden morgen früh rausgehen, drei davon an neue Autoren.

„Ich glaube, die werden richtig gut." Will steckte sein Hemd wieder in die Hose. Blake warf einen Blick auf die Uhr. Himmel, es war fast zehn. Aber wenigstens hatten sie es geschafft.

„Gott, mir tun die Schultern weh." Er rieb sich die rechte Schulter, versuchte ungeschickt, die Muskeln zu massieren.

„Komm, lass mich das machen." Will kam zu ihm, stellte sich hinter seinen Stuhl und begann, Blakes Schultern zu kneten. Seine Finger gruben sich auf eine Art in die Muskeln, die Blake vor Wohlbehagen stöhnen ließ.

„Verdammt, du kannst das echt gut."

Will lachte leise. „Man tut, was man kann."

Er bearbeitete die verkrampften Muskeln mit den Daumen und Blake ließ den Kopf hängen, schloss die Augen und wimmerte leise, während Wills Finger Wunder wirkten. „Fühlt sich das besser an?"

Blake stöhnte leise. „Es fühlt sich himmlisch an." Will hielt inne, und dann stockte Blake der Atem, als Will eine Hand nach vorn und unter sein Hemd schob. Er streichelte Blakes Brust, rieb mit den Fingern über Blakes Brustwarze. „Oh, Fuck", flüsterte Blake. „Gott, ja." Will knöpfte ihm das Hemd auf und ließ dann beide Hände über Blakes Brust gleiten. Seine Berührung war warm und sinnlich, und sein Atem streifte Blakes Ohr.

„Gefällt dir das?"

Blake erschauerte, als Will an seinen Brustwarzen herumspielte, die sich zu festen Knospen zusammenzogen. „Oh, oh Gott, das ist so gut." Als Will zurückwich, gab Blake ein Knurren von sich – bis Will ihn auf die Füße zerrte, zum Sofa drängte und ihn rücklings in die Polster drückte. Dann lag er auf dem Rücken und Will fiel neben ihm auf die Knie und starrte ihm ins Gesicht, die Augen weit aufgerissen. Er streichelte Blakes nackte Brust mit einer Hand.

„Will dich küssen." Wills Stimme war heiser vor Erregung.

Blakes Puls begann zu rasen. „Dann tu's. Küss mich." Er griff nach Will, packte ihn am Kopf und zog ihn unsanft an sich, bis sich ihre Lippen in einem Kuss trafen, der ihm den Atem raubte.

Er stöhnte in Wills Mund, und Will schluckte den Laut und saugte an seiner Zunge. Will schob seine Hand weiter nach unten zu Blakes Hose, und dann keuchte Blake auf, als der Haken aus der Öse befreit und der Reißverschluss runtergezogen wurde.

Will hörte nicht auf, ihn zu küssen, ihm seine bewegliche Zunge tief in den Mund zu stecken, selbst als er die Finger um Blakes Penis legte und zupackte. Blake wimmerte, und Will unterbrach den Kuss, nur um seinen Kopf aus Blakes Griff zu befreien und auf seinen Schwanz zuzubewegen.

„Ja!", keuchte Blake, als ein warmer, feuchter Mund sich um seinen Penis schloss. Er wurde sofort hart, als Will ihn tiefer einsaugte und ihm zugleich ungeduldig die Hose von den Hüften zerrte. Dann machte er sich wieder an sein sinnliches Werk und griff nach Blakes Hoden. „Oh verdammt, Will, das halte ich nicht lange aus."

Will gab ein boshaft klingendes Kichern von sich und begann dann zu summen, ohne mit dem Lutschen aufzuhören. Die Vibrationen machten alles noch geiler.

Viel zu bald schon wusste Blake, dass er gleich kommen würde. Er schrie auf, als Will seinen Schaft mit der Hand bearbeitete und den Kopf schneller auf und ab bewegte. „Nah dran, ganz nah dran", stammelte er, und dann spürte er, wie sein Schwanz in Wills Mund anschwoll. Will schluckte alles bis zum letzten Tropfen und gab dabei leise Laute von sich, die verrieten, wie sehr er es genoss. Blake lag zitternd da, während Will seine Eichel sauber leckte und dann wieder hochkam, um ihn zu küssen, seinen eigenen Samen mit ihm zu teilen.

Sie küssten sich genießerisch; Blakes Finger strichen sanft durch Wills kurzes Haar, und ihre Lippen berührten sich zart. Blake hätte gern gewusst, welchen Anblick er jetzt bot: mit nacktem Oberkörper, halb heruntergezogenen Hosen und schlaffem Schwanz, der auf seinem Oberschenkel hing. Will gab seufzend seinen Mund frei.

„Du schmeckst köstlich."

Blake fühlte, wie ihm die Röte von der Brust über den Hals bis in die Wangen stieg. „Und du bist schlimm."

Will lachte leise. „Aber ich hab' keine Beschwerden von dir gehört."

Blake schnaubte. „Welcher Mann, der noch bei Verstand ist, *beschwert* sich über einen Weltklasse-Blowjob?"

„Gut zu wissen, dass meine oralen Fähigkeiten geschätzt werden", sagte Will stolz. Er stand auf und streckte Blake die Hand hin. Blake setzte sich auf und knöpfte sein Hemd zu.

„Danke übrigens", sagte er ernst. Wills Augenbrauen hoben sich. „Dass du geblieben bist, wollte ich sagen. Ich weiß das wirklich zu schätzen. Und vor allem für das, was eben stattgefunden hat."

Blakes Wangen röteten sich. „Für heute Abend warst du doch sicher schon von einem Kunden gebucht, also werde ich dir erstatten, was du heute Nacht verdient hättest. Ich möchte nicht, dass du draufzahlen musst."

Will erstarrte. Seine Augen wurden schmal. Sein Blick war so kalt, dass Blakes Herz einen Schlag aussetzte. „Will? Was habe ich denn gesagt?"

Will sah ihm in die Augen. Er starrte Blake so lange schweigend an, dass Blake sich Sorgen zu machen begann.

„Vielen Dank auch. Du hast mir gerade das Gefühl gegeben, eine Nutte zu sein." Sein Tonfall war emotionslos, aber Blake sah ihn schlucken, sah, wie er erschauerte.

Blakes Miene entgleiste, und seine Augen weiteten sich. „Was?" Er verstand nicht.

Wills Wangenmuskeln spannten sich an. „Du hast verdammt nochmal keine Ahnung, was ich heute Abend vorhatte. Und indem du das gesagt hast, hast du es so hingestellt, als wäre das alles, was ich tue. Irgendwelche Typen ficken", stieß er mit zusammengebissenen Zähnen hervor. „Tja, du kannst mich mal." Will machte auf dem Absatz kehrt, stapfte in sein Büro und knallte die Tür hinter sich zu.

Blake wurde blass. Er sprang auf und hastete zur Verbindungstür. Als er sie aufmachte, zog Will sich gerade sein Sakko an und griff nach seinen Schlüsseln. „Oh Gott, Will, ich wollte doch nicht… es tut mir leid…" Will ignorierte ihn. Er stand zitternd da, während sein Rechner herunterfuhr. Blake näherte sich ihm langsam. „Will. Bitte geh nicht. Bitte. Es tut mir so leid." Sein Herz pochte heftig. *Oh Gott, bitte sag mir, dass ich hier keinen irreparablen Mist gebaut habe.* Er sah, wie Will still wurde. Lange Sekunden verstrichen.

Schließlich sah Will ihm in die Augen. „Nur damit du's weißt – und obwohl es dich einen feuchten Dreck angeht – heute Abend hätte ich im LGBT-Jugendheim in Charing Cross sein sollen. Ich gehe da einmal in der Woche hin und verbringe Zeit mit den Kids. Wir spielen Billard, schauen Fernsehen, unterhalten uns hauptsächlich." Er starrte Blake entschlossen an. „Sie kennen mich nicht, Mr. Davis."

Blake würde nicht aufhören, nicht jetzt, wo Will mit ihm sprach. „Dann komm wieder mit rüber, setz dich aufs Sofa und rede mit mir. Sag's mir." Wills Wangenmuskeln waren immer noch verkrampft. „Bitte, Will."

Er hätte weinen können vor Erleichterung, als Will schließlich nickte. Die beiden Männer kehrten zu Blakes Sofa zurück. Will sackte schlaff auf das Sitzpolster, und Blake setzte sich neben ihn. Für einen Moment sagte keiner von beiden ein Wort. Will starrte an die Decke, als er schließlich zu reden begann.

„Du kennst nicht die ganze Geschichte", sagte er. „Also sollte ich vielleicht etwas erklären, was es ein bisschen leichter machen könnte." Er schüttelte sich. „Gott, ich hatte mir geschworen, dir *nichts* von all dem zu erzählen, aber... Als ich bei J's angefangen habe, *war* es ein reiner Escort-Job. Ich begleite oft Frauen zu Veranstaltungen, Bällen, solchen Sachen. Sie fühlen sich sicherer, wenn sie wissen, dass sie mit einem Schwulen unterwegs sind, der sie nicht am Ende des Abends anbaggert."

„Das kann ich verstehen." Blake konnte den Blick nicht von Will lassen. Sein Gesichtsausdruck wirkte gequält. Will rieb sich mit einer Hand die Wange.

„Dann, ungefähr einen Monat, bevor du und ich…" Will wurde rot und räusperte sich. „Einen Monat vor deinem Geburtstag hat Jenny mich gefragt, ob ich mir vorstellen könnte, ein bisschen mehr als nur Begleitdienste zu machen. Ich habe nicht lange gebraucht, um dahinter zu kommen, dass sie Sex meinte. Aus Gründen, auf die ich jetzt nicht näher eingehen werde, war ich nicht begeistert von der Idee, sogar alles andere als das – bis sie erwähnt hat, was ich verdienen würde. Sagen wir mal so, es war sehr viel mehr." Zum ersten Mal während dieser offensichtlich schmerzhaften Beichte begegnete er Blakes Blick. „Ich habe ja gesagt." Die Worte kamen im Flüsterton. Blake griff nach seiner Hand und hielt sie fest. Will warf ihm einen dankbaren Blick zu, dann fuhr er mit seiner Geschichte fort. Seine Stimme wurde allmählich sicherer.

„Nun ja, ein paar Wochen vergingen und ich habe weiter als Escort gearbeitet. Ich habe versucht, nicht an das zu denken, wozu ich mich bereit erklärt hatte. Bis Jenny mich eines Tages angerufen und gefragt hat, was ich davon halten würde, mit diesem echt netten Typen namens Blake Sex zu haben."

Blake staunte. „Ich war dein erster Kunde?" Will nickte. „Wow. Und ich dachte, du machst das bestimmt schon eine ganze Weile, so sicher und selbstbewusst, wie du warst. Das hätte ich nie vermutet."

Anstatt sich über Blakes Worte zu freuen, schien Will sehr unglücklich zu sein. Er entzog Blake seine Hand, stand auf und hob seine Jacke vom Fußboden auf, wo er sie vorhin hingeworfen hatte.

„Ich glaube, ich gehe jetzt nach Hause. Bis morgen." Seine Stimme klang angespannt. Blake sah ihm betroffen nach, als Will das Büro verließ, ohne sich auch nur einmal umzublicken.

Blake war ratlos. Er dachte an Wills Erzählung zurück. Hinter seinem PA steckte viel mehr, als er gedacht hatte, und er hatte so das Gefühl, dass das noch längst nicht alles war.

Das musst du dann rausfinden. Falls er überhaupt weiter für dich arbeiten will. Das konnte er nicht voraussetzen. In der Stimmung, in der Will war, hätte es Blake nicht überrascht, morgen früh seine Kündigung zu sehen. Blake errötete vor Scham, weil er Will das Gefühl gegeben hatte, so billig zu sein. Der junge Mann war keine Nutte, das war offensichtlich. Blake beschloss sogleich, das bei Will wieder gut zu machen –falls er je die Gelegenheit dazu bekam.

6

Will wollte nicht zur Arbeit gehen.

Er lag in seinem Bett und starrte auf seinen Wecker, wo die Minuten verstrichen, bereits über den Zeitpunkt hinaus, wo er aufgestanden, geduscht und angezogen sein sollte. Nicht, dass er den Wecker heute Morgen gebraucht hatte. Alles in allem hatte er schätzungsweise zwei Stunden Schlaf gekriegt, mit Unterbrechungen. Auf dem ganzen Weg vom Büro nach Hause gestern Abend hatte er sich gedanklich in den Hintern getreten, weil er Blake angebaggert hatte. Warum zum Teufel hatte er seine Hände nicht einfach bei sich behalten?

Weil mein Boss ein heißer Typ ist und ich ihn wollte. Was denn sonst. Will hatte vom ersten Tag an gegen Blakes Anziehungskraft angekämpft. Und er wusste ganz genau, warum er gestern Abend nachgegeben hatte. Er hatte wissen wollen, ob Blake darauf ansprechen würde, wenn er nicht dafür bezahlte. *Na ja, ich habe meine Antwort gekriegt, nicht?* Blakes Wimmern, die Laute, die er von sich gegeben hatte, waren ihm direkt in den Schwanz gefahren. Und sein Geschmack… Will war fast vom Zuschauen gekommen, als sein Boss sich zitternd in seinen Mund ergossen hatte. Und dann hatte Blake mit seiner Gedankenlosigkeit alles kaputt gemacht.

Du weißt, *dass es ihm leid getan hat.* Ja, das wusste Will. Es machte den Gedanken nicht einfacher, seinem Boss heute gegenübertreten zu müssen. Wenigstens wusste Blake jetzt Bescheid.

Das Geräusch einer Hupe auf der Straße riss ihn aus seiner Träumerei. Es hatte keinen Zweck. Früher oder später würde er sich Blake stellen müssen. Später klang im Moment ziemlich gut.

Will roch den Kaffee, sobald er durch den Haupteingang kam. Die Uhr über Karens Schreibtisch zeigte zehn nach acht. Will fragte sich, was Blake wohl von seiner verspäteten Ankunft hielt. Dann traf es ihn wie ein Schlag. *Vielleicht denkt er, ich komme gar nicht.* Rasch ging Will in sein Büro, zog seinen Mantel aus und hängte ihn auf, dann klopfte er leise an die Verbindungstür.

„Herein." Blake klang niedergeschlagen, selbst durch die geschlossene Tür. Will stieß sie auf. Blake saß an seinem Schreibtisch, eine Kaffeetasse neben sich. Er blickte auf, und seine Augen wurden groß und rund. „Du bist… du bist hier." Die Erleichterung in diesen wunderschönen blauen Augen war nicht zu übersehen. Bevor Will auch nur ein Wort sagen konnte, tauchte Ed mit einer Tasse Kaffee hinter ihm auf. Er drückte Will die Tasse in die Hand und verschüttete dabei fast den Inhalt.

„Moin. Warst du das etwa, der ihm so ans Bein gepisst hat?" Typisch Ed, gleich zur Sache zu kommen. „Wenn ja, dann kriegst du's nämlich mit mir zu tun, das sag' ich dir." Ed war offensichtlich bereit, Will fertig zu machen. In diesem Moment hätte Will den Mann umarmen können. Ed war Blake gegenüber unerschütterlich loyal und würde ihm immer den Rücken stärken. Will wusste aus Unterhaltungen mit Blake, dass Ed der erste Mitarbeiter war, den er vor sechs Jahren eingestellt hatte. Die beiden hatten die drastischen Veränderungen durchgezogen, die Blake nach der Übernahme der Firma für angebracht gehalten hatte.

Will schaute zu Blake, der den Austausch zwischen ihm und Ed ängstlich beobachtete. Will beschloss, ehrlich zu sein.

„Ja, Ed, teilweise liegt es an mir, das stimmt. Aber ich würde sagen, dass hier beide Parteien Schuld haben."

Er sah Blake in die Augen. Blake fixierte ihn ein paar Sekunden lang, dann nickte er. Offensichtlich registrierte Ed Blakes Reaktion, denn seine Hände, die zu Fäusten geballt waren, entspannten sich.

„Okay, dann klärt das gefälligst, ihr zwei." Ed starrte sie wütend an und wartete, bis beide Männer zustimmend genickt hatten, ehe er sich zurückzog.

„Komm rein und schließ die Tür", sagte Blake. Will gehorchte, und dann stand er da, Kaffeetasse in der Hand und ausgesprochen peinlich berührt. Auf einen Wink von Blake ging Will zum Sofa und setzte sich. Blake betrachtete mit gesenktem Blick seinen Schreibtisch und Wills Magen rebellierte. Das Schweigen brachte ihn um.

Doch als Blake zum Sprechen ansetzte, hob Will die Hand, um ihn davon abzuhalten. Blake runzelte die Stirn.

„Hör mal, bevor du was sagst", fing Will an. „Tut mir leid, dass ich gestern so plötzlich abgezischt bin. Das war unhöflich." Und es war nicht Blakes Schuld. Sein Boss konnte nicht wissen, warum seine letzte Bemerkung so schlecht angekommen war. „Du hattest dich schließlich entschuldigt."

„Ja, und dann habe ich prompt wieder was gesagt, was dich verärgert hat." Blake sprach leise. „Ich kann dir gar nicht sagen, wie ich mich dabei fühle, Will. Ich habe dich gestern Abend verletzt – nicht nur einmal, sondern zweimal. Ich kann dich nur bitten, mir zu verzeihen und mir zu glauben, wenn ich dir verspreche, dass ich das irgendwie bei dir wieder gut machen werde. Ich will dich nicht verlieren."

Will konnte den Schmerz in seinen Augen sehen. Blake war nicht zornig auf ihn – Blake war offensichtlich unglücklich darüber, Will wehgetan zu haben. Okay, er meinte natürlich, dass er Will nicht als Angestellten verlieren wollte; Will war nicht naiv genug, etwas anderes zu denken.

Aber immerhin stand damit fest, dass es Blake kümmerte. In diesem Moment schmolz jeder Groll dahin, den Will noch gegen seinen Boss gehegt haben mochte. Eine Erinnerung an Richard schoss ihm durch den Kopf. Hier hatte er jetzt noch einen wirklich warmherzigen Mann vor sich, dem er instinktiv einfach vertrauen musste.

„Hör zu, ich möchte, dass du was für mich tust."

Blakes Miene hellte sich auf. „Was?"

Will stand auf und ging in sein Büro, um einen USB-Stick aus seiner Aktentasche zu holen. Er gab ihn Blake, der ihn verblüfft entgegennahm.

„Da ist ein Roman drauf. Ich möchte, dass du den liest."

Blake musterte den metallisch-schwarzen USB-Stick. Die Furche zwischen seinen Augenbrauen vertiefte sich „Ein Roman?"

Will nickte. „Ja. Wenn du ihn gelesen hast, können wir nochmal reden." Er warf Blake ein schwaches Lächeln zu. „Aber jetzt muss ich los und deinen Kalender organisieren, damit du weißt, was du von einem Tag auf den anderen so machst." Er machte kehrt und wollte wieder in sein Büro gehen, doch als er an der Tür war, hielt Blakes Frage ihn auf.

„Willst du mir nicht sagen, wer ihn geschrieben hat?"

Will blickte sich noch einmal um. „Ich." Dann ging er hinaus, ohne Blakes Reaktion abzuwarten.

Will kuschelte sich in sein Kopfkissen und atmete den Duft von frischer, sauberer Bettwäsche ein. Er hatte diesen frischgewaschenen Geruch schon immer geliebt. Im Sommer fand er ihn sogar noch besser, wenn er das Wetter nutzen und alles an der Leine trocknen konnte, die auf dem Dach seines Wohnhauses gespannt war. Und natürlich boten Waschtage noch einen weiteren Vorteil – er konnte hinter den wehenden Laken ein Handtuch auf den Boden legen, sich nackt darauf ausstrecken und Sonne tanken. Himmlisch. Absolut himmlisch.

Er warf einen Blick auf die Uhr. Fast ein Uhr morgens und er konnte immer noch nicht schlafen. Natürlich wusste er, warum. Seit er Blake heute Morgen den Roman gegeben hatte, konnte er an nichts anderes mehr denken. Der Tag schien im Schneckentempo zu vergehen. Während seiner Besprechungen mit Lizzie, Peter und Rick, während der Mittagspause – *komm, mach dir doch nichts vor, in jeder verdammten Minute* – war er in Gedanken fast ständig bei Blake gewesen. Las er es jetzt? Fand er es gut? Furchtbar? Um und um drehten sich seine Gedanken, wie ein Hamster im Rad. Er hatte sich hier wirklich sehr weit vorgewagt. Blake das Buch anzuvertrauen war ein *gewaltiger* Schritt.

Neben ihm auf dem Nachttisch vibrierte sein Handy. Will runzelte die Stirn. Wer zum Teufel schrieb ihm um diese Zeit eine WhatsApp? Er warf einen Blick auf das Display – Blake.

Bist du wach?

Lächelnd drückte Will die Kurzwahltaste. „Nein, ich habe geschlafen. Deine WhatsApp hat mich aufgeweckt." Er hörte das Stocken in Blakes Atem und schnaubte. „War nur Spaß. Warum schläfst du denn nicht? Du bist doch nicht etwa immer noch am Arbeiten, oder?" Sein Boss brauchte dringend eine bessere Work-Life-Balance.

Es gab eine Pause, dann sagte Blake: „Ich konnte es nicht aus der Hand legen."

Oh. Oh wow. Will war für einen Moment völlig sprachlos.

„Himmel nochmal, Will, es ist... es ist..." Schweigen. „Will, es ist verdammt gut."

Will fühlte sich plötzlich an die drei Meter groß. Wärme durchströmte ihn. Er hatte so viel in dieses Buch investiert.

„Ich muss einfach fragen. Ist das alles rein fiktiv, oder basiert es auf einer realen Person? Denn die Hauptfigur, Terry..." Will schluckte. „Oh, mein Gott, Will, das Leben, das er geführt hat. Und als Donald ihn gefunden und bei sich aufgenommen hat..." Will hörte etwas, das sich verdächtig nach einen Schluchzen anhörte. Ach du Scheiße. Blake weinte.

Will wartete, bis Blakes Atmung sich wieder beruhigt hatte, dann sagte er: „Ja, es basiert auf einer realen Person." Er schluckte krampfhaft, da er selbst kaum glauben konnte, was er jetzt sagen wollte. „Ich bin Terry, Blake." Schweigen. Will wartete beklommen. „Blake?" Lange Sekunden vergingen.

Schließlich hörte er ein Geräusch am anderen Ende der Leitung. Ein Schniefen. Tiefes Atmen.

„Jetzt verstehe ich. Es ergibt alles einen Sinn. Will, ich danke dir. Danke, dass du mir genug vertraut hast, um es mich lesen zu lassen."

Wills Herz schlug höher, als er das hörte. Keine Verachtung. Keine Abscheu. Nur Akzeptanz.

„Kannst du mir mehr erzählen? Ich will es hören."

Scheiße. Will erstarrte, da er nicht wusste, wie er reagieren sollte. Es war schon lange her, seit er seine Geschichte erzählt hatte. Das Buch zu schreiben war schon schwer genug gewesen. Es hatte alte Wunden aufgerissen, die er schon lange verheilt geglaubt hatte, hatte sie wieder schmerzen lassen wie am ersten Tag. Blake sagte nichts, aber Will konnte ihn atmen hören, und es klang, als hätte er sich wieder gefasst. Will kam zu einer Entscheidung. Er schaltete das Handy auf Lautsprecher, drückte sein Kissen fester an sich und begann zu reden.

„Als ich fünfzehn war, habe ich einen großen Fehler gemacht. Ich habe mich vor meinen Eltern geoutet. Wenn ich gewusst hätte, wie sie reagieren würden, hätte ich den Mund gehalten." Er schloss die Augen. Der Schmerz war nie vergangen.

„Sie haben es nicht gut aufgenommen?"

„Sie haben mich rausgeschmissen." Blake schnappte hörbar nach Luft. Will unterdrückte gewaltsam die Welle von Kummer und Leid, die in ihm hochstieg. „Da war ich also, obdachlos, keine nennenswerten Verwandten. Ich habe aufgehört, zur Schule zu gehen – ich meine, wozu auch? – und ich fand mich plötzlich auf der Straße wieder, konfrontiert mit der Aufgabe, zu überleben."

„Du warst wirklich ein Strichjunge?"

Will nickte, doch dann fiel ihm wieder ein, dass Blake ihn nicht sehen konnte. „Ja. Ich habe mich immer beim Erotik-Buchladen rumgetrieben. Dort war es nicht schwer, Freier zu finden, vor allem, wenn man so jung aussah wie ich." Nein, es hatte kein Mangel an Männern geherrscht, die minderjährige Jungs ficken wollten. Er erschauerte. „Ich habe immer versucht, Typen zu finden, bei denen ich übernachten konnte. Und wenn das nicht möglich war, habe ich in einem verlassenen Lagerhaus am Hafen geschlafen. Na ja, ich und ein paar andere Obdachlose."

„Hast du… hast du dich geschützt?"

Will hätte den Mann für seine Besorgnis küssen können. „Immer. Ohne Kondom lief gar nichts. Nicht mal ein Blowjob." Er konnte es immer noch nicht fassen, dass er Blake das alles erzählte. Seltsamerweise kam es ihm richtig vor, sich ihm zu offenbaren.

„Wie lange hast du so gelebt?"

Will erschauerte. „Ungefähr ein Jahr lang. Bis dahin hatte ich ein Asyl für obdachlose schwule Jugendliche gefunden. Der Leiter war ein älterer Typ namens Richard." Ein Eisenband straffte sich um seine Brust.

„Richards Sohn war schwul, aber er war von zuhause weggelaufen, weil Richard nicht gut auf sein Coming-Out reagiert hatte. Richard hat ihn nie wiedergesehen." Will konnte Richard immer noch schluchzen hören, bis spät in die Nacht in seinem Zimmer. Er hatte seine Schuldgefühle und die Trauer über das, was er getan hatte, nie überwunden. „Er hatte das Asyl für Jugendliche gegründet, die in derselben Situation waren."

„Und dann bist du gekommen." Will konnte die Wärme in Blakes Stimme hören.

„Richard hat einmal gesagt, er könne Potenzial immer erkennen. Ich glaube, es lag vor allem daran, dass ich ihn an seinen Sohn erinnert habe." Will hatte die Fotos gesehen. Er und Philip hätten Zwillinge sein können. „Wie auch immer, Richard hat mich bei sich aufgenommen, mir ein Zuhause gegeben." Wofür Will immer dankbar sein würde. Anfangs war er misstrauisch gewesen – na komm, ein älterer Typ, der einen sechzehnjährigen Stricher bei sich aufnehmen will – aber Richard hatte seine Befürchtungen bald zerstreut. Er war entsetzt gewesen, als er Wills Geschichte gehört hatte, und er hatte die Dinge für ihn zum Besseren wenden wollen. Will hatte ihn sehr lieb gewonnen.

„Du bist zu ihm gezogen?"

„Ja. Sein Gästezimmer wurde mein Zimmer. Er hatte Philips Zimmer genau so gelassen, wie es war. Ich glaube, er hat immer gehofft, dass Philip eines Tages zurückkommen würde." Sein Herz stolperte kurz. Vielleicht wäre dann alles anders gewesen. Der Verlust seines Sohnes hatte zweifellos Richards Gesundheit belastet.

„Richard hat mir ein Dach über den Kopf, Essen und Kleidung gegeben. Er hat mich zur Schule geschickt, damit ich mein Examen machen konnte. Ich war schon immer ein kluges Kind gewesen, und oh Mann, dafür war ich echt dankbar. Ich hatte ganz schön viel nachzuholen."

Ermutigt durch Wills schulische Erfolge hatte Richard ihn darin bestärkt, auf die Uni zu gehen. Er hatte ihm sogar angeboten, die Studiengebühren zu bezahlen, aber das wollte Will auf keinen Fall akzeptieren. Stattdessen hatte er einen Studienkredit aufgenommen, doch der hatte hinten und vorne nicht gereicht, und deshalb hatte er sich einen Job in einem Fastfood-Restaurant gesucht. Er hatte Richard irgendwie etwas zurückzahlen wollen, doch der ältere Mann war verdammt stur gewesen.

„Ich wette, Richard war sehr stolz auf dich."

Will unterdrückte ein Schluchzen. „In meinem zweiten Jahr auf der Uni ist Richard an einem Herzinfarkt gestorben. Er durfte nicht mehr miterleben, wie ich meinen Abschluss mache." Es hatte keinen Zweck. Die Tränen begannen zu fließen.

„Will, es ist okay", sagte Blake mit sanfter Stimme. „Lass es raus, Babe."

Will stockte der Atem, als er den Kosenamen hörte. Es war ein gutes Gefühl. Nein, es war *besser* als gut.

„Ich bin okay", sagte er mit zittriger Stimme. Er wischte sich die Tränen am Bettlaken ab und holte tief Luft. „Also war ich plötzlich wieder obdachlos. Ich bin ins Studentenwohnheim gezogen, aber das hieß, dass ich mehr Ausgaben hatte. Ich brauchte mehr Geld zum Leben, und deshalb habe ich die Entscheidung getroffen – und bin wieder auf den Strich gegangen." Will wollte nicht an diese Jahre denken. Das Leben konnte beängstigend sein. „Nach meinem Abschluss fand ich eine Stelle bei Willetts, einem kleinen Verlagshaus. Das Gehalt war fair, nehme ich an, aber damit konnte ich kaum meine Schulden abzahlen. Bis vor ungefähr fünf Monaten, als dieser Typ, der mich an diesem Abend abgeschleppt hatte, von J's anfing. Er meinte, ich wäre perfekt für sie. Den Rest kennst du."

Will lauschte auf Blakes stetes Atmen. „Mein Gott, Will, was für eine Story. Aber vor allem – was für ein Buch! Du bist ein Ausnahmetalent als Autor." Will strahlte, als er das hörte. „Lass es mich herausbringen."

Will wurde ganz still. Er hatte Blake das Buch nicht deshalb gezeigt. Und jetzt war er fassungslos über Blakes Reaktion. Er machte Witze – oder? „Ist das dein Ernst?", entfuhr es ihm.

„Natürlich!" Will hörte die Begeisterung, die in Blakes Stimme mitschwang. „Das wird ein Hit, lass dir das gesagt sein." Es gab eine Pause. „Du könntest es Richards Andenken widmen. Und außerdem könntest du dir überlegen, ob du einen Teil deines Autorenhonorars an dieses Jugendheim spenden möchtest, wo du einmal in der Woche hingehst. Dort wären zusätzliche Gelder sicher willkommen."

Das war eine großartige Idee, fand Will. Noch schöner fand er es, dass Blake überhaupt daran gedacht hatte. Ein rascher Blick auf die Uhr erschreckte ihn. Es war bereits nach zwei.

„Ich glaube, wir müssen jetzt schlafen." Er lachte leise. „Das können wir morgen früh besprechen."

„Will, wie soll ich denn jetzt schlafen können? Ich bin viel zu aufgedreht zum Schlafen." Das konnte Will hören. Ein lasterhafter Gedanke kam ihm in den Sinn.

„Was hast du an?" Er grinste in sich hinein.

„Was?" Blake war die Verwirrung anzuhören.

„Was hast du an? Schlafanzug? Boxershorts? Unterhose?" Will senkte die Stimme, machte sie rauchig. „Nichts?"

„Oh, das kann doch wohl nicht dein *Ernst* sein!" Will kicherte. *Komm schon, Blake, spiel mit...* „Okay... Unterhose." Ja, jetzt waren sie im Geschäft. Will rollte sich auf den Rücken und stopfte sich Kissen unter den Kopf, legte das Telefon auf das leere Kissen neben sich. Für das, was er vorhatte, brauchte er *definitiv* die Hände frei.

„Feinripp weiß mit Eingriff? Irgendwie altmodisch, aber trotzdem verdammt sexy." Er versuchte, sich Blake in Unterhosen vorzustellen. Sein Schwanz wurde steif. Will steckte eine Hand unter die Bettdecke und tastete nach seinem Penis.

„Schwarz. Eng." Will konnte hören, dass Blakes Atmung etwas schneller wurde. „Und wird immer enger." *Ja!* Zeit, ein bisschen Spaß zu haben.

„Ohhh... bist du angeturnt, Großer? Hast du sowas schon mal gemacht? Telefonsex?"

„Noch nie." Es gab eine Pause. „*Fuck*, Will..." Die Worte wurden geflüstert. Will genoss den Anflug von gespannter Erwartung in Blakes Stimme. Er fischte das Gleitgel aus der Nachttischschublade und machte seine Handfläche schlüpfrig. Und dann griff er nach seinem Fleshjack.

„Aber du willst es, oder, Blake? Das und mehr?"

„Ja, verdammt." Blake wimmerte. „Mach weiter." Das Wimmern fuhr Will direkt in den Unterleib. Er stieß in seine enge, glitschige Faust und seine Atmung wurde unregelmäßiger.

„Ich bin völlig nackt. Splitterfasernackt. Und mein Schwanz ist hart. Sehr hart." Und wurde von Sekunde zu Sekunde härter.

„Oh, fuck, ich seh' dich vor mir... Wo bist du? Wie hart, Baby?" Das gefiel Will. Baby.

„Ich liege auf meinem Bett. Seidenlaken fühlen sich auf meinem nackten Arsch so gut an. Die Lampe ist runtergedreht. Und ich habe einen Mordsständer. Zwanzig stramme Zentimeter. Er tropft auch schon ein bisschen."

„Wünschte, ich wäre da und könnte kosten. Koste dich für mich." Oh, Blake kam eindeutig auf Touren.

„Was würdest du machen? Zwischen meine Beine schlüpfen und mein Ding küssen? Oder deinen Schwanz rausholen und dir einen blasen lassen?" Die Erinnerung an Blakes Schwanz in seinem Mund, an seinen Geschmack, war plötzlich so lebendig, dass Will der Atem stockte.

„Ich will zwischen deinen Beinen sein. Will deinen Schwanz von oben bis unten küssen." Blake gab ein tiefes Stöhnen von sich. „Oh Gott, ich will dich unbedingt im Mund haben."

Will wimmerte, als ihm ein Bild durch den Kopf schoss. Blake auf seinem Bett, auf dem Bauch, und Wills harter Schaft glitt in diesen schönen Mund, zwischen diese weichen Lippen.

„Du hast deinen Mund an meinen Eiern. Ich spüre deinen warmen Atem. Dann streicht deine Zunge an der Unterseite von meinem Schwanz entlang. Ich fühle deine Lippen an der Eichel."

„Ja!" Es klang wie ein raues Zischeln.

„Kannst du mich jetzt schmecken?" Wills Hüften begannen zu zucken.

„Ja, es schmeckt fast süß. Mehr, Baby."
Blakes sehnsüchtiges Wimmern brachte Will zum
Grinsen.

„Schluck' meinen Schaft. Leg' die Lippen um
ihn. Ich spüre, wie du ihn mit der Zunge streichelst.
Das mache ich gerade, Blake. Ich mach's mir mit
der Hand und stelle mir vor, es wäre dein Mund."
Wills Hüften bewegten sich schneller, als er die
atemlosen Laute am anderen Ende der Leitung
hörte. „Fühlt sich toll an. Du machst das echt gut.
Deine Zunge ist fantastisch. Gott, ich bin so geil. Ich
triefe schon. Ich spritz' gleich ab. Bin kurz davor."
Will hatte Mühe, sich zurückzuhalten

„Will nicht, dass du mir in den Mund spritzt."
Kurze Stille, abgesehen von Blakes rauem Atmen.
„Ich will…" Geflüstert.

„Sag mir, was du willst. Hab' keine Angst.
Sag's mir."

„Ich will… ich will… dass du mich fickst."

Will musste kräftig an seinen Eiern ziehen,
um nicht auf der Stelle zu kommen. „Willst du mich
reiten?"

„Ja, genau. Gott, Will, ich bin so verdammt
hart." Blake stöhnte leise und voll Verlangen.

„Das will ich auch. Kann nicht versprechen,
dass ich lange durchhalte, wenn ich erst mal drin
bin. Mach' dich bereit, Blake." Will schnappte sich
den Fleshjack und träufelte Gleitgel hinein.

„Ja… ach Mist, warte!" Will hörte eine
Schublade auf – und wieder zugehen. Blakes
Stimme klang so begierig, dass er fast abgespritzt
hätte. Will atmete tief und versuchte, den
bevorstehenden Höhepunkt hinauszuzögern.

„Was? Ich kann nicht mehr lange warten."
Und das war die reine Wahrheit.

„Meine Finger sind in meinem Arsch." Oh, und *das* war vielleicht eine Vorstellung... Will konnte Blake vor sich sehen, mit gespreizten Beinen, Finger in diese enge Öffnung gezwängt. Das würde sowas von schnell vorbei sein.

„Ja, dehn' dich gut."

„Oh *fuck*, jetzt drei... das, das tut weh... fühlt sich so gut an."

Will wimmerte bei dem Gedanken. „Mein Schwanz ist schön schlüpfrig. Bereit und wartet auf dich." Zusammen mit seinem Fleshjack.

„Ja, Will. Bereit."

„Ich seh' dich vor mir, wie du aufs Bett steigst. Du gehst über mir in die Hocke, und mein Schwanz zielt auf deine Rosette." Oh ja, Will konnte es sich *gut* vorstellen.

Blake wimmerte. „Red' weiter, Baby."

„Senk dich auf mich herab, immer weiter... tiefer. Fühle, wie mein Schwanz gegen deine Rosette drückt. Entspann dich. Entspann dich. Lass mich rein." Will zwängte seinen Schwanz in den Fleshjack, und seine Hüften schnellten fast sofort nach oben. Er war ganz kurz davor.

„Du fühlst dich so groß an. *Fuck*, ja, Will... hör nicht auf, hör' bloß nicht auf." Blake keuchte.

Will stieß in den Fleshjack. „Ich dringe in dich ein. Wölbe mich hoch und ramme mich in deinen Arsch. Bis. Zum. Anschlag." Seine Hüften pumpten. Schneller.

„Oh *fuck*!" schrie Blake auf. „Fick mich, oh Gott, fick mich!"

„Fühlst du, wie mein Schwanz an deiner Prostata pulsiert? Fühlst du, wie hart ich dich rannehme? Mich immer wieder in dich reinramme? Herrgott, Blake, ich komm' gleich." Will fickte den

Fleshjack mit zuckenden Hüften und fühlte dieses vertraute Kribbeln knapp über seinem Steißbein. Nicht mehr lange.

„Genau da! *Oh!*"

Der langgezogene Laut voll purer Wollust war zu viel. Will kam und sein Rücken wölbte sich vom Bett hoch. „Verdammt, ja! Ich spritz' ab. *Fuck*, Blake, *fuckfuckfuck...*"

„Oh Gott, ich komme, ich komme, ist das geil! *Will!*" Dann hörte Will nur noch Blakes mühsames Atmen, das mit seinem verschmolz. Allmählich bekam Blake sich wieder in den Griff. „Oh mein Gott. Das war…"

„Unglaublich. Das war unglaublich." Will hatte noch nie solchen Telefonsex erlebt. Er zog den Fleshjack ab und schnappte sich ein paar Papiertaschentücher, um seinen erschlaffenden Penis abzuwischen, sog scharf den Atem ein, als er die empfindlich gewordene Spitze berührte. Die Tücher und der Fleshjack landeten auf dem Fußboden. Das konnte alles bis morgen warten. „Jetzt schlaf, Blake."

„Danke." Blake war die Erschöpfung anzuhören. „Nacht, Will."

„Nacht, Babe." Dann war das Handy abgeschaltet und die Lampe ausgeknipst. Wills letzter bewusster Gedanke vor dem Einschlafen war, dass er Blake jetzt nur zu gern in den Armen gehalten hätte.

7

„Oh, nicht schon wieder", brummte Will vor sich hin, als er den Muffin mit Schokosplittern auf seinem Schreibtisch sah. Rick ging gerade an seinem Büro vorbei und hatte ihn offensichtlich gehört. Er kam leise von hinten auf ihn zu und betrachtete das Objekt von Wills Aufmerksamkeit.

„Lass mich raten – von Karen", grinste Rick.

Will stöhnte auf. „Gott, weiß denn jeder hier davon?"

Rick lachte. „Kann man so sagen, ja. Wir schließen schon Wetten ab, wie lange es dauern wird, bis du einknickst und kapitulierst." Er beäugte den Muffin hungrig. „Wobei der wirklich lecker aussieht. Wär' schön, wenn mir eine sexy Lady jeden Tag was Schokoladiges zum Naschen schenken würde." Er zwinkerte.

Will schnaubte. *Sexy?* „Ich schwör' dir, ich gebe ihr keinen Grund zu denken, dass sie eine Chance hat. Ehrlich."

Rick lachte schallend. „Ja, das sehen wir auch." Er zwinkerte erneut. „Du könntest sie ja auf ein Date einladen und dann mit ihr Schluss machen. Du weißt schon, damit sie dich für ein richtiges Miststück hält."

Will zog die Augenbrauen hoch und Rick wurde rot. Mehr als einmal hatte Will gewisse Schwingungen von dem jungen Mann aufgefangen, aber er hatte nicht die Absicht, seine Theorie auf die

Probe zu stellen. „Na, wenn dir der Muffin so gut gefällt, dann iss *du* ihn doch." Er drückte ihn Rick in die Hand.

„Juhu!", grinste Rick. „Danke, Will, du bist ein Schatz." Er warf Will einen vergnügten Blick zu und verließ schnell den Raum, wobei er seine Beute in den Händen versteckte. Will musste lachen. Er mochte den quirligen jungen Mann, der immer lachte und scherzte, wirklich gern. Ganz abgesehen davon, dass er echt süß war.

Er trat an die Verbindungstür, die geschlossen war. *Ach ja?* Will wusste plötzlich ganz genau, warum Blake sie zugemacht hatte. In den letzten zwei Wochen hatte er Blake dreimal erwischt. Er griff nach der Türklinke und drückte sie leise runter. Als er den Kopf ins Zimmer steckte, grinste er, als er Blake an seinem Schreibtisch sitzen sah, ganz auf seinen Monitor konzentriert. Kopfhörer hinderten ihn daran, etwas zu hören, als Will leise auf ihn zu schlich. In der letzten Minute hob Blake ruckartig den Kopf, zerrte sich rasch die Kopfhörer aus den Ohren und errötete schuldbewusst.

„Schon wieder? Hast du nicht genug zu tun?" Will schnalzte missbilligend mit der Zunge, doch er wusste, dass das Zucken seiner Lippen ihn verriet. Blakes Hand bewegte sich auf die Maus zu. „Lass das." Will legte so viel Autorität in seine Stimme, wie er nur konnte. Er konnte sich lebhaft an den Effekt erinnern, den er während Blakes Geburtstags-Rendezvous damit erzielt hatte. Blake hatte eindeutig devote Neigungen. Na gut, Will konnte seinen inneren Dom in null Komma nichts rauslassen. Blakes Hand erstarrte mitten in der Bewegung und schwebte über der Maus.

Will kam um den Schreibtisch herum, um zu sehen, was die Aufmerksamkeit seines Chefs so gefangen nahm. Er stieß einen langgezogenen, leisen Pfiff aus. Blake sah sich eine Orgien-Session an. Mindestens sieben oder acht Männer mit eingeölten, glänzenden Körpern waren mit diversen Sexualakten beschäftigt. Die Kamera war auf den Mann im Vordergrund eingestellt, der gerade von zwei anderen Männern gleichzeitig oral und anal genommen wurde.

Will lachte in sich hinein. „Gefällt dir, was du siehst?" Er warf einen Blick in Blakes Schritt und schnaubte. Verdammt, der Mann hatte eine Beule in der Hose. Blake blickte zu ihm auf, die Augen glasig vor Lust.

„Ich hatte mir gerade vorgestellt, wie es wäre, die Füllung in diesem Sandwich zu sein." Seine Augen funkelten. Blake stöhnte leise auf und rieb sich mit der Handwurzel seine Erektion. Bei diesem Anblick bekam Will sofort einen Ständer. Innerlich ächzte er. Warum musste sein Boss auch so ausgesprochen sexy aussehen? Seit ihrem Telefonsex vor zwei Wochen hatte er häufig von Blake geträumt, und die Träume waren immer gleich – erotisch.

Sein Schwanz wurde noch härter, als er zusah, wie Blake seine Erektion langsam in die Hand nahm, den Blick nicht auf den Monitor, sondern auf Will gerichtet. Oh, Blake wollte spielen, was? So, wie Will sich gerade fühlte, würde Blake vielleicht eine böse Überraschung erleben. Denn Will hatte eine ganz fiese Idee.

„Hast du Kondome da, Blake?"

Blakes Hand erstarrte mitten in der Bewegung. „W-was?" Will ging langsam zur Tür und schloss sie ab. Was zum Teufel…? Dann schloss er auch die Verbindungstür ab. „Will? Was machst du da?", flüsterte er scharf.

„Beantworte meine Frage." Gott, wenn Will in dem Ton mit ihm redete, rauschte sein Blut sofort südwärts. Blake überlief es gleichzeitig heiß und kalt.

„Ich habe immer eins in meiner Aktentasche. Für Notfälle." Er schluckte, als ein verschmitztes Funkeln in Wills Augen trat.

„Hol's raus."

Oh mein Gott, er will doch nicht etwa… Blake war plötzlich so geil, dass es wehtat. Na schön, er hatte ein-, zweimal davon fantasiert, von Will im Büro gefickt zu werden, erschauernd vor Erregung wegen der Gefahr, erwischt zu werden – aber jetzt, konfrontiert mit der Tatsache, dass es sehr wahrscheinlich wirklich passieren würde… Mit zitternden Fingern griff er in seine Aktentasche, holte das in Folie verpackte Kondom heraus und überprüfte mit einem flüchtigen Blick das Verfallsdatum. Puh. Noch brauchbar.

Will grinste, als er es sah. „Okay, jetzt räum deinen Schreibtisch ab. Sofort."

Blake schluckte krampfhaft. Oh, Mann. Hastig sammelte er die über seinen Schreibtisch verstreuten Aktenordner ein und warf sie auf den Boden. Zurück blieben nur die Tastatur und der Monitor. Will kam verstohlen auf ihn zu, wobei er sich die Hose aufknöpfte und seinen Schwanz herausholte, den er gemächlich streichelte. Verdammt, er war hart. Blake erschauerte, als Will schließlich hinter ihm stand, so dicht, dass er die Wärme spüren konnte, die er verströmte. Will griff um ihn herum und machte Blakes Hose auf, und dann wurde sie grob runtergezerrt und sein Hintern entblößt. Blake keuchte auf, als Will ihn mit einem Finger zwischen den Pobacken streichelte.

„Jacke aus."

Dieser tiefen, sonoren Stimme musste Blake sofort gehorchen. Er streifte ungeduldig sein Sakko ab und stand zitternd da, während Will ihm warme Hände unters Hemd schob, seinen Rücken streichelte und dann an seinen Nippeln zupfte und zwirbelte. Gott, erinnerte er sich etwa an *alles*, was Blake heiß machte? Blake stieß ein leises Wimmern aus.

„Ah-ah, Baby." Wills Atem streifte sein Ohr. „Du darfst keinen Laut von dir geben. Jemand könnte dich hören."

Blakes Herz setzte einen Schlag aus, als er an den Haaren gepackt und sein Kopf nach hinten gezerrt wurde. Will küsste ihn brutal, mit Zähnen und Zunge, genau so, wie er es wollte. Wills Zunge eroberte unerbittlich seinen Mund. Und dann war dieser Finger wieder da und glitt über seinen Anus. Will gab seinen Mund frei und Blake protestierte mit einem leisen, enttäuschten Laut. Will lachte in sich hinein.

„Wir brauchen Gleitgel. Will dich nicht unbedingt ohne bumsen."

Oh, Mann. Blake *liebte* es, wenn ein Sexpartner versaute Sachen sagte.

„Im… im Bad. Da steht Handcreme", stammelte er.

Ein weiteres leises Lachen drang ihm ins Ohr. „Ah-ah. Nicht gut. Gibt Probleme mit Kondomen. Wo ist dein Lippenpflegestift?" Will hatte ihn den ein-, zwei Mal benutzen sehen. Blake deutete zittrig auf die oberste Schublade in seinem Schreibtisch. Will kramte darin herum und stürzte sich eifrig auf den Fettstift. „Mit Zitrusgeschmack? Schön." Blake hatte sich nicht zu bewegen gewagt. Er stand mit heruntergezogener Hose da, den nackten Hintern halb verdeckt von seinem Hemd, unter dem sein steifer Schwanz begierig hervorlugte. Will trat neben ihn und knotete langsam seine Krawatte auf. Blake schluckte. Der Blick in diesen braunen Augen...

„Nimm deine Krawatte ab."

Mit zitternden Händen gehorchte Blake. Er hielt sie Will hin. „So ist's brav." Blake erschauerte. Verdammt. Eine heiße Liebesnacht vor fast drei Monaten, und doch hatte Will nichts vergessen. Er hielt still, als Will sich ihm von hinten näherte.

„Augen zu, Baby." Blake schloss die Augen und erschauerte, als er fühlte, wie die Seide seine Augen bedeckte und sich um seinen Kopf straffte, als Will sie an seinem Hinterkopf verknotete.

Er zitterte, als diese unerschrockenen Hände erneut die nackte Haut unter seinem Hemd streichelten – und dann unterdrückte er ein Keuchen, als ihm das Hemd von den Schultern gestreift wurde.

„Hände hinter den Rücken." Diese knappen, sexy Befehle steigerten seine Erregung nur. Er schrie leise auf, als seine Handgelenke gepackt und mit seinem Hemd zusammengebunden wurden – nicht fest genug, um ihm das Blut abzuschnüren, aber so, dass er sich nicht befreien konnte. Will packte das zusammengebündelte Hemd und schubste Blake nach vorn über den Schreibtisch, so dass sein Gesicht auf der glatten Maserung der lackierten Holzplatte landete und sein Bauch auf der Tischkante ruhte.

„Bereit für einen Fick?", fragte Will mit ruhiger Stimme, in der dennoch echte Leidenschaft lag. Blake nickte ruckartig mit dem Kopf, was gar nicht so einfach war – Will presste ihn flach auf den Tisch, eine Hand zwischen seinen Schulterblättern, direkt unterhalb des Genicks.

„Ja, oh ja, verdammt", flüsterte Blake. Er war Will hilflos ausgeliefert – und fand es verdammt geil.

„Hmmm, noch nicht ganz. Wir brauchen noch was." Blake stöhnte auf, als eine weitere Krawatte seinen Mund bedeckte, ihn knebelte. Er wimmerte, als Will die Krawatte an seinem Hinterkopf verknotete. Immer noch halb bekleidet, gefesselt, geknebelt und mit verbundenen Augen – seine sämtlichen Fantasien wurden hier gerade Wirklichkeit.

Die Hand packte ihn wieder am Genick, machte ihn bewegungsunfähig. Plötzlich stieg ihm ein schwacher Zitrusduft in die Nase. Will hatte den Lippenbalsam geöffnet. Blake erschauerte, als der leichte Duft seine Sinne erfüllte. Ein verirrter Gedanke schwirrte ihm durch den Kopf. *Gott, von jetzt an werde ich jedes Mal an das hier denken, wenn ich Lippenbalsam benutze.* Das gefiel Blake. Der Gedanke wurde verscheucht von zwei Fingern, die in seinen Hintern eintauchten. *Fuck...*

Will beugte sich über ihn, und sein weiches Hemd streifte Blakes kühle Haut. „Jetzt ficke ich dich, Baby." Sein Atem kitzelte Blakes Ohr. Der

Knebel dämpfte Blakes Aufschrei, als Will seine Finger tief ihn ihm drehte und ihn hart mit den Fingern fickte. Blake drängte sich ihm entgegen, sehnte sich nach dem, was noch kam. Will küsste sich an seiner Wirbelsäule entlang, ohne auch nur einmal in seinem erotischen Sturmangriff innezuhalten. „Gott, du hast es wirklich nötig, was?" Blake wimmerte. Will stieß ein leises Lachen aus. „Geduld. Ich will, dass dieser Arsch bereit ist, wenn ich zwanzig Zentimeter harten Schwanz reinstecke." Blake wimmerte erneut. *Na los,* fick *mich schon.* „Ich lasse dich los, während ich das Kondom anlege. Rühr' dich nicht vom Fleck."

Blake ruckte in fieberhafter Zustimmung mit dem Kopf, als Will ihn losließ und seine Finger herauszog. Das Knistern der Folie kam ihm sehr laut vor. Blake erschauerte vor Erwartung. Er lag ganz still, wagte sich nicht zu bewegen und lauschte auf jedes Geräusch, wartete angespannt auf den ersten Hinweis darauf, dass er gleich gefickt werden würde. Endlich fühlte er, wie Wills heißer, harter Schwanz sich gegen seine Rosette presste. Er drängte zurück, aber Will hielt ihn unten.

„Nein, Baby. Ich habe hier das Sagen." Blake hätte vor Frust schreien können. Er hielt still und lauschte angespannt – und dann erstarrte er, als Will mit einem einzigen Stoß in ihn eindrang und ihn ausfüllte. *Verdammt, er ist groß.* Will packte ihn an den Handgelenken und an der Schulter und stieß erneut zu, sodass seine Eier an Blakes Hintern klatschten. Blakes Mund öffnete sich zu einem stummen Schrei; kein Laut drang durch den Knebel, als Will über seinen Arsch herfiel und ihn erbarmungslos auf den Orgasmus zutrieb.

„Verdammt, ich hatte vergessen, wie eng du bist." Will bewegte sich schneller, und sein Schwanz traf bei jedem Stoß Blakes Prostata.

Blakes Penis, der zwischen ihm und dem Schreibtisch klemmte, rutschte über das glatte Holz, da jeder Stoß ihn vorwärts schob. Er wimmerte vor Dankbarkeit, als Will seine Schulter losließ und an seinen Hüften zog, seinen Hintern anhob. Dann griff er nach Blakes Schwanz und rieb ihn so heftig, dass es fast wehtat, doch der leichte Schmerz war genau richtig.

„Kommst du bald für mich?", keuchte Will hinter ihm. Blake fühlte das Scheuern von Wills Gürtelschnalle an der Rückseite seiner Oberschenkel, das Flattern seines Hemds an seinem Rücken. Gott, er wünschte, er könnte das sehen. Will, der ihn voll bekleidet auf seinem Schreibtisch vögelte, er selbst halb nackt, mit heruntergelassenen Hosen. Das Bild brachte ihn dem Orgasmus gefährlich nah, und er erschauerte. Will steigerte das Tempo; bei jedem Stoß zog er sich fast ganz aus Blake zurück, nur um sich gleich wieder so kräftig in ihn zu rammen, dass seine Hüften gegen Blakes Hintern klatschten. Es war zu viel. Blakes Hoden zogen sich zusammen.

Wills Brust berührte Blakes Rücken, seine Hüften pumpten heftig und seine Hand hielt Blakes Schaft mit eisernem Griff gepackt. „Komm für mich."

Blake versteifte sich und spritzte ab, und Will fickte ihn durch seinen Orgasmus und keuchte atemlos auf, als Blakes innere Muskeln sich um seinen Schwanz herum anspannten. Plötzlich fühlte Wills Schaft sich noch dicker an und füllte ihn komplett aus, und er wusste, dass Will auch soweit war. Will schlang ihm einen Arm um die Brust und drückte ihn an sich, als er kam. Blake fühlte das Pulsieren tief in seinem Innern, die Hitze, gedämpft durch das Kondom. Will lag auf ihm, immer noch mit ihm verbunden, sein Schwanz in Blakes Körper gefangen.

Blake hätte weinen können vor Erleichterung, als Will ihm fürsorglich den Knebel und die Augenbinde abnahm, bevor er seine mit dem Hemd gefesselten Hände losband.

Er rieb Blakes Handgelenke, um die Durchblutung anzuregen. Dann fasste er ihn am Kopf und drehte ihn zu sich, und ihre Lippen trafen sich in einem wunderbar zärtlichen Kuss. Blake verlor sich in diesem Kuss, wünschte sich sehnlichst, an der Verbindung zwischen ihnen festhalten zu können und wimmerte vor Enttäuschung, als sich ihre Lippen voneinander lösten.

„Oh, Babe." Wills Stimme zitterte vor Ergriffenheit. „Das war wundervoll."

Blake flehte leise: „Küss mich." Will kam seiner Bitte offenbar nur zu gerne nach und nahm seinen Mund sofort in Besitz. Ihre Küsse waren innig und berauschend, und Blake fühlte, wie Wills erschlaffter Schwanz aus seinem Körper glitt.

Das Klappern, als jemand an der Türklinke rüttelte, war eine unwillkommene Störung.

„Es ist abgeschlossen, schon vergessen?", flüsterte Will. Blake nickte erleichtert. Gleich darauf setzte sein Herz einen Schlag aus, als er eine vertraute Stimme vor der Tür hörte.

„Hat jemand Blake gesehen? Sein Büro scheint abgeschlossen zu sein." Oh Scheiße. Melissa.

Wills Augen weiteten sich, und er und Blake sprangen hektisch auseinander. Will entsorgte hastig das Kondom und beide zerrten sich die Hosen hoch und zogen sich in Windeseile an, und die ganze Zeit konnten sie hören, wie Rick draußen mit Melissa redete. Blake blickte sich panisch um. Der Geruch nach Sex und Sperma hing in der Luft. Will stürzte ins Bad, kam mit dem Raumspray wieder heraus und sprühte wie wild damit herum. Blakes Finger wollten nicht mitmachen, als er seine Krawatte zu knoten versuchte, und sein Herz setzte noch einen Schlag aus, als die Türklinke erneut klapperte.

„Blake? Bist du da drin?" Ihre näselnde Stimme klang schrecklich laut.

Will legte die Ordner wieder auf den Schreibtisch, dann blickte er kurz an sich und Blake hinab und gab ihm mit erhobenem Daumen zu verstehen, dass alles in Ordnung war. Blake ging zur Tür und fuhr sich ein letztes Mal glättend mit der Hand durchs Haar, dann drehte er den Schlüssel und öffnete die Tür. Melissa hielt mitten in der Bewegung inne; sie hatte offensichtlich gerade anklopfen wollen. Rick stand neben ihr und sah aus, als täte ihm das alles schrecklich leid.

„Melissa. Was kann ich für dich tun?" Er versuchte sein Bestes, um mit ruhiger Stimme zu sprechen

Melissa drängte sich an ihm vorbei und marschierte in sein Büro. Sie blickte sich argwöhnisch um. „Warum war die Tür abgeschlossen?" Ihre Stimme war hart.

Blake zog die Augenbrauen hoch. „Wir waren mitten in einer Planungssitzung. Ich hatte darum gebeten, dass wir nicht gestört werden." Er machte ein finsteres Gesicht. Er hasste es, wenn sie unangekündigt auftauchte, wenn sie ins Büro spaziert kam, als hätte sie das gottgegebene Recht, hier zu sein. Vielleicht wurde es langsam Zeit, dieser Marotte seines Vaters Einhalt zu gebieten. Auf keinen Fall würde Blake sich outen, aber er würde Justin sehr deutlich Bescheid sagen, dass er sich keine Möchtegern-Freundinnen mehr andrehen lassen wollte.

Melissa stakste auf ihren lächerlichen Zwölf-Zentimeter-Absätzen zum Schreibtisch. Ihr langes, rotes Haar war so sorgfältig frisiert wie immer, ihr Make-Up tadellos. Blake seufzte innerlich. Melissa legte allergrößten Wert auf ihre äußere Erscheinung. Er ging auf sie zu und wollte sie gerade bitten, zu gehen, da erstarrte sie, den Blick auf den Schreibtisch geheftet. *Oh, verflixt. Was jetzt?* Dann ging sie zum Papierkorb und schaute hinein. Blake sah, wie Will blass wurde.

Melissa drehte sich langsam auf dem Absatz um und sah ihn an. „Nun, das erklärt einiges." Ein kaltes, hinterhältiges Lächeln breitete sich über ihr Gesicht.

Will stand wie angewurzelt neben dem Sofa. *Ach du Scheiße.* Das würde schlimm werden.

Melissa stand mit dem Rücken zu ihm, ganz auf Blake konzentriert. Will bewegte sich leise auf den Schreibtisch zu, doch sie wirbelte herum und funkelte ihn an. „Und Sie können bleiben, wo Sie sind." Sie lächelte, zeigte perfekte, ebenmäßige weiße Zähne, aber es lag keine Wärme in ihrem Lächeln. Ohne den Kopf zu bewegen blaffte sie

Blake an: „Schließ die Tür, Blake. Wir wollen doch nicht gestört werden, oder? Nicht, solange wir drei uns ein bisschen unterhalten." Sie zwinkerte Will zu, und er konnte nicht verhindern, dass ihn ein Schaudern überlief. Er konnte den Blick nicht von ihr losreißen und bekam nur vage mit, wie Blake die Tür schloss und auf das Sofa zukam.

„Bitte nehmen Sie doch Platz, Will." Ihre Stimme jagte ihm einen kalten Schauer über den Rücken. „Und Blake, komm und setz dich neben deinen Lover."

Blakes Gesicht war totenbleich. „W-wovon redest du?"

Melissas Lippen wurden schmal. „Spar dir die Mühe, es abzustreiten. Auf deinem Schreibtisch sind Spermaflecken, und in deinem Papierkorb liegt eine Kondomverpackung – und das benutzte Kondom." Blake wechselte einen Blick mit Will, doch er konnte nur hilflos die Achseln zucken. Er hatte gewusst, was sie gesehen hatte, kaum dass sie in den Papierkorb geschaut hatte. Blake sank neben ihm aufs Sofa. Will konnte nicht anders. Er nahm Blakes Hand und hielt sie ganz fest. Blake warf einen Blick nach unten und sah ihn dann dankbar an.

„Oh, wie süß."

Die beiden Männer wandten sich ihr zu. Melissas Wangen waren gerötet, doch ihr Gesichtsausdruck war die pure Gehässigkeit.

Blake richtete sich auf. „Was willst du?" Will war stolz auf ihn.

„Nicht viel." Irgendwie bezweifelte Will das. „Ich habe genug davon, die letzte in einer langen Reihe von erfolglosen Freundinnen zu sein, das ist alles."

„Und?" Falten bildeten sich auf Blakes Stirn. Will war ebenso verwundert über Melissas Feststellung.

„Und ich wäre gern Mrs. Blake Davis." Melissa lächelte.

Will rutschte das Herz in die Hose. Das sollte doch wohl ein schlechter Scherz sein. Er warf einen Blick zu Blake, um seine Reaktion einzuschätzen.

Blake starrte Melissa an. „Wie kommst du nur darauf, dass ich dich heiraten werde?" Er machte sich offensichtlich nicht mehr die Mühe, seine Gefühle zu verbergen. „Und warum willst du jemanden heiraten, der schwul ist?"

Melissa fixierte ihn mit einem eisigen Blick. „Weil ich, wenn du es nicht tust, dafür sorgen werde, dass der liebe *Daddy* genau erfährt, was sein Sohn mit seinem hübschen PA so alles treibt." Da waren diese perfekten Zähne wieder. „Und dann kannst du dir die Firmenleitung abschminken. Ich kann mir nicht vorstellen, dass Justin Davis einer *Schwuchtel* die Kontrolle über seinen geliebten Trinity-Verlag überlässt. Kannst *du* das?" Sie musterte Blake abschätzig. „Und warum ich dich heiraten will: Ich lese Zeitung. Ich weiß, dass es mit Trinity steil aufwärts geht. Wenn diese Firma so weiterwächst wie bisher, wirst du bald ein sehr erfolgreicher, wohlhabender Mann sein. Und ich möchte dabei stets an deiner Seite sein. Es würde mir durchaus gefallen, die Frau eines reichen Verlagsmagnaten zu sein."

Blake sah aus, als hätte er einen Schlag in die Magengrube bekommen. Will fühlte mit ihm. Er fasste Blakes Hand fester, doch Blake befreite sich aus seinem Griff. Melissa sah das und lächelte gemein. „Kluger Junge. *Jetzt* denkst du vernünftig."

Will wurde das Herz schwer. *Oh Gott, bitte sag mir, dass er es nicht mal in Betracht zieht.*

„Wie lange habe ich, um eine Entscheidung zu treffen?" Blakes Stimme klang erstickt.

Melissa tat so, als würde sie ernsthaft über die Frage nachdenken. „Nun, in ungefähr drei Wochen ist Weihnachten, und eine Woche später ist Silvester. Ich persönlich fände Neujahr sehr romantisch, um eine Verlobung bekanntzugeben, meinst du nicht auch?" Ihre Augen funkelten. „Nun, ihr Jungs habt sicher eine Menge zu besprechen, also will ich euch nicht länger davon abhalten." Sie strahlte, als wären die Bosheiten, die sie gerade von sich gegeben hatte, die natürlichste Sache der Welt. Sie wandte sich zum Gehen, doch an der Tür drehte sie sich nochmal um. Ihre Miene wurde hart. „Sieh zu, dass du die richtige Entscheidung triffst, Blake." Sie wandte sich an Will. „Ist nicht persönlich gemeint, Herzchen. Nur sollte Ihnen klar sein, dass Sie seinen Schwanz nicht mehr in die Finger kriegen, wenn ich erst mal Mrs. Blake Davis bin. Ich will keine peinlichen Bilder in den Medien sehen müssen, wenn ihr zwei euch *in flagranti* erwischen lasst." Sie neigte den Kopf zur Seite. „Genaugenommen würde ich an Ihrer Stelle schon mal anfangen, mich nach einem neuen Job umzusehen. Denn wenn wir erst mal verheiratet sind, fliegen Sie hier raus." Damit rauschte sie aus dem Zimmer und hinterließ nur den aufdringlichen Duft ihres Parfüms und einen sehr üblen Geschmack in Wills Mund.

Die Stille im Raum war erdrückend. Blake starrte zu Boden, aschfahl im Gesicht. Will sehnte sich schmerzlich danach, ihn zu trösten. Er wartete darauf, dass Blake ihm sagte, alles würde gut. Als klar wurde, dass da so bald nichts kommen würde, musste Will etwas sagen.

„Blake, falls ich irgendwas" –

„Ich glaube, du gehst besser wieder zurück in dein Büro."

Will starrte ihn betroffen an. Blakes Stimme klang monoton, seine Augen waren matt. Es war, als hätte sich eine Tür geschlossen, hinter der sich der Blake verbarg, der ihm ans Herz gewachsen war.

„Was?"

„Du hast mich schon verstanden." Blakes Wangenmuskeln waren angespannt. Will hatte ihn verstanden. Er traute nur seinen Ohren nicht. „Ich werde den Rest des Tages mit dem Lesen von Einsendungen verbringen. Ich möchte nicht gestört werden." Er sah Will ausdruckslos an. „Gibt es sonst noch etwas?"

Will versteifte sich. Offensichtlich war er entlassen. Er stand auf und tat sein Bestes, um mit ruhiger Stimme zu sprechen. „Nein, nichts." Mit raschen Schritten ging er zur Verbindungstür, ohne sich noch einmal umzublicken. Auf keinen Fall sollte Blake die Tränen sehen, die ihm gerade in die Augen traten. Er betrat sein Büro, machte die Tür hinter sich zu und lehnte sich dagegen. Kummer erfüllte ihn.

Ich fühle mich, als hätte ich gerade meinen besten Freund verloren. Noch während ihm dieser Gedanke durch den Kopf ging, wusste Will, dass er sich selbst belog. *Meinst du nicht eher: den Mann, in den du verliebt bist?*

Fuck.

8

„Möchtest du drüber reden?"

Lizzies melodische Stimme riss ihn aus seinen Gedanken. Will blickte von seinem Monitor auf, den er seit zehn Minuten mit leerem Blick anstarrte, und sah sie an der Tür zu seinem Büro stehen. Ihre Miene war von Besorgnis geprägt, und er lächelte sie kurz an.

„Eigentlich nicht." Ihre Frage überraschte ihn nicht. Sie war der dritte Mensch in dieser Woche, der ihn fragte, ob er sich etwas von der Seele reden wollte. Rick war natürlich der Erste gewesen. Will hatte seit diesem verhassten Tag vor einer Woche keine Lust mehr gehabt, mit ihm zu scherzen – oder mit sonst jemandem – und das hatten natürlich alle bemerkt. Es hatte Blicke gegeben, vor allem während der morgendlichen Teambesprechungen. Jeder, der auch nur halbwegs bei Verstand war, musste mitbekommen, dass irgendwas nicht stimmte. Und wenn sie sich schon um Will Sorgen machten – der Himmel wusste, was ihnen wegen Blake alles durch den Kopf ging…

„Tut mir leid, aber ich musste fragen", sagt Lizzie mit einem halben Lächeln. „Wir werden noch alle verrückt, weil wir einfach nicht verstehen, was in aller Welt bloß passiert ist. Blake ist so…" Sie verstummte.

„Blake hat im Moment ziemlich viel um die Ohren", sagte Will. „Ich bin sicher, es wird sich alles klären. Versucht, euch keine Sorgen zu machen." Er gab sein Bestes, um beruhigend zu wirken. Lizzie schien nicht ganz überzeugt zu sein, aber sie zuckte die Achseln und ließ erneut dieses warme Lächeln aufblitzen, bevor sie sich zum Gehen wandte.

Will starrte wieder auf seinen Monitor. Diese Woche war schrecklich gewesen. Wirklich schrecklich. Sobald er mit Blake alleine war, war es immer dasselbe gewesen. Dieses ungute Gefühl in der Magengrube. Trockener Mund. Probleme beim Schlucken.

Oh, sie redeten miteinander, aber nur über berufliche Dinge. Keine persönlichen Gespräche. Vorbei war es mit der warmherzigen Neckerei, auf die er sich jeden Morgen gefreut hatte. Er warf einen Blick zur Verbindungstür. Sie war zu – buchstäblich und im übertragenen Sinne.

Will stützte die Arme auf den Schreibtisch und vergrub das Gesicht in den Händen. Der unheilvolle Zwischenfall mit Melissa hatte ihm eins glasklar deutlich gemacht – er war rettungslos in Blake verliebt. Jedes Mal, wenn er seinen Boss ansah, wollte Will ihn in die Arme nehmen und an sich drücken. Blakes verkniffenes Gesicht und sein gehetzter Blick weckten in Will den Wunsch, den Rest der Welt auszuschließen und ihn zu beschützen, ihn vor allem zu bewahren, was ihm solchen Kummer bereitete. Die körperliche Anziehungskraft, die schon in ihrer ersten gemeinsamen Nacht so offensichtlich gewesen war, hatte nicht nachgelassen. Stattdessen fühlte Will sich dem Mann jetzt auch emotional verbunden. So sehr er sich auch bemühte, er konnte nicht schlecht von Blake denken. Will konnte nur erahnen, welche

Qualen er gerade durchmachte. Er konnte es Blake nicht zum Vorwurf machen, dass er so reagiert hatte. Trinity Publishing war Blakes Leben. Und wenn Will den möglichen Verlust seiner Firma gegen den Verlust einer Freundschaft abwog – wenn auch einer Freundschaft mit gewissen Vorzügen – musste ihre Beziehung in Blakes Augen bedeutungslos erscheinen.

Er schüttelte sich. Was er wirklich brauchte war eine ruhige Nacht mit genügend Schlaf. Die ganze Woche hatte er sich hin und her gewälzt, unruhig geschlafen und war Stunden vor dem Weckerklingeln aufgewacht. Er brauchte nur in den Spiegel zu schauen, um zu sehen, wie sehr ihn das belastete. Das Gesicht, das ihm aus dem Spiegel entgegenstarrte, hätte Blakes sein können. Sie sahen beide so abgespannt aus. Und Will wusste, wie schlecht er aussah. Selbst Karen hatte das bemerkt. Leider versuchte sie seither noch entschlossener, ihm näher zu kommen, und Will war sich nicht sicher, wie lange er das noch ertragen konnte.

Sein Handy piepte. Es war eine Textnachricht von Jenny mit einer Anfrage für einen Escort-Job heute Abend. Es ging um die Preisverleihung einer Marketing-Firma. Will stöhnte auf. Das alles hier schadete allmählich seinem anderen Job. Schon vor Melissas Ultimatum hatte Will keine Escort-Kunden mehr angenommen, die Sex wollten. Er wusste, dass er damit auf dringend benötigte Einnahmen verzichtete, aber er konnte die Vorstellung nicht ertragen, mit jemand anderem ins Bett zu gehen als mit Blake. Das hätte ihm schon sagen sollen, wie tief seine Gefühle gingen. Die Jahre auf dem Straßenstrich, der Sex mit jedem, der das Geld hatte, hatten ihn gelehrt, seine Emotionen abzuschalten.

Klar, er konnte so tun als ob. Doch dann war Blake dahergekommen und bam! – er bekam nicht mal mehr einen hoch, wenn er daran dachte, mit jemand anderem zu schlafen. Und seit jenem furchtbaren Tag war er nicht mehr mit dem Herzen dabei, wenn er als Escort arbeitete. Mehr als einmal hatte ein Kunde bei Jenny angerufen und sich über sein Benehmen beschwert. Diese ganze Sache brachte ihn noch um.

Er schaute auf die Uhr. Zeit für einen Kaffee. Er stand auf und ging den Flur entlang in die Küche. Offenbar war er nicht der Einzige, der eine Erfrischung brauchte. Zahlreiche Stimmen drangen hinaus auf den Flur. War etwa das ganze Team da drin? Als er die Küche betrat, unterdrückte er ein Stöhnen. Jawohl. Alle standen herum, tranken Kaffee und unterhielten sich, aber sie verstummten, als er zur Kaffeemaschine ging. Für einen Moment herrschte peinliches, quälendes Schweigen. Will schenkte sich eine Tasse ein und wandte sich zum Gehen, da er es nicht ertragen konnte.

„Will, weißt du schon Bescheid wegen unserer Weihnachtsfeier?"

Will blieb stehen. Innerlich seufzend drehte er sich zu Beth um und neigte fragend den Kopf. „Weihnachtsfeier?"

Beth nickte. „Wir gehen alle zusammen essen. Normalerweise machen wir das zwischen Weihnachten und Neujahr. Vorher sind die Restaurants sonst immer völlig ausgebucht. Möchtest du mitkommen?" Sie betrachtete ihn nervös.

„Da müsste ich erst in meinen Kalender schauen", antwortete Will, obwohl er wusste, dass er ganz bestimmt keine Lust auf Geselligkeit haben würde, wenn es mit der momentanen Situation so weiterging. „Wer ist ‚wir'?"

„Das Team, dazu Karen, du … Blake."

Wills Brust schnürte sich zusammen. „Kommt Blake auch mit?"

Ricks Miene war unerwartet bedrückt. „Das weiß keiner. Wir haben ihn eigentlich noch gar nicht darauf angesprochen." Das konnte Will verstehen. Blake hatte sich von allen abgekapselt, nicht nur von Will.

„Ich überlege es mir, in Ordnung?" Vorsichtiges Nicken rundum. Karen betrat die Küche, und ihre Augen weiteten sich vor Überraschung. Ja, man sah selten so viele Angestellte auf einmal hier drin. Sie entdeckte Will, und ihr Gesichtsausdruck veränderte sich. Will stöhnte innerlich, als sie sich an ihn heranmachte und ihm sanft den Arm streichelte.

„Wie geht's dir, Will?" Ihre Stimme war honigsüß. „Kann ich irgendwas für dich" –

„Oh, um Himmels willen, kannst du mich nicht einfach in Ruhe lassen?", explodierte Will. Erschrockenes Luftschnappen schlug ihm entgegen. Es kümmerte ihn nicht mehr. „Ich sag' das nur einmal, laut und so deutlich, dass du's verstehst: Ich. Bin. Nicht. Interessiert." Er stieß die Worte zwischen zusammengebissenen Zähnen hervor. Karen blieb der Mund offenstehen und ihre Hand flog an ihren üppigen Busen. „Und ich *werde* auch nie interessiert sein. Verdammt nochmal, Frau, ich bin schwul!"

Das Schweigen, das seiner Erklärung folgte, war so drückend, dass es beinahe mit Händen zu greifen war.

Karens Gesicht war kreidebleich, und sie schluckte krampfhaft. Sie war unter seinen Worten zusammengezuckt wie unter einem Faustschlag, und jetzt wich sie zurück. Das Team schien genauso perplex zu sein. Von der Tür her war ein jähes Aufkeuchen zu hören. Will schaute hin, und da stand Blake, die Augen weit aufgerissen. *Oh, Scheiße.* Will hielt den Atem an und wartete darauf, dass Blake etwas sagte. Doch sein Boss machte auf dem Absatz kehrt und verschwand, und Will wurde das Herz schwer.

Das war's. Will war mit seinen Kräften am Ende. Bevor irgendjemand etwas sagen konnte, stellte er seine Tasse weg und flüchtete aus der Küche, rannte zur Herrentoilette und schloss sich in einer Kabine ein. Er setzte sich auf den Klodeckel und vergrub das Gesicht in den Händen. Was zum Teufel hatte er da gerade getan? Er erstarrte, als die Außentür auf – und wieder zuging und lauschte auf die Schritte, die sich seine Kabine näherten.

„Will? Bist du da drin?" Es war Rick. Mist. Will wollte nicht mit ihm reden. Mit niemanden. „Komm schon, Mann, rede mit mir." Ricks Stimme hatte eine gewisse Schärfe, einen Beiklang von etwas, das sich nach Verzweiflung anhörte. Unwillkürlich doch fasziniert beugte Will sich vor, schob den Riegel zurück und öffnete langsam die Tür. Rick schaute unglücklich drein und wirkte entschieden nervös. Erleichterung huschte über sein Gesicht, als er Will sah. „Oh Mann." Seine Stimme war unsicher. „Wenn du dich outest … dann aber richtig!"

Will konnte nicht anders. Er lächelte schwach, und Rick schmunzelte.

„Kommst du jetzt raus oder soll ich reinkommen?" Rick zwinkerte ihm zu. „Wäre nicht das erste Mal, dass ich mit einem Mann in einer Toilettenkabine bin. Wenn du verstehst, was ich meine." Er sah Will bedeutungsvoll an.

Will stieß ein raues Lachen aus. „Wusste ich's doch, verdammt!"

Rick lachte. „Ja, okay, über dich dachte ich dasselbe auch schon seit einer ganzen Weile." Will stand auf und verließ die Kabine. Rick lehnte sich an die Wand, während Will sich warmes Wasser über die Hände laufen ließ. Sie waren plötzlich so kalt. „Alles in Ordnung, Will?" Die echte Besorgnis in seinem Blick war rührend.

Will stieß seine Anspannung mit einem langen Atemzug aus und trocknete sich die Hände ab. „Ja." Er hatte sich etwas beruhigt. Rick beobachtete ihn aufmerksam. „Also... wissen sie über dich Bescheid?" Er deutete mit einer ruckartigen Kopfbewegung in Richtung Tür.

„M-hm. Deshalb bin ich wahrscheinlich der einzige hier, der erleichtert war, deine, äh, *Erklärung* zu hören." Rick blitzte der Schalk aus den Augen. „Hast du eine *Ahnung*, wie es war, der einzige Schwule im Dorf zu sein?" Beide kicherten bei dieser Anspielung auf die Komödie *Little Britain*. Ricks Miene wurde ernster. „Also dann, versuchen wir das nochmal. Möchtest du drüber reden?"

Will lächelte ihn freundlich an. „So gern ich das auch tun würde, ich kann nicht."

Rick nickte. Er kam einen Schritt näher, ohne den Blick von Wills Gesicht zu wenden. „Ich hatte natürlich gehofft, dass ich recht habe, was dich betrifft." Seine Stimme wurde sanfter. „Weißt du eigentlich, wie oft ich schon kurz davor war, dich zu fragen? Das alles hier ist so verdammt ironisch."

Will legte den Kopf schief. „Was meinst du damit?"

Rick lachte in sich hinein. „Naja, zum einen bin ich seit sechs Jahren scharf auf meinen Boss." Wills Augen weiteten sich, und Rick grinste breit. „Ja, warum sind die Schönen immer hetero? Obwohl, hin und wieder hätte ich schwören können…" Er schüttelte den Kopf. „Nein, vergiss es. Reine Zeitverschwendung, so zu denken."

Er sah Will in die Augen. „Und dann tauchst du hier auf, und bei dir hat mein Gaydar von Anfang an gepiepst wie verrückt." Er streichelte Wills Arm, und seine blauen Augen hielten den Blickkontakt unverwandt aufrecht. „Es wäre wohl zu optimistisch, zu hoffen, dass du noch ungebunden bist." Seine Miene war erwartungsvoll, und Will hörte die Frage, die Rick offensichtlich nicht zu stellen wagte. *Verdammt.*

„Rick", begann Will behutsam, „Ich bin… das heißt…" Er seufzte. „Es ist kompliziert." Rick machte ein langes Gesicht, und Will kam sich vor wie der letzte Mistkerl. Trotz der Art, wie Blake ihn im Moment behandelte, gab es da diesen kleinen Teil von ihm, der hoffte, dass sie das irgendwie wieder hinkriegen würden. Denn Will wusste, dass er mit Blake zusammen sein wollte. Er stieß einen tiefen Seufzer aus. Ja, kompliziert war noch untertrieben. Er wandte seine Aufmerksamkeit wieder Rick zu. Es wäre nicht fair, ihm was vorzumachen. Diese seelenvollen Augen musterten ihn aufmerksam. Will beugte sich vor und küsste Rick auf die Wange. „Ich fühle mich geschmeichelt.

Wirklich. Und nur damit das klar ist, du bist echt süß."

Rick errötete, und seine Wangen färbten sich zartrosa. Er seufzte theatralisch. „Na ja, ich musste einfach fragen." Er berührte kurz seine Wange und trat dann zurück. „Sind wir immer noch Freunde?"

„Und ob." Will grinste. „Gut zu wissen, dass hier wenigstens einer auf meiner Seite steht."

Rick erwiderte sein Grinsen. „Oh, mehr als einer, Kumpel. Wir mögen dich. Okay, Karen hat dich jetzt vielleicht für eine Weile auf dem Kieker. Sie hat schlecht ausgesehen, muss ich sagen. Du hast sie ziemlich tief getroffen."

Will nickte bekümmert. Er hätte das anders handhaben können, aber es war eine instinktive Reaktion gewesen. *Das kommt davon, wenn man zu wenig schläft und unglücklich ist.* „Ich muss mich entschuldigen."

„Gute Idee." Rick deutete in Richtung Tür. „Komm, machen wir, dass wir hier rauskommen. Sonst denken noch alle, dass im Männerklo was vor sich geht." Er zwinkerte. „Was leider nicht zutrifft."

Will lachte und zerzauste ihm die Haare. „Du bist echt schlimm."

Rick zog die Augenbrauen hoch. „Das merkst du erst jetzt? Wie lange arbeitest du schon hier?" Beide lachten und verließen den Waschraum.

Die Küche war leer. Will schnappte sich eine frische Tasse Kaffee, und nachdem er Rick kurz, aber herzlich umarmt hatte, ging er in sein Büro und schloss die Tür. Er setzte sich hinter seinen Schreibtisch, trank einen Schluck und schaute auf die immer noch geschlossene Verbindungstür. Sein einziger Trost war, dass für ihn die Heimlichkeiten jetzt ein Ende hatten. Doch das brachte Blake womöglich in eine heikle Situation. Und nach Blakes Reaktion zu schließen war sein Boss alles andere als erfreut über diese Wende der Ereignisse.

Na schön. Wie es aussah, würde Melissa am Ende doch ihren Willen bekommen. Vielleicht wurde es wirklich langsam Zeit, sich nach einem anderen Job umzuschauen. Es sah so aus, als würde er einen brauchen.

Warum zum Teufel war er nicht betrunken?

Will konnte es nicht verstehen. Er saß im Club an einem Ecktisch und starrte mit müden Augen auf die leeren Schnapsgläser. Die Musik dröhnte und Stimmengewirr erfüllte die Luft. Das G.A.Y. war sein Lieblingsclub, und heute Abend schien es auch der Lieblingsclub der übrigen Welt zu sein. So brechend voll hatte er es hier noch nie erlebt.

Es konnte natürlich sein, dass die Go-Go-Boys auf der Bühne etwas damit zu tun hatten.

Sie wirbelten um ihre Stangen herum und schlängelten sich auf der Bühne in ultraknappen silbrigen Lycra-Shorts, die ihre edelsten Teile *sehr* hübsch zur Geltung brachten, besten Dank auch. Will hielt sich versteckt. Er hatte ein paar Bekannte entdeckt, aber ihm war nicht danach, sich mit irgendjemandem zu unterhalten. Erroll, sein Kellner für den Abend, tänzelte an Wills Tisch vorbei und streifte ihn mit einem Blick.

„Noch einen, Will?"

Will zögerte. Es war verlockend. Er war heute Abend mit der festen Absicht hergekommen, sich zu betrinken, aber der Alkohol schien nicht zu wirken.

Er konnte es nicht verstehen. *Dann können noch ein paar Kurze mehr ja nicht schaden.* Seinem schlecht funktionierenden Verstand leuchtete das sogar ein. „Ja bitte, dasselbe nochmal, Erroll." Der junge Mann nickte und verschwand in Richtung Bar. Will sackte wieder auf dem gepolsterten Sitz zusammen. Anscheinend war heute nicht sein Tag.

„Wo warst du denn, du Miststück? Hab' dich hier ja ewig nicht gesehen!"

Will hob ruckartig den Kopf, als er die Stimme hörte. „Oli!" Ein Lächeln breitete sich über sein Gesicht.

Oli grinste breit. „Was hängst du denn da der Ecke rum, Will? Versteckst du dich vor jemandem?" Er zwinkert, und Will lachte. „Darf ich mich zu dir setzen?"

„Kommt drauf an. Wo ist die Gattin?"

Oli schürzte die Lippen. „Pass auf, was du sagst, du Aas. *Ich* bin die Gattin." Seine Augen funkelten. „Ben ist an der Bar. Er kommt auch gleich." Will deutete auf die Sitzbank, die um den Tisch herumlief, und Oli ließ sich mit einem dramatischen Seufzer darauf plumpsen.

„Meine Füße bringen mich um. Ich schwör's, er hat mich *stundenlang* nicht von der Tanzfläche gelassen!"

Will lachte. Er wusste, wie leidenschaftlich gern Oli tanzte, aber sein Partner Ben stand ihm da in nichts nach. Die beiden waren an den meisten Wochenenden hier im Club zu finden, gewöhnlich umgeben von einer ganzen Horde von ebenso umwerfend gutaussehende, jungen Männern.

„Wie lange seid ihr zwei jetzt schon zusammen?"

Oli lächelte strahlend. „Im September sind's zwei Jahre." Er riss den Mund auf. „Oooh! Du weißt es noch gar nicht, oder?" Will war verwirrt. Oli hob die linke Hand und wedelte Will damit vor der Nase herum. Ein Weißgoldring schmückte seinen Ringfinger.

Will grinste. „Ist ja toll! Wann ist das passiert?"

Oli strahlte. „Während unserer Reise nach Neuseeland und Australien." Er stieß einen übertriebenen Seufzer aus. „Es war magisch."

„Machst du schon wieder fremde Typen an, Babe?" Ben erschien mit ihren Getränken. Er zwinkerte Will zu.

Will liebte Bens Antipoden- Akzent. Er stammte aus Neuseeland, hatte aber eine Zeitlang in Sydney gelebt, bevor er nach London gezogen war. Er nickte Ben zu, als dieser sich neben Oli setzte und ihm einen Arm um die Schulter legte, woraufhin Oli sich sofort an ihn lehnte. Sie waren ein gutaussehendes Paar. Oli war blond und Ben dunkelhaarig, aber beide Männer waren schlank. Bens enges, dunkelblaues T-Shirt brachte seine muskulösen Oberarme und seinen durchtrainierten Oberkörper sehr ansprechend zur Geltung. Oli trug wie üblich Jeans und ein T-Shirt, in diesem Fall eins, auf dem zwei Männer abgebildet waren, die sich umarmten. Und natürlich ein Kapuzenshirt. Oli und seine Kapuzenshirts gehörten einfach zusammen.

„Glückwunsch."

Bens Lächeln stellte seine weißen Zähne zur Schau. „Oh, danke, Will." Er trank einen Schluck Bier. „Du hast dich hier nicht oft blicken lassen. Viel zu tun? Wie läuft's mit der ‚Escort'-Agentur?"

Er malte mit den Fingern Anführungszeichen in die Luft und grinste anzüglich.

Will verzog das Gesicht. „Wunder Punkt. Für die habe ich in letzter Zeit nicht viel gemacht, um ehrlich zu sein." Er starrte Ben finster an. „Und ich *bin* ein Scheiß-Escort, also pass auf, was du sagst, du Aas!" Sein Grinsen machte deutlich, dass er scherzte.

„Moment mal", mischte Oli sich ein. „Hattest du nicht kürzlich eine wilde, heiße Nacht mit so einem Typen? Ich meine mich an eine Textnachricht von dir zu erinnern, als du kurz davor warst, deinen ersten Kunden zu bedienen – im wahrsten Sinn des Wortes?" Er runzelte die Stirn. „Habe ich das falsch verstanden?"

Will seufzte. „Nein, du hast das schon richtig verstanden. Und es war nur dieses eine Mal."

Ben kicherte. „War der Sex so schlecht?"

Will lachte leise. „Oh, die Ironie." Die beiden anderen schauten verdutzt drein. „In Gegenteil, er war so gut. Genau genommen war es wahrscheinlich der beste Sex meines Lebens."

Olis Augen weiteten sich. „Du machst Witze."

Will schüttelte den Kopf. „Ich wünschte, es wäre so", sagte er traurig.

Oli sah ihn voller Besorgnis an. „Was ist passiert, Babe?" Bens Miene wirkte ebenso beunruhigt, und Will war plötzlich froh über die Gelegenheit, sich den ganzen Schlamassel von der Seele reden zu können. In den nächsten zehn Minuten erzählte er die ganze Geschichte und endete mit dem Vorfall an diesem Morgen.

Ben starrte ihn an. „Nur damit ich das richtig verstehe. Du hast dieser mittelalten Schlampe endlich gesagt, dass sie aufhören soll, dich sexuell zu belästigen, und dich dabei auch gleich geoutet?" Er lachte schallend. „Das kriegst auch nur du fertig, Will."

Oli versetzte ihm einen Rippenstoß. „Zeig' ein bisschen Mitgefühl. Siehst du denn nicht, dass er leidet?"

„Autsch!" Ben rieb sich die Rippen und runzelte die Stirn. „Bist du da nicht *etwas* überdramatisch, Babe? Ich meine, ist ja nicht so, als hätte das irgendwelche drastischen Auswirkungen auf sein Leben dort, oder?"

Oli verdrehte die Augen. „Oh, für einen hochintelligenten Mann kannst du manchmal so *vernagelt* sein." Er küsste seinen Partner zärtlich auf die Lippen. „Will ist in seinen Boss verliebt", erklärte er geduldig.

Will zuckte erschrocken zusammen. Das hatte er nicht gesagt – oder doch? Oli musterte ihn aufmerksam. Seine schönen Augen wurden groß und rund, als er sah, wie Will reagierte.

„Oh mein Gott", sagte Oli leise. „Und ich dachte, *Ben* wäre blind."

Will starrte ihn nur an. In Blake verliebt?

Oli lächelte. „Will, dein Blick, wenn du über Blake sprichst, wie du klingst... Ich sag's dir ja nur ungern, Babe, aber es ist offensichtlich. Du liebst

Will fühlte sich plötzlich wie ausgehöhlt. „Es spielt keine Rolle", sagte er dumpf. „Er wird Melissa heiraten."

Ben schnaubte. „Und du legst einfach die Hände in den Schoß und lässt das geschehen? Aber hallo!"

„Naja, was zum Teufel sollte ich denn tun? Irgendwelche Vorschläge?", verlangte Will zu wissen. „Aus meiner Sicht kann ich nämlich einen

Scheißdreck dagegen tun." Seine Wangen wurden heiß.

Ben grinste hinterhältig. „Bring ihn auf einen Meter an mich ran, dann zeig' ich ihm schon, was für ein Riesenarschloch er ist." Sein Gesichtsausdruck veränderte sich. Er sah Will ernst an.

„Er macht gerade den größten Fehler seines Lebens, Will. Kannst du dir vorstellen, wie sein Leben von jetzt an sein wird? Verheiratet mit so einer Schlampe, die nicht nur auf sein Geld aus ist, sondern auch noch will, dass er den Hetero spielt. Auch keine heimlichen Affären mit Männern mehr. Und alles nur, weil er sich nicht traut, sich zu outen."

„Jetzt mach mal halblang", sagte Oli und legte Ben eine Hand auf den Arm. „Ich kann absolut verstehen, warum Blake das macht. Ich meine, es geht um seine Firma." Er wandte sich Will zu. „Aber Ben hat recht, Liebes. Dein Blake ist dabei, sein Leben zu ruinieren." Da war wieder dieser mitfühlende Blick. „Wenn du ihn liebst, kannst du das nicht zulassen – nicht ohne ihm zu sagen, was du für ihn empfindest."

Will stöhnte auf. „Oh, Mist." Sie hatten natürlich recht. „Aber was, wenn ich es ihm sage und das nichts ändert?"

Bens Stimme war sanft. „Das ist ein Risiko, das du eingehen musst. Aber sieh's doch mal so: Was, wenn es alles ändert?" Er sah Will fest in die Augen.

Will erwiderte seinen Blick. An diese Möglichkeit wagte er nicht einmal zu denken. Das wäre, als wollte er das Schicksal geradezu herausfordern. Ben schlug mit der flachen Hand auf den Tisch.

„Genug gegrübelt. Wechseln wir das Thema, sonst wirst du noch verrückt. Ich geb' dir mal was anderes zum Nachdenken. Möchtest du nächste Woche mitkommen zu Stephen und Darren?" Er grinste anzüglich. „Da geht's richtig ab."

„Ooh, ja!" Oli hüpfte auf seinen Sitz auf und ab. „Komm doch mit. Das wird wie in alten Zeiten."

Will wusste auch ohne weitere Erklärungen, was bei ihren gemeinsamen Freunden zuhause stattfand. Stephen und Darren waren für ihre Sex-Partys berühmt. Ben und Oli hatten sich vor gut zwei Jahren sogar bei einer ihrer Partys kennengelernt.

„So, wie ich grade drauf bin, weiß ich nicht, ob das eine gute Idee wäre." Abgesehen davon interessierte das, was da passierte, Will nicht besonders. Er war einmal dort gewesen, als Gast von Oli und Ben, aber Gruppensex war eigentlich nicht so sein Ding. Will wusste, dass Ben und Oli spielten und sich oft einen Dritten dazu nahmen, aber sie spielten nur zusammen.

„Ooch, bitte." Oli rutschte auf der Bank näher an Will heran und strich ihm mit der Hand über die Brust, dann umfasste er seine Wange und küsste ihn auf die Lippen. „Wir haben schon ewig nicht mehr mit dir gespielt." Seine Augen glitzerten vor Lust. Will zögerte. Er wollte die beiden nicht kränken, aber er war sich nicht sicher, ob er das tun konnte. Es kam ihm zu sehr wie Untreue vor.

„Man kann nur fremdgehen, wenn man wirklich in einer Beziehung ist, Babe." Bens blöde Intuition. Ben nickte wissend. „Gib's zu, darüber hast du doch gerade nachgedacht. Ich kenn' dich zu gut." Das stimmte. Er und Ben hatten sich schon seit Urzeiten gekannt, noch bevor Oli in Bens Leben getreten war.

Ben legte den Kopf schief. „Wäre das etwas, das Blake interessieren könnte?"

Also, *das* brachte Will zum Nachdenken. „Möglicherweise." Er erinnert sich daran, wie Blake sich damals auf seinem Computer die Orgie angeschaut hatte. „Wann ist es denn?" Nicht, dass er hingehen wollte. Trotzdem konnte es nicht schaden, den genauen Termin zu kennen. Nur für alle Fälle.

„Nächsten Mittwoch." Ben sah ihm in die Augen. „Falls du ihn wie durch ein Wunder *tatsächlich* zum Mitkommen bewegen kannst, dann sorgst du besser dafür, dass er weiß, wie es läuft." Oli nickte zustimmend.

Will wusste, was er meinte. Jeder, der an einer Sexparty teilnahm, musste vorher wissen, was auf ihn zukam. Er war sich nicht sicher, ob er das durchziehen konnte. Aber falls Blake sowas machen wollte, würde Will es eben schlucken und mitmachen. Vielleicht war es ja ein nettes Abschiedsgeschenk, ein letztes Mal mit ihm zusammen zu sein, bevor Melissa ihn sich krallte. Olis Idee, Blake seine Gefühle zu gestehen, war zwar romantisch, aber das hier war das wahre Leben und kein Roman. Blake würde unmöglich bereit sein, seine Firma aufzugeben. Und es spielte keine Rolle, dass Will in Blake verliebt war. Blake liebte ihn nicht. Das konnte nicht sein. Denn wenn Blake ihn liebte, wäre er nicht bereit, Will aufzugeben.

Will sah die beiden an. „Ich überleg's mir." Weiter wollte er nicht gehen. Außerdem war das Ganze sowieso nur rein theoretisch. Damit er Blake einladen konnte, hätten sie miteinander reden müssen. Und aufgrund seiner Erfahrungen in der vergangenen Woche? Keine Chance.

9

Ich vermisse ihn.

Seit einer Woche ging Blake dieser Gedanke x-mal am Tag durch den Kopf, und so auch an diesem Montagmorgen. Er vermisste Will so sehr, dass es wehtat. Und genau wie an jedem anderen Tag machte er sich ständig Vorwürfe. *Warum zum Teufel hast du Melissa nicht die Stirn geboten?* Naja, aus Blödheit. *Wenn du ihr gleich Bescheid gestoßen hättest, könntest du jetzt mit Will zusammen sein.* Blake blickte sich in seinem Schlafzimmer um und erinnerte sich daran, wie Will ihn hier in seinem Bett in den Armen gehalten und sich an ihn geschmiegt hatte, während er ihn langsam und genüsslich von hinten nahm.

Aber du vermisst ja nicht nur den Sex, oder? Gott, das war nur zu wahr. Blake vermisste Wills Lächeln, seinen Sinn für Humor, die Art, wie seine Augen aufleuchteten, wenn Blake in sein Büro kam. Er vermisste die Unbefangenheit ihrer früheren Gespräche und wie Will seine Bedürfnisse immer vorauszuahnen schien. Er vermisste Wills Tüchtigkeit, sein Selbstvertrauen. Er vermisste seine Stimme, diese tiefe, sonore Stimme, die ihn innerlich wärmte.

Oh Scheiße. *Was habe ich getan?*

Was du tun musstest.

Da war Blake sich nicht mehr so sicher. Die vergangene Woche hatte ihm sehr deutlich gemacht, wieviel Will ihm inzwischen bedeutete. Mit jedem neuen Tag nahm der Schmerz zu. Er beobachtete Will heimlich, nahm die dunklen Ringe unter seinen Augen wahr, die blassen Wangen, wie sorgfältig und beherrscht er sich gab, wenn Blake da war. Will litt. Und das war Blakes Schuld.

Und allmählich dämmerte ihm das Ausmaß dessen, wozu er sich bereit erklärt hatte.

Bedeutete die Firma ihm wirklich so viel, dass er bereit war, sich für den Rest seines Lebens unglücklich zu machen? Er konnte sich nicht mal mit dem Gedanken trösten, sich nach einer angemessenen Frist von Melissa scheiden zu lassen. Wenn sie ihn erstmal in den Klauen hatte, würde sie ihn wohl kaum wieder freiwillig gehen lassen. Die Drohung, es seinem Vater zu erzählen, würde für immer über ihm schweben.

Eins war ganz sicher. Er konnte das eisige Schweigen nicht mehr ertragen, das sich auf seine eigene Veranlassung hin zwischen ihnen aufgebaut hatte. Anfangs hatte er Will an allem die Schuld gegeben. Wenn er nicht auf die Schnapsidee gekommen wäre, Blake in seinem Büro zu ficken, hätte Melissa sie nicht erwischt, und all das wäre nie passiert. *Er* hatte das Ganze ins Rollen gebracht. Und dann hatte er sich vor der gesamten Belegschaft geoutet. Was zum Teufel…? *Und das alles nur, weil ich mir nicht sicher sein kann, dass mein Vater kein homophobes Arschloch ist.* Aber was, wenn er sich da irrte? Was, wenn Justin Davis sich als vollkommen vernünftiger Mensch herausstellte, der sich freuen würde, wenn er erfuhr, dass sein Sohn mit einem Mann glücklich war? Es gab hier so einige ziemlich große „Wenns", darunter auch eins, das er nicht in Worte zu fassen wagte, als ob schon das bloße Aussprechen irgendwie alles zunichtemachen könnte. Aber jetzt war es Zeit für Ehrlichkeit. Scheiß drauf.

Was, wenn ich gerade den einzigen Menschen wegwerfe, der mich ergänzt?

Der Gedanke machte ihn schwach.

Aber selbst wenn Melissa an diesem Tag nicht hinzugekommen wäre, hättest du nie etwas getan, was deine Zukunft in der Firma gefährden könnte, oder?

In der Stille seines Schlafzimmers konnte Blake ehrlich sein. Will war ihm wichtig geworden. Aber wichtig genug, um sich für ihn zu outen?

Na, das werde ich ja jetzt nie erfahren, stimmt's?

Blake umklammerte sein Kissen. Wenn Will aus seinem Leben verschwinden sollte, konnte er ihn nicht gehen lassen, solange es diese Kluft zwischen ihnen gab, eine Kluft, die er selbst verursacht hatte. Ganz egal, ob er Will anfangs die Schuld daran gegeben hatte – jetzt tat er das nicht mehr. Er musste reinen Tisch machen, dafür sorgen, dass sie sich freundschaftlich trennten. Außerdem würde er ihm helfen, eine Stelle bei einer anderen Firma zu finden und ihm ein glänzendes Zeugnis ausstellen. Das war das Mindeste, was er tun konnte.

Morgen. Ich rede morgen mit ihm.

Der Gedanke linderte den Schmerz in seinem Inneren nicht.

Blake öffnete die Verbindungstür und spähte in Wills Büro. Will saß an seinem Schreibtisch und starrte auf seinen Monitor, offensichtlich ganz auf seine Arbeit konzentriert. Er hatte Blakes Gegenwart nicht einmal registriert.

„Können wir reden?"

Will zuckte zusammen und seine Augen weiteten sich, als er Blake erblickte. „Entschuldigung? Hast du was gesagt?"

Blake trat ins Zimmer und näherte sich Wills Schreibtisch. „Ich sagte, können wir reden?"

Will wirkte bestürzt. Blake konnte es ihm nicht verdenken. Bei ihren Gesprächen in der vorigen Woche war Blake ein Roboter gewesen und stets streng beruflich geblieben. „Natürlich. Hier oder in deinem Büro?" Gott, wie steif und förmlich Will war. *Das ist mein Werk*. Für einen kurzen Moment war Blake voller Selbstverachtung.

„Mein Büro. Hol uns doch bitte beiden einen Kaffee und komm dann rein."

Der Hoffnungsschimmer in Wills Augen war nicht zu übersehen. „Okay."

Blake lächelte ihm kurz zu und zog sich dann wieder in sein Büro zurück, wobei er das Flattern in seiner Magengrube zu ignorieren versuchte. Als Will mit zwei Tassen Kaffee in den Händen hereinkam, wies Blake ihn zum Sofa und setzte sich dann neben ihn. In den ersten ein, zwei Momenten sagte keiner der beiden ein Wort, bis Blake das peinliche Schweigen nicht länger ertragen konnte.

„Schau, als Erstes möchte ich mich –"

„Ich wollte nur sagen –"

Beide schauten einander an und lachten dann prompt. Will gab ihm einen Wink. „Nach dir – du bist der Boss", sagte er leichthin, aber Blake nahm das nervöse Schlucken wahr. Er hatte dieses Gespräch in der Nacht so viele Male in Gedanken durchgespielt, aber jetzt, wo er wirklich hier war, fehlten ihm vorübergehend die Worte. Will sah ihn erwartungsvoll an.

Blake schaute in diese warmen, braunen Augen und fand schließlich Mut.

„Will, es tut mir leid. Ich hatte kein Recht dazu, dich so auszuschließen."

Will starrte ihn fassungslos an. „Nein, du hattest *jedes* Recht dazu! Wenn ich nicht gewesen wäre, hätte uns nie – "

Blake brachte ihn zum Schweigen, indem er ihm einen Finger leicht auf die Lippen legte. „Lass mich ausreden." Es klang viel sanfter, als er beabsichtigt hatte. Will wurde ganz still, den Blick auf Blake geheftet. Blake nahm seine Hand weg. „Ich gebe zu, anfangs habe ich dir die Schuld gegeben. Aber ich muss hier ehrlich sein. Ich bin ein Feigling."

Wills Augen wurden groß und seine Lippen teilten sich. Blake lächelte. „Doch, wirklich. Ich meine, schau mich doch an. Ich bin dreißig Jahre alt und kann immer noch nicht dazu stehen, dass ich schwul bin. Es gibt nur zwei Menschen in meinem Leben, die das wissen – die namenlosen Typen, die ich gebumst habe, zähle ich nicht mit – und beide bedeuten mir sehr viel. Einer ist Dave Thurston, mein Freund und Fotograf." Er hielt inne und holte tief Luft. „Und der andere bist du." Er hörte, wie Will der Atem stockte.

„Blake", hauchte er.

Blake hob die Hand. „Ich bin immer noch nicht fertig." Seine Augen funkelten. „Ich habe die ganze letzte Woche gebraucht, um zu merken, wie sehr ich dir inzwischen vertraue, dich respektiere, dich li… dich mag…" Beim letzten Teil stockte er kurz. „Unsere Freundschaft ist mir zu wertvoll, um es so enden zu lassen."

„Es wird also enden?" Will machte ein enttäuschtes Gesicht.

Blakes Herz wurde schwer. „Ich sehe keinen anderen Ausweg, Babe." Das Kosewort entschlüpfte ihm, bevor er es zurückhalten konnte. Wills Gesichtsausdruck verriet, dass er es registriert hatte. „Ich bin das so oft in Gedanken durchgegangen. Das Haupthindernis ist die Ungewissheit, wie mein Vater reagieren wird. Wenn ich auch nur den kleinsten Anhaltspunkt dafür hätte, dass er meine Lebensweise akzeptiert, würde ich Melissa zum Teufel schicken."

Da war wieder dieser Hoffnungsschimmer in Wills Augen. „Kannst du denn sicher sein, dass er negativ reagieren würde? Vielleicht liegst du ja falsch. Vielleicht –"

Blake brachte ihn erneut mit seinem Finger zum Schweigen. Wills Lippen waren warm und fühlten sich seidig an.

„Ich kann es nicht riskieren. Diese Firma ist seit sechs Jahren mein Leben. Ich habe so viel von mir da reingesteckt, dass ich den Gedanken nicht ertragen könnte, sie zu verlieren." Er seufzte. „Es gibt immer noch die Hoffnung, so verschwindend gering sie auch sein mag, dass er mich eines Tages anschaut und sagt: ‚Blake, ich bin so stolz auf dich und auf das, was du mit Trinity erreicht hast. Ich glaube, es wird Zeit, diese Leistung mit dem Rest der Welt zu teilen'." Er fühlte das Kribbeln einer Träne im Augenwinkel und wischte sie weg. *Ja, schön wär's.*

Wills Blick war nicht von ihm gewichen. „Ich verstehe das, ich verstehe es wirklich. Aber wenn du das tust, verleugnest du einen großen Teil von dir. Du wirst eine Lüge leben."

„Denkst du etwa, ich weiß das nicht?" Blakes Stimme wurde lauter. „Glaubst du, ich hätte nicht die ganze Woche über jede Nacht wachgelegen, weil ich mir ausgemalt habe, wie mein Leben mit dieser *Schlampe* sein wird?" Er warf Will ein bitteres Lächeln zu. „Ich kann mich nicht mal mit dem Gedanken trösten, dass sie es tut, weil sie wirklich mit mir zusammen sein will. Sie tut das rein aus Geldgier."

Will schniefte. „Ich habe mich zur Nutte gemacht, um zu überleben. Wie rechtfertigt *sie* das?"

„Bezeichne dich nie, nie wieder in meiner Gegenwart als Nutte, hörst du?", sagte Blake voll ruhiger Leidenschaft. Will verstummte. Blakes Gesichtsausdruck wurde sanfter. „Das ist mein Ernst." Mehrere Sekunden vergingen, dann nickte Will.

„Und, wie geht's jetzt weiter?", fragte er.

„Erst einmal suche ich dir eine neue Stelle." Blake sah ihm in die Augen. „Du bist verdammt gut in deinem Job, und ich werde es mir zur Aufgabe machen, eine Firma zu finden, die dich zu schätzen weiß und dir helfen wird, deine Karriere zu fördern. Was mich zum nächsten Punkt bringt." Er griff in die Hosentasche, zog den metallisch-schwarzen USB-Stick heraus und hielt ihn hoch. „Lass mich das veröffentlichen."

Will machte große Augen. „Du meinst das ernst."

Blake lachte leise. „Hast du gedacht, ich mache Witze? Nie und nimmer. Ich möchte deine Erlaubnis, das hier zum Lektorat an Beth weiterzugeben. Du kannst mit Peter reden, falls du Vorschläge für das Cover hast. Und ich wollte noch wissen – möchtest du es unter deinem richtigen Namen veröffentlichen oder unter einem Pseudonym?"

Will lächelte. „Unter meinem richtigen Namen. Keine Frage."

Blake musterte ihn mit besorgter Miene. „Ich dachte nur, du machst dir vielleicht Sorgen, wie deine Eltern reagieren könnten, wenn sie" –

„Meine Eltern haben jedes Mitspracherecht an meinem Leben aufgegeben, als sie mich vor zehn Jahren auf die Straße gesetzt haben." Will presste die Lippen zusammen. „Es ist mir scheißegal, ob sie sich dadurch unwohl fühlen. Die Welt soll ruhig sehen, was sie einem fünfzehnjährigen Jungen angetan habe." Seine Lippe zitterte.

Blake ergriff Wills Hand und drückte sie fest. „Mir geht es hier nicht um sie, sondern um dich. Sie sind immer noch deine Eltern. Du kannst die ersten fünfzehn Jahre deines Lebens nicht einfach so vergessen." Er streichelte Wills Finger und blickte auf die Hand hinab, mit der er Wills Hand hielt. „Haben sie je versucht, dich zu finden?"

„Falls ja, haben sie sich keine allzu große Mühe gegeben. Soweit ich weiß, leben wir immer noch in derselben Stadt." Blake sah, wie Wills Kiefermuskeln sich anspannten, als er sich aufrichtete. „Wie auch immer, genug von ihnen. Wegen meiner Kündigung. Wie lange vorher muss ich die einreichen?"

„Mach dir darüber keine Gedanken. Du bleibst hier, bis sich der richtige Job für dich findet. Damit wird sich dieses Miststück einfach abfinden müssen." Blake machte ein finsteres Gesicht. „Sie kriegt schließlich, was *sie* will – da kann sie es sich leisten, ein bisschen großzügig zu sein."

„Kann *ich* jetzt mal zu Wort kommen?", fragte Will grinsend.

Blake lachte. „Ich bitte darum."

„Danke." Er sah Blake ernst an. „Okay, ich bin einverstanden. Du kannst es veröffentlichen."

Blakes Herz schlug höher. Will schnaubte. „Als ob ich dich überhaupt irgendwie davon abhalten könnte." Er hielt inne. „Ich habe vom ersten Tag an sehr gern hier gearbeitet, mit dir. Ich habe auch ein paar gute Freunde gefunden – na ja, mit Ausnahme von Karen", sagte er leicht bedrückt.

„Oh, das wollte ich dich ja noch fragen. Wie war sie zu dir seit deinem… Ausbruch?"

Wills Miene wurde düster. „Ich hätte nie gedacht, dass ich das mal sagen würde, aber sie war mir tatsächlich lieber, als sie noch unverschämt mit mir geflirtet hat. Heutzutage guckt sie mich immer nur hasserfüllt an, wenn sie mich sieht. Und ich kriege kein höfliches Wort aus ihr raus."

Blake stieß einen Pfiff aus. „Nimm dich bloß in Acht. Du kennst ja das Sprichwort: ‚Eine verschmähte Frau…'"

Will schüttelte den Kopf. „Du sagst es. Es macht mir das Leben hier gerade ziemlich unbehaglich. Mein einziger Trost ist, dass es anscheinend nicht mehr für lange sein wird." Er schluckte.

Blake verspürte einen Anflug von Schuldgefühl. „Wenn es einen anderen Weg geben würde…"

Will fasste Blakes Hand mit seinen beiden Händen und drückte sie fest. „Es ist okay, ich komm' damit klar. Ich bin ein großer Junge."

Blake zwinkerte ihm zu. „Ein *sehr* großer Junge."

Will brach in Gelächter aus. „Oh, du wirst mir fehlen." Er hielt inne und errötete zusehends. Blake fragte sich, was jetzt wohl kam. „Und falls ich nie wieder die Gelegenheit bekomme, dir das zu sagen… Du bist phänomenal gut im Bett, Mr. Davis. Du hast meine Welt auf den Kopf gestellt. Buchstäblich."

Blake grinste. „Du wirst mir bestimmt sehr lebhaft in Erinnerung bleiben, das ist mal sicher."

Wills Augen leuchteten plötzlich auf. „Können wir uns zusammen eine letzte Erinnerung schaffen? Um der alten Zeiten willen?"

Blakes Augenbrauen gingen ruckartig in die Höhe. „Oho, was schwebt Ihnen denn da vor, Mr. Parkinson?"

Wills Wangen waren inzwischen deutlich gerötet. „Wie würde es dir gefallen, einmal eine von deinen Fantasien auszuleben?" Blake machte ein verblüfftes Gesicht. „Ich bin zu einer… einer Sexparty eingeladen, und ich habe mich gefragt, ob du vielleicht gerne mitkommen möchtest."

Blake stockte der Atem. „Eine Sexparty? Ich war noch nie bei sowas. Du etwa?"

Will nickte. „Einmal. Es war sehr… lehrreich."

Blake wackelte mit den Augenbrauen. „Das kann ich mir vorstellen." Er überlegte. „Erzähl mir davon. Wie viele Leute würden da sein?"

„Maximal drei oder vier Paare. Oder vielleicht auch zwei Pärchen und ein paar Singles."

„Kennst du die Leute, die die Party geben? Und wäre das eine gemischtgeschlechtliche Sache?"

Will schnaubte. „Oh Gott, nein. Ausschließlich schwul. Und die Gastgeber sind Freunde von mir, Stephen und Darren. Die Party findet bei ihnen zuhause statt. Ein anderes befreundetes Paar, Ben und Oli, hat uns eingeladen."

Blake sah ihn interessiert an. „*Uns* eingeladen? Interessante Wortwahl. Deine Freunde wissen also von mir?"

Will errötete noch heftiger. „Ich, äh, ich hab' dich vielleicht mal erwähnt."

„Hmmm." Blake war definitiv interessiert. „Okay, erzähl weiter. Was geht bei diesen Feten normalerweise so vor sich?"

„Stimmt, darüber müsste ich eigentlich vorher mit dir sprechen. *Falls* wir hingehen wollten." Blake neigte fragend den Kopf. „Du musst wissen, was dich erwartet, und noch wichtiger, was von dir erwartet werden würde."

„Oh, jetzt hast du meine volle Aufmerksamkeit." Blake beugte sich vor, die Ellbogen auf die Knie gestützt.

„Stephen hat sich ein Spielzimmer gebaut. Man könnte es auch als Folterkammer bezeichnen."

Blakes Schwanz beschloss plötzlich, Interesse an der Unterhaltung zu zeigen. „Ach, wirklich?" Er rutschte unbehaglich hin und her. Wills Blick verriet mehr Verständnis, als ihm lieb war. „Red' weiter."

„Na ja, vor allem darfst du nie vergessen, warum du da bist. Weil du mit ein paar Leuten Sex haben willst." Will betrachtete ihn aufmerksam. „Also könntest du vielleicht als Füllung in jemandes Sandwich enden."

Sofort fiel Blake wieder ein, dass das seine eigenen Worte waren. Ihm wurde ganz heiß.

„Also…" Will sah ihn erwartungsvoll an. „Würdest du sowas gerne mal erleben?"

Blake öffnete den Mund, machte ihn wieder zu und fuhr sich mit einer Hand durch die kurzen, schwarzen Haare. Oh Mann. Einerseits konnte er nicht leugnen, dass die Vorstellung ihn reizte. Wie oft hatte er sich Orgienszenen auf DVD oder im Internet angeschaut und sich dabei vorgestellt, mitten zwischen diesen nackten, schwitzenden Körpern zu sein, mehreren Männern hilflos ausgeliefert. Will hatte mit dieser Fantasie wirklich den Nagel auf den Kopf getroffen. Aber andererseits… Blakes Herz geriet ins Stolpern bei der Vorstellung, mitansehen zu müssen, wie ein anderer Mann Will berührte, ihn küsste… ihn fickte. Wie *Will* jemand anderen fickte. Dabei war er sich nicht so sicher. Er sah Will an, der das offensichtlich tun wollte, denn sonst hätte er ja nicht davon angefangen. Er tat das für sie beide. Will schien gespannt auf seine Antwort zu warten. *Ich will ihn nicht enttäuschen.* Dieser letzte Gedanke schien den Ausschlag zu geben.

„Okay, tun wir's." Er grinste. „Wenn es schon enden muss, dann mit richtig viel Bums, nicht?" Er ignorierte das Engegefühl in der Brust, das er nach diesen Worten empfand. Wenigstens würde Will mit ihm dort sein. Eine letzte heiße Nacht, bevor sich alles änderte.

Will nickte ihm zu. „Okay, ich sage Ben und Oli Bescheid, dass wir kommen. Es ist übrigens am Mittwochabend." Blake neigte zustimmend den Kopf. „Könnten wir mit deinem Auto hinfahren? Meins streikt im Moment ständig."

„Ja, kein Problem. Wir können kurz vorher ausmachen, wo ich dich abholen soll." Blake schaute auf die Uhr. „Und jetzt, wie wär's, wenn wir beide mal was arbeiten?" Er zwinkerte und Will lachte. Blake stieß einen tiefen Seufzer der Erleichterung aus. Endlich kam es ihm so vor, als wäre alles wieder normal. Aber noch während er diesen Gedanken genoss, raubte ihm der nächste jede Freude.

Genieß es, solange du kannst. Bevor er geht.

Will starrte in seinen Fernseher, doch in Gedanken war er nicht bei der amerikanischen Krimi-Serie, die er regelmäßig schaute, sondern bei Blake. Er konnte nicht abstreiten, wie glücklich es ihn machte, dass sie wieder miteinander redeten. Aber dieses Glück war durch ihre bevorstehende Trennung getrübt.

Er konnte sich nicht dazu überwinden, Blake zu sagen, was er für ihn empfand. Nicht, nachdem Blake deutlich gemacht hatte, wieviel Trinity Publishing ihm bedeutete. Für Will war in Blakes Plänen ganz offensichtlich kein Platz.

Was hattest du denn erwartet? Dass er dir unsterbliche Liebe schwört? Ja, klar. Blake hatte es „Freundschaft" genannt.

Will hatte gehofft, er würde Blake so viel bedeuten, wie sein Boss ihm inzwischen bedeutete. *Naja, wenigstens weiß ich jetzt Bescheid.* Ja, der Sex war richtig gut gewesen, heiß sogar, aber anscheinend war das für Blake auch alles. Und dank dieser Erkenntnis hatten sich Wills Pläne letztendlich herauskristallisiert. Die Party am Mittwoch würde sein Abschiedsgeschenk an Blake sein, die Chance, seinem Boss zu helfen, seine Fantasie auszuleben. Will wollte nicht darüber nachdenken. Denn jedes Mal, wenn er das tat, hatte er auch die unerträgliche Vorstellung vor Augen, wie Blake die Berührung eines anderen Mannes genoss. Auch wenn Blake darauf bestand, dass Will bleiben sollte, bis er einen anderen Job gefunden hatte – diese Party würde sein Abschied sein. Er konnte es nicht ertragen, Blake beim Sex mit anderen zu sehen und ihm dann bei der Arbeit wieder zu begegnen und zu wissen, dass er ihn nie wieder berühren, küssen, in den Armen halten konnte... Der Mittwoch würde sein letzter Tag bei Trinity Publishing sein. Er würde sein Kündigungsschreiben auf Blakes Schreibtisch hinterlassen, damit er es am Donnerstagmorgen dort fand.

Stell dir vor, wie Blake sich fühlen wird. Du raubst ihm die Chance, Lebewohl zu sagen.

Will schüttelte sich gedanklich. Er konnte es sich nicht leisten, so zu denken. Er würde einfach dafür sorgen müssen, dass ihre letzten gemeinsamen Stunden unvergesslich wurden. Dann hieß es für ihn auf Jobsuche zu gehen und vielleicht sogar aus London wegzuziehen. Er konnte jederzeit mehr für Jenny arbeiten, um Leib und Seele beisammen zu halten. Selbst wenn das bedeutete, genau die

„persönlichen" Dienstleistungen anbieten zu müssen, die er zurzeit mied wie die Pest.

Verdammt, Blake – du hast mir alle anderen Männer gründlich vermiest. Der ironische Gedanke hätte ihn zum Lächeln bringen sollen. Warum also war ihm dann plötzlich nach Weinen zumute?

10

„Wow." Blake staunte nicht schlecht, als er in die lange Einfahrt des großen, freistehenden Hauses in Harrow einbog, das sich von den Nachbarhäusern in der ruhigen Wohngegend abhob. Andererseits musste schließlich *jeder*, der in Harrow wohnen wollte, in Geld schwimmen.

„Oh ja." Will schmunzelte. „Die zwei arbeiten in der City. Sie sind gut betucht."

Blake hielt neben einem schnittigen, neuen BMW und stellte den Motor ab. Er machte keine Anstalten, aus dem Auto auszusteigen. Einige weitere Autos parkten vor dem im Tudorstil gehaltenen Haus unter den Flutlichtern, die den gekiesten Parkplatz erhellten. Will saß neben ihm und betrachtete ihn mit neutralem Gesichtsausdruck.

Es ist noch nicht zu spät, dachte Blake. *Jetzt könnten wir noch umkehren.* Aber das wäre Will gegenüber nicht fair. „Sollen wir reingehen?" Er sprach mit mehr Begeisterung, als er tatsächlich empfand. Will nickte. Langsam stiegen sie aus und Blake schloss das Auto ab. Noch ehe sie die Haustür erreicht hatten, ging sie auf, und da stand ein hochgewachsener, muskulöser Mann, schätzungsweise Ende Vierzig, mit dichtem, schwarzem Haar und hellblauen Augen. Er grinste, als er Will erblickte.

„Ich hatte schon die Hoffnung aufgegeben, dich je wieder hier zu sehen, junger Mann."

Will lächelte. „Hi, Stephen. Ja, ich war beschäftigt."

Stephen gab so etwas wie ein Kichern von sich. „Zu beschäftigt, um herzukommen und Spaß zu haben? Meine Güte, was für ein Leben du führen musst." Will stellte Blake vor, und Stephen begrüßte ihn herzlich. Er streifte Blake mit einem beifälligen Blick. „Hmm, ich weiß jetzt schon, wer *dich* den ganzen Abend über mit Beschlag belegen wird." Er lächelte breit und zwinkerte Blake zu. „Du bist total Bens und Olis Typ." Dann sah er Will an. „Du hast einen hervorragenden Geschmack, Boy."

Will warf Blake einen entschuldigenden Blick zu. „Du musst Stephen verzeihen. Es fällt ihm *sehr* schwer, seinen inneren Dom im Zaum zu halten." Er grinste Stephen an, der strahlend lächelte.

„Kommt rein, ihr Zwei. Es ist eiskalt hier draußen." Stephen rieb sich energisch die Arme. „Schließlich ist in zehn Tagen schon Weihnachten." Sie traten in den warmen Flur und Stephen schloss die schwere, kunstvoll verzierte Holztür hinter ihnen. Er führte sie in den hinteren Teil des Hauses. Blake hörte jetzt schon die leise, hämmernde Musik, die dort aus einem Zimmer drang. Drinnen wies Stephen sie zu einigen Tischen in der Ecke. „Dort könnt ihr eure Sachen ablegen. Wie ihr seht, hat die Party schon angefangen."

Für einen kurzen Moment hatte Blake richtig Angst. Das hier geschah wirklich. Dann sah er Wills Gesicht, und der Blick, mit dem Will ihn betrachtete, war so warm und verständnisvoll, dass Blakes Herz zu flattern begann. *Du schaffst das. Tu's für Will.* Mit Interesse ließ er den Blick durch den Raum schweifen. Das erste, was ihm auffiel, war der Geruch. Es roch durchdringend nach

Schweiß, Leder – und noch etwas anderem. Blake schnupperte prüfend. Es hatte irgendwie etwas Medizinisches, vermischt mit dem Gestank von ungewaschenen Socken.

Will grinste und neigte sich zu ihm. „Poppers, Babe." A-ha. Blake entdeckte offene Schränke voller Handtücher, Gleitgelflaschen und diversen Sexspielsachen. Strategisch platzierte Spiegel waren überall im Raum verteilt, und der Fußboden war mit einer dicken Schicht Kunststoff überzogen. In einer Ecke stand ein Mini-Kühlschrank.

Das Zimmer war spärlich möbliert. Was ihm sofort ins Auge fiel war die Sling, die in einem großen, massiven Metallrahmen hing. Doch der eigentliche Blickfang war der Mann, der freischwebend auf dem Rücken darin lag, die Füße in Steigbügeln. Er war stämmig, seine Brust dicht behaart. Sein Kopf hing schlaff nach hinten, und ein weiterer hochgewachsener Mann schob ihm gerade seinen Penis in den Mund. Blake sah gebannt zu, wie der Mann in der Sling den Schwanz schluckte; er konnte seine Kehle arbeiten sehen, als sein Partner ihn in den Hals fickte. Aber das Faszinierendste war das, was am anderen Ende der Sling vor sich ging. Ein dritter Mann schob dem Liegenden langsam eine kleine weiße Kugel, die irgendwie einem winzigen Schneeball ähnelte, in den Anus.

„Was macht er da?", flüsterte Blake. Er konnte nicht wegschauen. Sowas hatte er auf seinen DVDs noch nie gesehen.

Will raunte ihm ins Ohr: „Weißt du, was Crisco ist?" Blake nickte. „Nun, daraus rollen sie diese kleinen Kugeln, und die wickelt man ein und legt sie dann ins Gefrierfach. Es fühlt sich toll an, wenn man es reingesteckt kriegt, und es ist echt kalt. Aber dann schmilzt es und voila, schon ist man startklar." Blake lachte leise auf. Wie raffiniert. Doch das Lachen blieb ihm im Hals stecken, als der dritte Typ sich ein Kondom überzog und dem Liegenden seinen Schwanz in den Hintern rammte. Der Mann in der Sling mit dem dicken Schaft in der Kehle gab bei jedem brutalen Stoß, mit dem der dritte Mann ihn malträtierte, ein ersticktes Stöhnen von sich.

Blake riss den Blick von ihnen los und schaute sich weiter um. Die Beleuchtung war schwach, aber ausreichend, um zu erkennen, was sich hier sonst noch so alles abspielte.

In einer anderen Ecke, auf einem breiten Sessel, knutschten zwei Männer miteinander und befummelten sich gegenseitig. Sie trugen noch Unterhosen, doch während Blake zusah, glitten ihre Hände unter engen Stoff und streichelten hochstehende Erektionen, die dann befreit wurden. Gleich darauf hatten sie beide nichts mehr an.

Ein weiteres Paar nutzte ein Einrichtungsstück, das aussah wie ein Campingtisch mit einem erhöhten, gepolsterten Mittelteil und zwei weiteren Polstern auf den niedrigeren Teilen. Der eine Mann lehnte bäuchlings über dem oberen Teil, die Knie auf den Beinstützen. Seine Hände waren an den Rahmen gekettet und sein Hintern nach oben geneigt. Der andere Mann pflügte ihn gerade gründlich durch, rammte sich grunzend bis zu den Eiern in ihn hinein, während sein Partner bei jedem Stoß heiser seine Lust hinausschrie. Blake war fasziniert.

Plötzlich merkte er, dass Will ihn am Ärmel zupfte. „Raus aus den Klamotten, Blake. Du hast viel zuviel an." Wills Augen funkelten vor Belustigung. Peinlich berührt, weil er beim Gaffen erwischt worden war, streifte Blake Jeans, Pulli und Socken ab, ließ aber die Unterhose an. Will zog sich ebenfalls aus, und Blake stellte betroffen fest, dass er keine Unterwäsche trug. Aber noch interessanter war, dass Will keinen Ständer hatte.

„Alles okay?", fragte Blake mit gedämpfter Stimme.

Will sah ihm für einen Moment tief in die Augen und führte ihn dann an der Hand zu einem freistehenden Bett ohne Bettzeug. Er zog Blake auf die Matratze, nahm ihn in die Arme und streichelte ihm den Rücken.

„Ich hab' so lange darauf gewartet, das wieder zu machen. Küss mich, Babe." *Oh, Gott.* Diese rauchige Stimme fuhr Blake direkt in den Schwanz, der steif wurde und gegen den Stoff seiner Unterhose drückte.

Ihre Münder trafen in einem hungrigen Kuss aufeinander, in dem Blake sofort versank.

Gott, wie hatte er das vermisst. Blake streichelte Will, liebkoste seinen Schwanz, der jetzt dick und hart hochstand. Besser. Will drängte sich seiner Hand entgegen und rollte die Hüften, während ihr Kuss immer leidenschaftlicher wurde.

Eine glitschige Hand tastete plötzlich nach Blakes Penis. Er fuhr zurück und keuchte erschrocken auf. Will gab einen leisen, enttäuschten Laut von sich.

„Hübscher Schwanz. *Sehr* hübsch", raunte eine sonore, sexy Stimme Blake ins Ohr, während die Hand sich weiter an ihm zu schaffen machte, ihn behutsam wichste. Blake war wie vor den Kopf geschlagen. Wills Blick war auf den Mann hinter Blake geheftet, dem die Stimme gehörte.

„Oli", seufzte Will leise. Bevor Blake reagieren konnte, wurde er sanft auf den Rücken gerollt und sah sich einem nackten jungen Mann gegenüber, vielleicht Mitte zwanzig, mit braunem Haar. Oli musterte ihn mit lustverschleiertem Blick von Kopf bis Fuß.

„Du musst Blake sein." Ehe Blake auch nur ein Wort sagen konnte, fiel Oli über seinen Mund her und küsste ihn gierig. Der junge Mann legte sich zu ihm aufs Bett und streckte sich neben ihm aus. Seine Hände wanderten rastlos über Blakes Körper, seine Zunge drängte sich in Blakes Mund und Olis schwere Erektion presste sich beharrlich gegen Blakes Hüfte.

Blake bekam keine Luft mehr. Es war zu plötzlich und ganz anders, als er erwartet hatte. Und obwohl es zweifellos erotisch war, schoss Blake ein Gedanke durch den Kopf, der ihn schockierte. *Aber er ist nicht Will. Ich wollte Wills Kuss.*

Eine zweite Hand strich über seinen Oberschenkel und schloss sich fest um seinen Schwanz. Blake starrte in dunkelbraune Augen in einem sonnengebräunten Gesicht. *Ben.* Verdammt, der Mann hatte tolle Muskeln.

Oli löste sich von ihm und Blake sah zu, als die beiden sich über ihm leidenschaftlich küssten. Bens Hand bewegte sich unablässig weiter über Blakes Schwanz, und zugleich streichelte er seinen eigenen dicken Achtzehn-Zentimeter-Ständer, der zu seinem Nabel aufragte und bereits triefte.

„Oh, du wirst dich so gut anfühlen, wenn mein Schwanz in deinem engen Arsch steckt", hauchte Ben. Blake fand seinen Akzent sehr sexy. „Ja, wenn ich dich ficke, während du Oli fickst." Oli gab ein Wimmern von sich, das deutlich machte, wie gut ihm die Vorstellung gefiel. Blakes Herz hämmerte, und er atmete unregelmäßig. Irgendwas kam ihm nicht richtig vor, aber was, das wusste er nicht genau. Er wusste nur ganz plötzlich, dass er das hier nicht wollte, wusste es mit absoluter Sicherheit. Er geriet in Panik, als die beiden Männer ihn zwischen sich nahmen, weiter nach unten rutschten, bis sich ihre Münder über seinem Schaft trafen und zwei Paar Lippen über seinen Schwanz glitten. Aber inzwischen turnte ihn das keineswegs mehr an. Blake war wie benommen. Er atmete so schnell, dass er wahrscheinlich hyperventilierte, und seine Brust fühlte sich an wie von einem stählernen Band umschlossen.

Scheiße, was ist denn bloß los mit mir? Und dann traf es ihn wie ein Schlag.

Wo zum Teufel war Will?

Will wusste, wie Ben und Oli spielten. Sie fackelten nicht lange, sondern stürzten sich einfach ins Geschehen, aufeinander eingespielt wie eine lüsterne, gutgeölte Maschine. Oft genug hatte er zugesehen, wie sie im Club irgendeinen ahnungslosen Twink in ihren Bann geschlagen und verzaubert hatten, ihn vor Lust zur Raserei getrieben hatten, bis er sie anbettelte, ihn mit nach Hause zu nehmen und zu ficken. Allerdings war er nicht auf das gefasst, was er empfand, als sie Blake küssten und begrapschten.

Will konnte es nicht ertragen.

Genaugenommen hielt er es keine Sekunde länger aus.

Genau das hat Blake gewollt, schon vergessen?

Na schön, Blake hatte es vielleicht gewollt, aber Will wollte nicht sehen, wie er von Ben und Oli gefickt wurde – oder von sonst irgendwem. Und er hatte nicht die Absicht, dazubleiben und dabei zuzuschauen.

Als Oli sich in Position brachte, fiel Wills Blick auf Ben, der das Paar mit leuchtenden Augen anstarrte, als er sich zu ihnen aufs Bett legte. Das war's. Will stahl sich aus Blakes Umarmung – Blake war zu sehr von dem gefangen, was Oli gerade machte, um es zu bemerken – und steuerte auf den Tisch zu, wo er seine Sachen abgelegt hatte. Er kämpfte sich mit zitternden Händen in seine Jeans und streifte sich hastig seinen Pulli über. Dann schnappte er sich die schwere Winterjacke und seine Turnschuhe und ging auf die Tür zu, die zum Flur führte. Auf dem Weg nach draußen holte Stephen ihn ein und hielt ihn am Arm fest. Er musterte Will besorgt.

„Will, was hast du denn? Du bist ja kreidebleich."

Will schüttelte den Kopf. „Es tut mir leid, Stephen. Ich schaff' das nicht." Er warf einen Blick zurück in den Raum, doch seine Sicht auf Blake war von Ben und Oli verdeckt. „Falls Blake nach mir sucht, sag' ihm einfach, dass ich schon gegangen bin, okay?"

Stephen starrte ihn an. „*Falls* er nach dir sucht?" Seine Augen wurden schmal. „Was geht hier vor, Boy?"

Will hatte plötzlich weiche Knie. Das pulsierende Wummern der Musik war überwältigend.

„Es spielt keine Rolle." Sein Herz war wie ein Bleigewicht in seiner Brust. „Tut mir leid, aber ich muss los." Er zwängte seine Füße aufs Geratewohl in die Turnschuhe und warf sich die Jacke über. Er musste hier raus. Stephen öffnete die Tür.

„Bist du dir da sicher? Du willst ihn wirklich hierlassen?"

Will schnaubte. „Glaub mir, Blake kann selbst auf sich aufpassen. Aber ich glaube, Ben und Oli machen das schon ganz gut." Ein letzter Blick zurück und dann stürzte er sich hinaus in die Dunkelheit. Seine Schritte knirschten laut auf dem Kies der Auffahrt.

Sieh einfach zu, dass du zum Bahnhof kommst, steig in einen Zug und fahr nach Hause. Das war's, es ist vorbei.

Will war in seinem ganzen verdammten Leben noch nie so unglücklich gewesen.

Blake machte sich von den beiden hinreißenden Männern los, die offenbar vorhatten, ihn mit Haut und Haaren zu verschlingen, und blickte sich panisch im Spielzimmer um. „Wo ist Will?" Keine Spur von ihm.

„Reg' dich ab, Babe." Oli warf einen flüchtigen Blick durch den Raum. „Ich seh' ihn nicht." Er wandte sich wieder Blake zu. „Also, wo waren wir gerade?" Er grinste.

Blake konnte sich nicht abregen. Er schaute in die Ecke, wo sie ihre Kleidung deponiert hatten, und ihm blieb fast das Herz stehen. Wills Sachen waren nirgendwo zu sehen. Er schüttelte Bens Hand ab, die auf seinem Arm lag. „Irgendwas stimmt hier nicht."

Ben sagte beschwichtigend: „Ich bin sicher, er ist hier irgendwo." Seine warme Hand streichelte Blake den Rücken, aber Blake schubste ihn weg.

„Herrgott nochmal, lass mich in Ruhe. Ich muss Will finden." Sein Puls raste und sein Mund war wie ausgetrocknet. Sein Blick huschte hektisch durch den Raum.

Die beiden Männer beschworen ihn, sich zu beruhigen, doch Blake ignorierte sie. Er sprang aus dem Bett und war schon halb im Flur, ehe er seine Unterhose ganz hochgezogen hatte.

„Hey, hey, immer langsam, Blake." Stephen vertrat ihm den Weg und legte ihm eine Hand auf die Brust. „Beruhige dich. Du zitterst ja wie Espenlaub." Er führte Blake ins Spielzimmer zurück. „Komm, zieh dir erst mal was an."

Anziehen. Blakes fiebriges Hirn erfasste das Wort, und er nickte und folgte Stephen. Er schnappte sich seine Sachen und zog sie an, obwohl seine Finger die Zusammenarbeit verweigerten. Stephen stand an seiner Seite und schaute ihm zu. Blake nahm seine Jacke und klopfte die Tasche nach den Autoschlüsseln ab. „Muss Will finden."

„Blake, er ist schon gegangen. Vor ungefähr zehn Minuten."

Blake starrte ihn an. Seine Kehle war wie zugeschnürt. „Er ist *gegangen*? Will würde doch nicht einfach so gehen! Und außerdem, wie kommt er jetzt nach Hause? Wir sind mit meinem Wagen hier!" Er fuhr sich mit den Fingern durch die Haare, sodass sie wirr hochstanden. Er musste Will finden.

„Dann wollte er wahrscheinlich zum Bahnhof. Zu Fuß sind das von hier aus gut zwanzig Minuten. Also beeil dich, dann holst du ihn noch ein." Stephen fasste ihn an den Schultern und drückte. „Na los, such' den Jungen."

Blake nickte abwesend und machte sich auf den Weg. Die kalte Nachtluft war ein Schock nach der Wärme im Haus. Er stieg ins Auto und ließ den Motor an. Die Reifen knirschten durch den Kies, als er wendete und die Auffahrt entlangfuhr. Ängstlich suchte er die Gehwege ab, spähte hinaus in die Dunkelheit. *Wo zum Teufel bist du, Will?*

Plötzlich entdeckte er ihn. Mit hochgezogenen Schultern, das Kinn an die Brust gedrückt, ging er zügig die Straße entlang.

Blake hielt neben ihm an, bremste und ließ das Fenster herunter.

„Will!" Will zuckte überrascht zusammen, als er Blake sah. „Was ist denn los? Bitte, steig ins Auto."

Will winkte ab und ging weiter. „Geh' zurück zur Party, Blake." Seine Stimme war ausdruckslos und er blickte weiter starr geradeaus.

„Bitte, Will", beharrte Blake, immer auch den Verkehr im Auge. „Steig einfach ins Auto, damit wir darüber reden können."

Will steifte ihn mit einem kurzen Blick. „Was machst du hier draußen? Geh zurück zur Party und hab' Spaß. Das wolltest du doch." Der leblose Tonfall zerriss Blake das Herz.

„Ich wollte nicht zu der Party. Ich wollte nur mit dir zusammen sein." Will blieb wie angewurzelt stehen, den Blick auf Blake gerichtet. „Bitte, Will, steig einfach ein."

Will starrte ihn einige Sekunden lang an, und Blake stieß einen tiefen Seufzer der Erleichterung aus, als er um die Motorhaube herumging und auf der Beifahrerseite einstieg. Er wandte Blake das Gesicht zu und seine Augen waren groß und rund. Blake bemerkte die frischen Tränenspuren auf seinen Wangen, die im Licht einer nahen Straßenlaterne schimmerten. Eine Zeitlang sagte keiner von ihnen ein Wort. Nur das Schnurren des Motors im Leerlauf war zu hören.

„Wir können nicht die ganze Nacht hier sitzen", sagte Will schließlich. „Und ich glaube, wir müssen reden."

„Stimmt. Aber bevor wir entscheiden, wo dieses Gespräch stattfinden soll, muss ich kurz im Büro vorbei. Ich habe meine externe Festplatte dort gelassen, und da sind ein paar Sachen drauf, die ich bis morgen durchsehen muss."

„Okay."

Sie fuhren durch die stillen Straßen, die immer belebter wurden, je näher sie dem Stadtzentrum kamen.

„Ich dachte, es wäre das, was du willst", sagte Will schließlich.

Blake schüttelte den Kopf. „Nein, Babe. Ich bin nur zu der Party gegangen, weil ich dachte, du willst da unbedingt hin."

Will lachte zittrig auf. „Gott, wir zwei sind ja ein schönes Paar."

„*Wir* sind ein schönes Paar? Ja, du hast recht, wir müssen wirklich reden." Blake hielt vor dem Verlagsgebäude an. „Bin gleich wieder da, okay?"

Er stieg aus und spurtete hinauf zum Haupteingang, wo er mit seinen Schlüsseln herumfuhrwerkte.

Will lehnte sich zurück. Er konnte es immer noch nicht fassen, dass Blake ihm nachgekommen war. Eine Frage schwirrte ihm im Kopf herum. *Was soll ich bloß zu ihm sagen?*

Na ja, es hing natürlich auch davon ab, was Blake zu sagen hatte.

Die Autotür ging auf, und Blake stieg ein. Doch statt sich anzuschnallen, sah er Will für einen Moment scharf an und hielt dann einen weißen Umschlag hoch, der Will bekannt vorkam.

„Kannst du mir mal sagen, was das ist?" Er lächelte nicht.

Wills Herz setzte einen Schlag aus. Oh Gott – seine Kündigung. Die hatte er ganz vergessen.

Blakes Stimme war hart. „Du wolltest einfach gehen? Ohne dich persönlich von mir zu verabschieden?"

„Die Party war mein Abschiedsgeschenk an dich. Die Gelegenheit, deine Fantasie auszuleben." Wills Stimme zitterte. „Ich dachte, es wäre leichter für uns beide, wenn ich einfach aus deinem Leben verschwinde."

Er senkte für einen Moment den Kopf. Blake griff mit zitternden Händen nach ihm und umfasste sein Gesicht. Will konnte das Erschauern fühlen, das ihn überlief. Blake hob Wills Kopf an.

„Oh, Will." Blakes Stimme bebte vor Emotionen. Und dann küsste er ihn.

Wills Herz tat einen Sprung, als Blakes Lippen seinen Mund berührten, als Blake ihn stürmisch in Besitz nahm, ihn küsste, wie sie sich noch nie geküsst hatten. Ohne Zunge, nur aneinandergepresste Lippen, als wollten sie sich nie wieder trennen, bis Will schwindlig war. Und doch rückte er näher heran, schmiegte sich an Blake, wollte mehr.

Wie lange der Kuss dauerte, wusste Will nicht. Er wusste nur, dass er sich darin verlor. Er schmiegte seine Wange in Blakes Handflächen, um den Kontakt zwischen ihnen zu vertiefen

Als sie sich schließlich voneinander trennten, atmeten sie langsamer und im Gleichtakt.

„Ich wollte dich nur glücklich machen", murmelte er und durchkämmte Blakes kurzes Haar mit den Fingern.

Blake sah ihn an, und die Verwirrung stand ihm ins Gesicht geschrieben. „Warum bist du vorhin einfach verschwunden?"

Will senkte den Blick. „Ich konnte nicht mitansehen, wie du es mit jemand anderem treibst." Zu seiner Überraschung hörte er Blake lachen.

„Oh Babe." Blake lächelte. „Mir ging es genauso. Als du davon gesprochen hast, zu der Party zu gehen, konnte ich nur daran denken, dass ich zuschauen muss, wenn jemand anderes dich anfasst."

Will wurde fast schwindlig. Das war mehr, als er je zu hoffen gewagt hatte. Er schloss die Augen, als Blake ihn erneut küsste. Diesmal fuhr er mit der Zunge am Saum von Wills Lippen entlang, zart und sinnlich. Will stöhnte, wollte mehr, aber die Logik siegte. Er wich zurück, öffnete die Augen und sah Blake an.

„Blake… bringst du mich nach Hause?"

„Zu dir nach Hause?" Will nickte. „Okay."

„Und dann…" Will zögerte, da er nicht wusste, wie er seine Gedanken in Worte fassen sollte.

„Dann?", wiederholte Blake. Er sah Will unverwandt an.

„Bleibst du heute Nacht bei mir?" Will hielt den Atem an und wartete.

Ein wunderschönes Lächeln breitete sich über Blakes Gesicht. „Oh, ja. Liebend gern."

Will war erfüllt von einer Leichtigkeit des Seins, die sich in seinem ganzen Körper auszubreiten und jeden Teil von ihm zu durchdringen schien.

„Fahren wir nach Hause."

Blake blickte sich in Wills winziger Wohnung um. Sie lag in der obersten Etage eines dreistöckigen Hauses, direkt unter dem Dach. Schräge Wände mit großen, eingebauten Fenstern ließen den Raum beengt wirken. Blake fragte sich kurz, wie Will es hier aushielt, aber dann erinnerte er sich schuldbewusst daran, dass Will seine Schulden abzuzahlen versuchte. Wahrscheinlich konnte er sich nichts Besseres leisten. In London zur Miete zu wohnen war weiß Gott nicht billig.

Will fasste sich an den Kopf. „Was hab' ich mir nur gedacht? Wie kann ich dich bitten, bei mir zu übernachten?" Blake legte fragend den Kopf schief. Als Erklärung führte Will ihn an der Hand in sein Schlafzimmer, und Blake verstand sofort. Ein

Einzelbett, das von Polstern und Kissen überquoll, stand an der Wand.

Blake lachte leise. „Dann werden wir es eben sehr kuschelig haben." Er zwinkerte. Die Wohnung umfasste ein kleines Wohnzimmer mit einem bequem aussehenden Sofa, einem Teppich in Rot- und Brauntönen und einem Fernseher, außerdem eine Nasszelle mit Dusche, Waschbecken und Toilette, sowie eine offene Küche. Seine Gedanken wandten sich der Nasszelle zu. „Aber eins würde ich gerne tun, wenn du nichts dagegen hast."

Will zog die Augenbrauen hoch. „Was immer du willst."

„Kann ich duschen gehen?" Blake konnte es nicht erklären, aber er wollte sämtliche Spuren der Party abwaschen. Ein Blick in Wills Augen sagte ihm, dass Will genau verstand, was ihm gerade durch den Kopf ging.

„Ja, unter einer Bedingung." Jetzt war es Blake, der die Augenbrauen hochzog. Will grinste. „Dass du mich mit drunter lässt. Das ist der einzige Raum hier, in dem definitiv Platz für zwei ist."

Damit konnte Blake leben. Sie zogen sich im Schlafzimmer aus, warfen ihre Sachen auf dem kleinen Korbsessel auf einen Haufen, und dann führte Will ihn in die Nasszelle. Er stellte die Dusche an, und in weniger als einer Minute strömte heißes Wasser aus dem Duschkopf.

Will stieg rückwärts unter die Dusche und zog Blake mit. Er nahm ihn in die Arme und küsste ihn, anfangs zärtlich, doch dann immer sinnlicher, während das Wasser auf sie herunterprasselte und Dampfschwaden den Raum erfüllten.

Will gab sich Duschgel in die Hände und machte sich daran, Blake zu waschen. Seine Hände bewegten sich langsam und sinnlich, und er nahm Blakes Mund erneut mit einem leidenschaftlichen Kuss in Besitz. Blake keuchte auf, als Will eine Hand zwischen seine Pobacken schob und an seiner Rosette rieb.

Blake stöhnte, packte Will und drehte sich mit ihm, drückte ihn mit dem Rücken gegen die nassen Fliesen, so dass das Wasser auf ihn herabrauschte und Blake bespritzte. Er fasste nach Wills Handgelenken und hielt sie über seinem Kopf fest. Will stöhnte in Blakes Mund, als sie sich küssten, als Blake sich an ihn presste und sich wand wie eine seifige Schlange, was zwischen ihren glitschigen Schwänzen eine köstliche Reibung erzeugte. Schneller und schneller bewegte er sich, bis aus Wills Stöhnen ein lautes, atemloses Keuchen geworden war.

Blake ließ Wills Handgelenke los und kniete vor ihm nieder. Wassertropfen hingen wie Perlen in seinen Wimpern, als er zu Will aufblickte und ihn langsam in den Mund nahm, bedächtig mit der Zunge an seinem Schaft entlangfuhr. Er hob die Hände und streichelte Wills Bauch, während er sich gleichzeitig weiter nach unten schob und Wills Eier in seinen heißen Mund nahm.

„Oh Gott, hör nicht auf", sagte Will schwach.

Blake grinste mit vollem Mund und gab dann Wills Hoden frei, um gleich darauf wieder seinen steifen Schaft in den Mund zu nehmen. Will stieß einen gedämpften Schrei aus und stieß die Hüften vor, trieb seinen Schwanz tiefer hinein. Blake ließ die Hände sinken und packte Will am Hintern. Er zog ihn an sich, um ihn noch tiefer in sich aufzunehmen, und schluckte. Wills Hüften begannen zu pumpen und Blake griff nach seinem eigenen Schwanz und begann zu wichsen, da er wusste, dass Will kurz davor war. Er schloss die Lippen enger um Wills Schaft und achtete auf die Veränderung in Wills Atmung.

„Gleich, Babe", keuchte Will. „Ich komm' gleich."

Blake bearbeitete sich schneller; das Wissen, dass sie gleichzeitig zum Höhepunkt kommen würden, machte ihn euphorisch.

Wasser rann in Strömen über Wills Brust und prasselte auf Blake hinab. Er schob einen Finger zwischen Wills Pobacken und drang mit der Fingerspitze in ihn ein – was Will den Rest gab.

„Oh *Fuck*!" Heißes Sperma spritzte stoßweise in seine Kehle, und Blake schluckte gierig. Der Geruch und Wills Anblick in den Fängen des Orgasmus trieben auch Blake vollends zum Höhepunkt. Er stöhnte um Wills halbsteifen Schwanz herum, als er sich über seine Hand ergoss. Das Wasser spülte alle Spuren weg.

Will packte ihn an den Armen, zog ihn hoch und küsste ihn begierig, murmelte leise Worte in seinen Mund. Sie klammerten sich aneinander und bewegten die Hände langsam über den Körper des anderen, bis es Blake so vorkam, als würden sie jede Kurve, jeden Muskel und jede Facette ihrer Körper auswendig lernen. Ihre Küsse wurden langsamer, und schließlich lösten sie sich voneinander. Will atmete wieder regelmäßiger, im Gleichtakt mit Blake. Er stellte die Dusche ab, dann trat er beiseite und griff nach zwei großen Handtüchern, von denen er eins Blake reichte. Doch anstatt sich selbst abzutrocknen, rubbelten sie sich gegenseitig behutsam trocken, von Kopf bis Fuß, bis ihre Haare nur noch leicht feucht waren.

„Komm ins Bett."

Blake nickte bereitwillig. Will führte ihn ins Schlafzimmer, schlug die Decke zurück, legte sich ins Bett und drückte sich an die Wand. Blake folgte ihm und deckte sie beide zu, dann zog er Will in die Mitte des Bettes.

„Du schläfst mir nicht so in die Ecke gezwängt. Ich will dich heute Nacht in den Armen halten." Will stockte der Atem, und seine Augen glänzten. Blake nahm ihn in die Arme und hakte ein Bein über Wills Hüfte, um sie aneinander zu verankern.

„So schlafen wir doch nie ein", protestierte Will schwach.

Blake neigte sich zu ihm und raunte ihm ins Ohr: „Aber denk doch nur, wieviel Spaß wir haben werden, wenn wir es versuchen." Will lachte leise.

Blake streckte sich nach der Lampe und knipste sie aus, sodass der Raum im Halbdunkel lag. Der Schein der Straßenlaternen drang immer noch durch die Fenster herein. Er drückte Will fester an sich. Es fühlte sich so richtig an, so dazuliegen.

Wie kannst du nur daran denken, das hier je aufzugeben?

Die Antwort darauf war einfach. Er konnte es nicht, jetzt nicht mehr.

Das Schwierige würde sein, sich zu überlegen, wie er ihn behalten konnte.

11

„Was machst du morgen Abend?" Dave ließ die Frage am Ende ihrer wöchentlichen Plauderei einfließen.

Blake lehnte sich zurück und dachte scharf nach. „Mittwoch? Nichts bisher. Außer Geschenke einpacken für die Bande hier." Am Donnerstag war Heiligabend, und das Büro würde zwar besetzt sein, aber nur halbtags. Traditionsgemäß gab es eine abschließende Teambesprechung, gefolgt von einer kleinen Feier, bei der das Team Geschenke austauschte, nichts zu Kostspieliges. Jeder zog im Geheimen einen Namen und durfte dann höchstens zwanzig Pfund für das Geschenk seines Wichtelpartners ausgeben. Blake hatte dieses Jahr Karen gezogen, und ihr Geschenk bereitete ihm ziemlichen Kummer. In letzter Zeit schnauzte sie jeden an, vor allem Will. Rick hatte angedeutete, dass es möglicherweise häusliche Probleme mit ihrem Freund gab, einem Maurer, der sie Gerüchten zufolge an der kurzen Leine hielt.

Blakes Geschenk für Will war bereits geklärt. Er hatte sich mit Beth getroffen und ihr Wills Buch gegeben, sie jedoch um Diskretion gebeten, nachdem sie es gelesen hatte. Sie hatte das Lektorat in einer Nacht erledigt und es ihm am nächsten Tag mit glänzenden Augen zurückgegeben. Offensichtlich hatte sie es als genauso ergreifend empfunden wie Blake. Eigentlich hätte es jetzt zur

Annahme oder Ablehnung der Überarbeitungen wieder an Will gehen sollen, aber Blake hatte einen Plan. Er hatte ein Einzelexemplar erstellen lassen, komplett mit einem von Peter designten Cover. Er wollte Will einen Vorgeschmack darauf geben, wie es sein würde, sein eigenes Buch in Händen zu halten. Nach Neujahr würden sie das gesamte Verfahren ordnungsgemäß durchexerzieren, aber Blake wollte ihn überraschen.

„Möchtest du morgen zum Abendessen kommen? Ich lade dich ein."

Blake stieß einen Pfiff aus. „Oh wow. Das muss ich mir rot im Kalender anstreichen." Er grinste und wartete auf Daves Reaktion. Lange brauchte er nicht zu warten.

„Du freche Socke. Ich habe letztes Mal gezahlt, wenn du dich erinnerst."

Blake lachte leise. „Ja, das weiß ich tatsächlich noch, also musst du auf was Bestimmtes aus sein. Raus damit."

„Na ja…" Dave zögerte. „Die Einladung ist für dich und Will." Blake war sprachlos. Er hatte Dave letzten Donnerstagabend ein Bier ausgegeben und ihm von Melissas Ultimatum erzählt. Dave war beinahe explodiert. Er hatte zu wissen verlangt, wie Blake auch nur daran denken konnte, ihren Forderungen nachzugeben. Doch dann war seine Stimmung umgeschlagen. Er hatte sich ruhig erkundigt, was Blake für Will empfand.

Und ja, das war die Frage.

Blake konnte nicht länger leugnen, dass er Gefühle für seinen PA hatte. Und die Tiefe dieser Gefühle überraschte ihn immer wieder. Je näher der Neujahrstag rückte, desto bedrückender fand er die Vorstellung, Will aufzugeben. Er war sich nicht sicher, ob er es überhaupt konnte. Jetzt nicht mehr. Die Party war erst eine Woche her, aber die Veränderung in ihrer Beziehung war jetzt schon offensichtlich. Das Auffälligste war, dass Will seither jede Nacht in Blakes Bett verbracht hatte. In den letzten paar Tagen hatte er sich sogar angewöhnt, einige Hemden und Unterwäsche in Blakes Wohnung zu lassen, um nicht in aller Herrgottsfrühe aus dem Bett kriechen und zum Umziehen nach Hause fahren zu müssen. Blake musste zugeben, dass ihm das gefiel. Er wusste, dass er bei der Arbeit mit einem breiten Grinsen auf dem Gesicht herumlief, aber das war ihm egal. Und natürlich war das allen aufgefallen. Er konnte sehen, dass sein Team schier umkam vor Neugier, was ihn so plötzlich in Mr. Happy verwandelt hatte. Aber wie es für sie typisch war, hatte keiner das Thema zur Sprache gebracht, nicht einmal Ed.

Und solange weder Blake noch Will Melissa erwähnten, konnte Blake den sprichwörtlichen Elefanten im Raum noch ein bisschen länger ignorieren.

Dave war begeistert gewesen, als er von Will erfahren hatte. Und was die Einladung zum Abendessen betraf, da würden sie zum ersten Mal als Paar irgendwo erscheinen.

Als Paar. Warum machst du dir solche Illusionen? Du weißt, *dass daraus niemals was werden kann.*

Ja, das wusste Blake. Das wussten sie beide. Oh, es war eine herrliche Woche gewesen – das stimmte. Sich nächtelang in den Armen zu halten und die Freuden der Sinneslust miteinander zu genießen. Jeden Morgen aufzuwachen und Will neben sich zu sehen, zusammengerollt in seinen

Armen. Einen Weihnachtsbaum aufzustellen und ihn gemeinsam zu schmücken. Aber ja, sie machten sich beide etwas vor. Sie versuchte, so zu tun, als wäre es Glück. Versuchten, etwas anderes daraus zu machen als das, was es war – ihre letzten gemeinsamen Momente. Die verstrichen, einer nach dem anderen. Die beiden Männer erhaschten sich ein wenig Zeit, wo immer sie konnten. Heimliche Küsse in Blakes Büro, wenn sie sicher waren, dass niemand in der Nähe war. Gemeinsame Mahlzeiten. Jeder Blick wurde ins Gedächtnis eingeprägt, jede Berührung in Ehren gehalten. Jeder Kuss wurde zu einer Erinnerung, die sie in den einsamen Nächten warmhalten würde, die vor ihnen lagen.

Blake riss sich aus seinen verschlungenen Gedankengängen. „Dave, ich finde die Idee wunderbar. Essen wir auswärts oder bei dir zu Hause?" Dave hatte eine Wohnung über seinem Atelier.

„Bei mir. Und ich bestelle uns was. Du weißt ja, wie meine Kochkünste sind."

Blake schnaubte. Er und Dave hatten auf der Uni zusammen gewohnt, und Blake erinnerte sich immer noch lebhaft an Daves erste kulinarische „Experimente".

„Ooh, jetzt hast du mich *endgültig* überzeugt. Ich bringe sicherheitshalber die Gaviscon-Tabletten mit. Nur für alle Fälle." Er schmunzelte, als Dave leise knurrte. „Um wieviel Uhr?"

„Um sieben? Meinst du, ihr zwei könnt euch bis dahin aus diesem Ameisenbau losreißen, in dem ihr euch abrackert?"

Blake prustete. „Ja, ich glaube, das kriegen wir hin. Vorausgesetzt natürlich, dass Will ja sagt."

„Tu dein Bestes. Ich muss euch beide sehen."

Jetzt war Blake *wirklich* neugierig.

„Dürfte ich mal die Toilette benutzen?", fragte Will.

„Den Gang runter rechts", erklärte Dave. „Wenn du wiederkommst, habe ich den Kaffee bereit." Will lächelte freundlich und verließ die Küche. Dave machte sich an Blake heran, der gerade die leeren Schachteln vom Chinesen in den Mülleimer stopfte. „Ich mag ihn, Blake", sagte Dave leise. „Ganz im Ernst. Er ist intelligent, aufmerksam und verdammt sexy, selbst für einen Hetero wie mich." Er sah Blake in die Augen. „Den kannst du dir nicht durch die Lappen gehen lassen."

Blake stöhnte unterdrückt auf. „Ja, recht so, reib's mir nur unter die Nase."

Dave legte ihm eine Hand auf den Arm. „Tut mir leid. Ich hab' nicht nachgedacht." Er starrte in Richtung Tür, wo Will eben noch gestanden hatte.

„Ähm, Dave? Kaffee?" Ein Hauch Belustigung lag in Blakes Stimme.

Dave schüttelte sich sichtlich. „Entschuldige. Ich hab' dich nur noch nie so verdammt glücklich gesehen." Er gab ein Knurren von sich. „Dieses Miststück. Lad' mich bloß nicht zur Hochzeit ein. Ich erwürge die Kuh."

Er ging zur Kaffeemaschine und begann Kaffeepulver in die Filtertüte zu löffeln, wobei er leise vor sich hin grummelte. Blake hätte das lustig gefunden, wäre er nicht zu sehr damit beschäftigt gewesen, die Gefühle zu unterdrücken, die bei Daves Worten wieder an die Oberfläche gekommen waren. Will gehen zu lassen war das Letzte, was er wollte. Aber Daves Erwähnung der Hochzeit machte ihm mit einem Aufwallen eiskalter Furcht die Realität der Lage deutlich. Wie lange hatte er Will noch für sich? Nicht lange genug.

„Ich rieche noch keinen Kaffee." Will stand an der Tür, die Arme vor der Brust verschränkt. „Ihr zwei habt euch verquatscht, nicht?" Seine Augen funkelten. Er wandte sich an Dave. „Übrigens, danke für die Einladung. Es war wirklich schön, dich kennenzulernen. Und deine Fotos finde ich großartig." Dave sah ihn verwundert an. „Die Drucke? In Blakes Wohnung?"

Daves Miene hellte sich auf und dann wurde er rot. „Witzigerweise habe ich erst kürzlich an diese Drucke gedacht."

Blake musterte Dave kritisch. „A-*ha*, *jetzt* kommen wir so langsam zum Zweck der Einladung. Komm schon. Ich wusste doch, dass du Hintergedanken hast." Er zwinkerte Will zu.

Dave schaute entschieden schuldbewusst drein. „Setzen wir uns doch mit unserem Kaffee ins Wohnzimmer, dann packe ich aus." Will zog die Augenbrauen hoch und warf Blake einen fragenden Blick zu. Blake zuckte die Achseln, nahm seinen Kaffee und folgte Dave aus der Küche. Alle drei nahmen Platz, Dave auf einem Sessel und Blake und Will auf dem Sofa. Blake genoss es, dass Will sich sofort an ihn lehnte. Es war schön, hier zu sitzen und seine Körperwärme zu spüren. Er legte einen Arm um ihn und zog ihn an sich. *Gott, das fühlt sich gut an.*

Dave starrte eine Zeitlang angelegentlich in seine Kaffeetasse und sah dann Will an.

„Nur damit du's weißt, ich mache hauptsächlich Porträts – Schulabschluss-Fotos, Familienbilder, Hochzeiten – obwohl, um ehrlich zu sein, das mit den Hochzeiten hat in letzter Zeit ziemlich nachgelassen. Nicht wirklich überraschend." Er trank einen großen Schluck Kaffee und machte ein bedrücktes Gesicht. „Bei der derzeitigen Konjunkturflaute macht das glückliche Paar lieber für das Kleid und den Empfang ein paar Scheinchen locker und lässt sich dann von einem talentierten Freund knipsen, statt einen Fotografen zu engagieren."

„Ja, das kann ich verstehen", sagte Will und warf Dave einen mitfühlenden Blick zu.

„Deshalb habe ich beschlossen, das Geschäft ein wenig anzukurbeln, indem ich mir einen neuen Markt erschließe." Dave räusperte sich. „Ich, äh, habe Anzeigen in der *GT* und im *Attitude* geschaltet."

Will stieß einen Pfiff aus. „In der *Gay Times*? Und im *Attitude*-Magazin? Ich frag' besser nicht, wieviel dich *das* gekostet hat." Er verzog das Gesicht. Blake war beeindruckt von Daves Unternehmungsgeist.

Dave zuckte die Achseln. „Es war eine einmalige Sache. Ich wollte mal sehen, ob was dabei rauskommt. Falls es Zeitverschwendung gewesen wäre, hätte ich es nicht nochmal gemacht. Aber jetzt, wo immer mehr schwule Paare heiraten – pardon, *eine eingetragene Lebenspartnerschaft* eingehen – dachte ich mir, da müsste doch ein Geschäft zu machen sein. Und falls ein Kunde mal etwas … Intimeres will, könnte ich das auch machen." Er deutete mit einem Kopfnicken auf Blake. „Ich meine, schau dir die Bilder an, die ich von *ihm* gemacht habe. Wenn ich damit umgehen konnte, kann ich mit allem umgehen." Er lachte leise.

Wills Augen funkelten beifällig.

„Dave, sie sind wunderschön. Aber eins muss ich doch fragen. Wie hast du ihn bloß dazu gekriegt, sie überhaupt machen zu lassen? Und sich für dich vor der Kamera einen runterzuholen?" Seine Hand glitt verstohlen über Blakes Bauch, streichelte ihn gemächlich, und Blake hätte vor Wonne schnurren können.

Dave lachte schallend los. „Das kann ich dir mit einem Wort sagen: Tequila! Und wie ich Seine Majestät hier soweit gekriegt habe, dass er entspannt genug war – ich hatte ein paar Schwulenpornos auf meinem Laptop. Hat nicht lange gedauert, bis *das* funktioniert hat." Er sah Blake eindringlich an. „Und vergessen wir mal nicht, wessen Idee *diese* spezielle Aufnahme war."

Blakes Wangen waren feuerrot. „Okay, das reicht jetzt." Er warf Dave einen vielsagenden Blick zu. „Ich nehme an, deine Anzeige hat was gebracht, sonst würdest du uns ja wohl jetzt nicht davon erzählen."

Dave richtete sich auf. „Da hast du recht. Nach einem Monat hatte ich immer noch nichts gehört, und ich war schon drauf und dran, das Ganze als teure Schnapsidee abzuschreiben, da kam ein Anruf. Ein Typ wollte eine Reihe von Drucken für seine Wohnung machen lassen, und ich sollte ihm mein Portfolio zeigen. Also ist er ins Studio gekommen, und nach einigem Hin und Her hab' ich dann schließlich aus ihm rausgekriegt, dass er ein paar intime Porträts wollte, auf jeden Fall sinnlich, aber ich könnte auch mehr ins Erotische gehen, wenn ich Lust dazu hätte. Ich habe ihm deine Drucke gezeigt, Blake, und er war hellauf begeistert."

„Kein Wunder – sie sind ja auch schön", sagte Blake loyal.

„Was mich zu dem Grund bringt, warum ihr hier seid." Dave stellte seine Tasse auf den Kaffeetisch und wandte ihnen das Gesicht zu. „Ich möchte, dass ihr mir Modell steht. Ihr beide." Blake setzte sofort zum Protest an, aber Dave preschte weiter vor. „Genau wie beim letzten Mal – ohne Gesichter – nur ihr zwei, ganz unter euch in einem intimen Setting."

Will neigte den Kopf. „In *was* für einem Setting?" Er war offensichtlich sehr interessiert.

Dave grinste und krümmte den Finger wie die Hexe im Märchen. „Komm mit." Will stand geschmeidig vom Sofa auf und reichte Blake die Hand. Dave führte sie aus dem Wohnzimmer und über die Treppe nach unten in sein Fotoatelier. Blake war schon oft als Beobachter dort gewesen, während Dave gearbeitet hatte. Er warf einen Blick in Daves Haupt-Arbeitsbereich. Der weiße Hintergrund war bereits aufgebaut, aber davor auf dem Boden lagen Stapel von weißen Kissen und ein weißes Laken. Die Lampen waren an, und um das provisorische Bett herum standen einige Tritthocker, offenbar für Dave, wenn er Aufnahmen aus einem höheren Winkel machen wollte. Auf Daves Arbeitstisch lag seine Kamera nebst seinen Filtern und Linsen.

Will staunte. „Oh wow." Er wandte sich mit glänzenden Augen an Blake. „Ich will das machen." Er vibrierte fast vor Aufregung. Auf keinen Fall würde Blake ihn enttäuschen, wenn er offensichtlich so versessen darauf war. Dave beobachtete sie mit hoffnungsvoller Miene.

„Okay", sagte Blake schließlich. „Machen wir's." Daves Freudenschrei brachte ihn zum Lachen. „Wie willst du uns haben?"

Dave grinste anzüglich. „Nackt – und unter dem Laken da." Dann wurde er wieder nüchtern und errötete. „Dort drüben wäre ein Wandschirm, falls es euch unangenehm ist, euch vor mir auszuziehen." Blake wusste, dass das an Will gerichtet war.

Will schnaubte. „Ja klar, als ob *das* ein Problem wäre." Er grinste Blake an und wackelte mit den Augenbrauen. „Machen wir uns nackig, Babe."

Blake lachte, als Will ihm mit einem fröhlichen Lächeln unsanft den Pullover über den Kopf zog. Wills gute Laune war ansteckend. Blake spielte mit, und die beiden Männer zogen sich gegenseitig aus. Es gab viel Gelächter und Gekicher, vor allem, als Will Blake zu kitzeln versuchte. Aus dem Augenwinkel bekam Blake mit, dass Dave bereits still und leise mit seiner digitalen SLR-Kamera am Knipsen war, doch Blake blendete ihn aus und konzentrierte sich auf seinen Lover. Nackt fielen sie lachend auf die Kissen. Will zog das Laken über ihre Köpfe und griff nach Blake, nahm seinen Mund mit einem begierigen Kuss in Besitz, den Blake sofort erwiderte.

„Hey! Das ist unfair! Kommt da drunter raus, ihr Zwei!" Daves belustigter Ausruf brachte Blake zum Lachen.

Will kicherte, doch dann schob er das Laken nach unten und gab den Blick auf seinen und Blakes Oberkörper frei. Er schnitt Dave eine Grimasse. „Spielverderber."

Dave schüttelte den Kopf. „Ich hätte mir ja denken können, dass du Ärger machst. Okay, ihr Zwei –tut so, als wäre ich gar nicht da. Ich mache einfach so viele Fotos, wie ich kann, entweder von hier unten oder von da oben." Er deutete mit seiner Kamera auf die Tritthocker. „Ich werde euch keine Anweisungen geben, außer wenn ich was sehe, was richtig gut aussehen würde. Redet miteinander, fasst euch an. Seid einfach ihr selbst."

Das konnte Blake.

Er zog Will an sich und küsste ihn, schlang die Arme um ihn und hielt ihn fest. Dann verlor er jedes Zeitgefühl. Sie lachten leise und wälzten sich auf den Kissen herum. Sie lagen nebeneinander, die Hände nach einander ausgestreckt, und streichelten sich zärtlich. Hin und wieder gab Dave mit leiser Stimme eine Anweisung, aber im Großen und Ganzen war sich Blake seiner Gegenwart gar nicht bewusst.

Es war ein magisches Gefühl, als wäre die Zeit irgendwie außer Kraft gesetzt worden, als wären sie in dieser Blase gefangen, in der es nur sie beide gab. Keine Melissa. Keinen Abschied am Horizont. Nur ihn und Will.

Es war ein Schock, als Daves Stimme die stille Euphorie durchdrang.

„Okay, Jungs, das war's."

Blake schaute ihn überrascht an. „Schon?" Er wollte sich nicht bewegen. Und dann sah Will ihn mit einem Gesichtsausdruck an, der ihm unmissverständlich zu verstehen gab, dass das hier nicht vorbei war, nur aufgeschoben, bis Will ihn ins Bett bekam. Will lächelte. Ja, er wusste, dass Blake ihn verstanden hatte. Und Blakes Schwanz ebenfalls. Er war so hart, dass es wehtat.

„Schon?", wiederholte Dave. „Ich fotografiere schon seit einer Stunde." Er schmunzelte. „Offenbar hattet ihr zu viel Spaß an der Sache." Er schnappte sich seine Kamera und die SD-Karten. „Ihr Zwei könnt euch anziehen, und wir treffen uns dann oben. Ich will die hier gleich auf meinen Laptop laden." Er kehrte ihnen den Rücken und ging zur Treppe.

Will küsste Blake, ließ die Hände an seiner Wirbelsäule entlang nach unten gleiten und umfasste seinen Hintern. Er zog Blake an sich, ließ ihn seine vorspringende Erektion fühlen. „Du und ich. Heute Nacht. Ich will stundenlang mit dir Liebe machen." Seine Stimme war rauchig.

Blake stockte der Atem. Es war das erste Mal, dass Will diese Worte benutzte, um ihr Zusammensein zu beschreiben. „Das hört sich gut an." Er drückte mit der Zunge gegen Wills Lippen, und Will reagierte bereitwillig und ließ ihn ein. Sie küssten sich mehrere Minuten lang leidenschaftlich, bis Will ihn mit einem lauten Aufstöhnen wegstieß.

„Das ist nicht gut. Wenn das so weiter geht, kommen wir nie zum Anziehen."

Blake prustete los. „Lass dir ruhig Zeit. Ich zieh' mich an und geh' rauf, damit Dave nicht denkt, wir führen hier was im Schilde." Er zog die Augenbrauen hoch. „So verlockend der Gedanke im Moment auch sein mag."

Will lachte. „Später. Versprochen."

Blake stimmte in sein Gelächter mit ein. Er zog sich an und ging mit seinen Turnschuhen und Socken in der Hand nach oben in Daves Wohnung. Dave saß am Esstisch, ganz auf den Monitor seines Laptops konzentriert. Er schien ganz in Gedanken versunken. Als Blake näher kam, schreckte er hoch und sah ihn an.

„Tut mir leid, ich war gerade geistig ganz weggetreten. Hab mir gerade ein paar Fotos angeschaut, die ich von diesem Pärchen gemacht habe."

„Was war denn so faszinierend?" Etwas in Daves Gesichtsausdruck weckte Blakes Interesse.

Dave gab einen Seufzer von sich. „Manchmal – nicht oft, das gebe ich zu, aber hin und wieder mal – mache ich ein Foto, das mich umhaut, weil es so viel offenbart. Die Kamera hält mehr fest, als ich beabsichtigt hatte." Er schaute erneut auf den Monitor. „Das hier ist so ein Foto. Ich schaue mir diese beiden Menschen an, und wenn ich die Emotionen sehe, die ich mit einem kurzen Klick eingefangen habe… wow."

„Darf ich mal sehen?" Blake konnte seine Neugier nicht bezähmen.

Dave lächelte. „Ja, klar." Er drehte den Laptop mit dem Monitor zu Blake – und wartete.

Blake verschlug es die Sprache. Das waren er und Will, beide auf dem Rücken liegend. Wills Kopf ruhte auf Blakes Schulter, und Will reckte gerade den Hals, um zu Blake aufzusehen. Was ihm den Atem stocken ließ war der Blick, mit dem Will ihn anschaute. Liebe leuchtete aus seinen Augen. Es war unverkennbar.

„Du siehst es auch." Daves ruhige Feststellung wob sich in die Stille, die eingetreten war.

Blake nickte, ohne den Blick vom Monitor losreißen zu können. Dann betrachtete er sein eigenes Abbild und seine Kehle schnürte sich zu. Sein Blick widerspiegelte den Ausdruck in Wills Augen.

„Ich will dieses Foto haben", flüsterte Blake. Er nahm undeutlich wahr, dass Dave nickte.

Schließlich riss er sich vom Zauber des Bildes los. „Kannst du mir einen Druck machen, so einen wie von den anderen?"

„Ja, klar." Dave steckte einen USB-Stick in einen der Ports und klickte das Foto an. Er zog den USB-Stick wieder heraus und gab ihn Blake. „Aber inzwischen ist hier mal eine Kopie davon."

Blake nahm abwesend den Stick, während sein Blick schon wieder am Monitor hing. Doch als Wills Schritte auf der Treppe zu hören waren, schaute er hastig weg. Dave klappte einfühlsam den Laptop zu, gerade als Will den Raum betrat. Blake empfing ihn mit einem entspannten Lächeln und versuchte, sein Herzklopfen zu ignorieren. „Es ist schon spät. Wie wär's, wenn wir langsam nach Hause gehen würden?" Das Wort blieb ihm in der Kehle stecken. Nach Hause.

Will nickte. „Sind die Fotos was geworden?", fragte er Dave.

„Und ob. Ich zeig' sie euch, wenn ich euch die Köpfe abgeschnitten habe – wenn ihr wisst, was ich meine." Dave schmunzelte und schaute auf die Uhr. „Jetzt aber raus mit euch, ihr zwei. Ich sollte schon längst im Bett sein."

Blake verdrehte die Augen. „Ich seh' schon. Jetzt, wo du hast, was du wolltest, schmeißt du uns weg wie ein altes Paar Schuhe." Er liebte es, Dave zu necken.

„Jau." Dave verschränkte die Arme vor der Brust und grinste. „Aber danke, dass ihr mitgemacht habt. Ihr Zwei seid sehr fotogen." Er streckte Will die Hand hin. „Es hat mich wirklich gefreut, dich kennenzulernen, Will."

Will schüttelte ihm die Hand. „Gleichfalls."
Er wandte sich an Blake. „Okay, du. Ab nach Hause."

Blake durchbohrte ihn mit einem Blick. „Unter einer Bedingung." Wills Augenbrauen gingen in die Höhe. „Dass du mich nicht wieder begrapschst, wenn wir durchs Haus gehen. Dominic macht heute die Spätschicht am Empfang, und als er das letzte Mal Nachtdienst hatte, hast du mir auf dem Weg zum Aufzug ständig an den Hintern gefasst. Er wusste nicht, wo er hinschauen sollte."

Will bekam einen Lachanfall, aber dann wurde er wieder ernst und schlug ein Kreuz über seinem Herzen. „Ich werde ganz brav sein. Versprochen." Er presste die Lippen zusammen und machte ein – wie er offensichtlich hoffte – unschuldsvolles Gesicht. *Ja, klar ...*

Blake umarmte Dave und fasste dann nach Wills Hand.

„Gehen wir nach Hause."

Er hatte eine Verabredung mit einem Bett, mit seinem Lover, und mit etwas Glück vielleicht sogar mit Wills ledernen Handfesseln.

12

„Ich finde die Idee richtig gut", meinte Will zu Rick und schaute sich im Konferenzraum um. Weihnachtslieder liefen im Hintergrund, und auf dem Tisch stapelten sich knallbunt verpackte Geschenke neben Weinflaschen, diversen alkoholfreien Getränken und Partysnacks. Gleich nach der Teambesprechung heute Morgen hatten Rick und Lizzie die anderen hinausbugsiert, um die Feier vorzubereiten. Nicht, dass irgendjemand tatsächlich gearbeitet hätte. Stattdessen hatten sie in der Küche herumgestanden, jede Menge Kaffee getrunken und gequatscht. Es war schließlich Heiligabend. Rätselhaft war nur Karens Abwesenheit. Sie hatte sich nicht krankgemeldet, war aber bisher nicht aufgetaucht.

„Ja, der Boss macht das jeden Heiligabend, seit er die Firma übernommen hat." Rick verzog das Gesicht. „Übernommen. Ja, klar."

„Was hat es damit eigentlich auf sich?", fragte Will. Darauf hatte er Blake schon länger ansprechen wollen, aber es war offensichtlich ein heikles Thema. „Gehört die Firma nun Blake, oder gehört sie Justin?"

Rick seufzte. „Als der Alte seinen Herzinfarkt hatte, ist Blake auf seine Bitte hin für ihn eingesprungen. Justin hat damals gesagt, er übergibt Blake die Firma und dass Blake sie eigenverantwortlich leiten soll. Also raus mit dem

Alten, rein mit dem Neuen."

„Dann *ist* es also Blakes Firma."

Rick schnaubte. „Bis auf die Tatsache, dass Justin nicht losgelassen hat. Keine öffentliche Bekanntgabe von Blakes Übernahme der Geschäftsführung, keine Anerkennung für Blakes Leistungen. Verdammt, Justin heimst immer noch den ganzen Ruhm für Blakes Erfolge ein." Er machte ein finsteres Gesicht. „Das geht dem Boss bestimmt *gewaltig* auf den Senkel, vor allem, wenn Justin hier antanzt und ständig überall dazwischenfunkt." Er blies die Backen auf.

„Gehört die Firma von Rechts wegen Blake?"

Rick sah ihn an. „Gute Frage. Das weiß ich nicht, lautet die Antwort." Er schaute auf die Uhr. „Hey, es ist fast zwölf. Warum schnappst du dir nicht den Boss und schleifst ihn aus seinem Büro? Sag ihm, er soll rauskommen und mit uns anderen Kindern spielen." Er grinste, wurde aber gleich wieder ernst. „Ich versuche nochmal, Karen anzurufen. Das sieht ihr gar nicht ähnlich."

„Gute Idee." Rick war wirklich ein lieber Kerl, fand Will. Seine Kollegen bedeuteten ihm offenbar sehr viel. Will ließ ihn zurück und ging weiter in Blakes Büro. Blake hockte auf der Armlehne des Sofas und starrte auf die Straße hinunter. Er hatte einen abwesenden Blick in den Augen, den Will sofort erkannte. Er hatte diesen Blick in der letzten Woche häufig gesehen.

Will schloss die Tür, ging zu Blake und legte ihm eine Hand auf die Schulter. „Sir, die Truppen stehen zur Inspektion bereit", sagte er augenzwinkernd.

Blake drehte sich langsam um und blickte zu ihm auf. „Küss mich."

Will war für einen Moment verblüfft. Mit einer solchen Eröffnung hatte er nicht gerechnet. Aber hey, so eine Bitte würde er nie abschlagen. Er senkte den Kopf und küsste ihn zärtlich und ausgiebig. Blake schloss die Augen und seufzte; der Seufzer verklang, als Will ihn noch inniger küsste.

Als er zurückwich und auf Blake hinuntersah, lag etwas in Blakes Blick, das Wills Herz ins Stolpern brachte.

„Was hast du denn, Babe?"

Blake setzten zum Sprechen an, doch ein plötzlicher Tumult aus dem Konferenzraum ließ ihn innehalten. Er runzelte die Stirn. „Was ist denn da draußen los?" Will neigte lauschend den Kopf. Da stimmte offensichtlich irgendwas nicht. Blake stand auf und ging zielstrebig zur Tür, dicht gefolgt von Will. Beim Betreten des Konferenzraums schnappten beide Männer nach Luft. Neben dem Tisch stand Karen mit zwei uniformierten Polizeibeamten. Eine Polizistin hielt Karen am Arm fest und versuchte sie offensichtlich zu beruhigen. Sämtliche Teammitglieder standen herum und alle sahen gleichermaßen schockiert und besorgt aus. Was Will jedoch am meisten erschreckte war Karens Gesicht. Ihr linkes Auge war blau und geschwollen, sie hatte Blutergüsse und Schrammen auf den Wangen und einen übel aussehenden Riss in der Oberlippe.

„Mein Gott, Karen, was ist denn passiert?" Mit bestürzter Miene ging Blake auf sie zu. Karen ignorierte ihn und sah Will an, das Gesicht in panischer Furcht verzerrt. Sie deutete mit einem zitternden Finger auf ihn.

„Das ist er. Er war's." Die Polizisten wandten sich Will zu. Der männliche Beamte zückte seinen

Notizblock und, was noch beunruhigender war, ein Paar Handschellen. *Was zum Teufel...?*

„Was geht hier vor, Officer?" Blake übernahm das Kommando. Seine Stimme war kühl und gelassen. „Ich bin Blake Davis, der Geschäftsführer von Trinity Publishing."

Der Polizist grüßte Blake mit einem höflichen Kopfnicken. „Miss Candido gibt an, dass sie gestern Abend tätlich angegriffen wurde. Sie hat dies vor ungefähr einer Stunde telefonisch zur Anzeige gebracht und uns gebeten, uns hier mit ihr zu treffen. Miss Candido hat ausgesagt, dass die Tat von Ihrem PA, Will Parkinson, begangen wurde."

Sein Blick fiel auf Will. „Ich nehme an, das sind Sie, Sir?"

Will starrte ihn völlig entsetzt an. Sein Mund war offen, aber er brachte keinen Ton heraus. Ihm wurde innerlich eiskalt bei dem Gedanken, dass Karen etwas so Abscheuliches tun konnte. Dann setzte sein Verstand wieder ein. Ganz egal, was sie sagte, es würde keine objektiven Beweise geben. Wer auch immer sie zusammengeschlagen hatte, müsste verräterische Spuren dafür aufweisen, zum Beispiel zerschrammte Fingerknöchel. Das tat der Tatsache jedoch keinen Abbruch, dass sie ihn hier vor allen Leuten beschuldigte. Er versteifte sich, als der männliche Beamte auf ihn zukam.

„Will Parkinson, ich verhafte Sie wegen des tätlichen Angriffs auf" –

„Was zum Teufel geht hier vor?"

Justin Davis stand mit hochrotem Gesicht an der Eingangstür. Will unterdrückte ein Stöhnen. Schlechtes Timing, also wirklich. Ein rascher Blick zu Blake machte ihm das Herz schwer. Blake war kreidebleich geworden.

„Es ist okay, Dad, ich kümmere mich schon darum." Blake wandte sich an den männlichen Beamten. „Ich glaube, hier liegt ein Missverständnis vor, Officer." Er rieb sich das Genick und blinzelte heftig.

Will hob die Hand, um ihn zum Schweigen zu bringen. „Blake, es ist okay. Fangt ihr ruhig mit der Party an, und ich gehe mit aufs Revier. Dort können wir diese ganze Geschichte hier aufklären." Will sah Blake in die Augen. „Ich komm' schon zurecht." Blakes Gesicht verzerrte sich zur Grimasse. Will wandte sich an den Polizeibeamten. „Bringen wir's hinter uns, ja?" Der Polizist nickte und öffnete den Mund, um mit den Formalitäten fortzufahren.

„Er ist unschuldig. Sie machen einen schweren Fehler."

Blakes Stimme hallte laut durch das Schweigen im Raum. Will fixierte ihn mit starrem Blick. „Lass es, Blake." Er versuchte, ihm mit den Augen zu verstehen zu geben, dass wirklich alles okay war.

Blake wandte sich an den Polizeibeamten. „Will hat es nicht getan. Er kann es gar nicht getan haben." Sein Blick huschte kurz zu Will. „Er war die ganze Nacht mit mir zusammen." *Oh mein Gott...* Wills Herz setzte einen Schlag aus. Mehrere Leute im Raum schnappten vernehmlich nach Luft.

Justin erbleichte. „Was sagst du da, Blake?" Er starrte Blake eindringlich an.

Blake ignorierte seinen Vater und griff in die Hosentasche. „Ich erwarte nicht von Ihnen, mir aufs Wort zu glauben", sagte er zu dem Polizisten. „Das Foto auf diesem USB-Stick wurde gestern Abend aufgenommen, was sich anhand des Zeitstempels belegen lässt. Es zeigt Will und mich. Ich werde

Ihnen auch die Kontaktdaten des Freundes geben, der die Fotos gemacht hat. Und außerdem können Sie den Nachtportier meines Apartmenthauses kontaktieren, der bestätigen wird, dass Will gestern Abend mit mir ankam – kurz, nachdem das Foto aufgenommen wurde – und erst heute Morgen um sieben wieder gegangen ist, als wir zusammen das Haus verlassen haben. Wir sind direkt hierhergekommen. Somit kann Will letzte Nacht unmöglich auch nur in Karens Nähe gewesen sein." Er wandte Will das Gesicht zu und sah ihn mit leuchtenden Augen an. „Er war bei mir", wiederholte er mit leiser Stimme.

Will starrte ihn fassungslos an, überwältigt vom Ausmaß dessen, was Blake gerade getan hatte –für ihn. „Warum, Blake?"

Blake ging auf ihn zu, nahm seine Hand und schaute ihm in die Augen. Sein Blick war ruhig und gelassen. „Weil ich dich liebe."

Das allgemeine Luftschnappen, das seinen Worten folgte, war diesmal noch lauter. Will bekam den Mund nicht mehr zu. *Blake liebt mich*. Nicht nur das – Blake hatte ihm eben vor versammelter Mannschaft, einschließlich seines Vaters, eine Liebeserklärung gemacht.

Wärme verbreitete sich in seinem ganzen Körper und er nahm bewusst wahr, wie heftig sein Herz pochte. Er strahlte über das ganze Gesicht und konnte den Blick nicht von Blake wenden, der sein Lächeln ebenso strahlend erwiderte. „Du liebst mich."

Blakes Augen funkelten vor Freude. „Ja." Dieses eine Wort ließ Wills Herz noch höher schlagen. Dann erschien eine kleine Falte zwischen

Blakes Augenbrauen. Er schluckte. „Liebst du mich?"

Will hätte ihn am liebsten auf der Stelle in die Arme genommen und die Zweifel weggeküsst, die ihm ins Gesicht geschrieben standen. „Oh Gott, ja." Er sah Blake tief in die Augen. „Ich liebe dich auch."

Blake setzte zum Sprechen an, doch was auch immer er hatte sagen wollen, ging in einem lauten Aufheulen von Karen unter. Sie brach in den Armen der Polizistin zusammen und weinte zum Steinerweichen. Trotz seiner Abscheu vor dem, was sie zu tun versucht hatte, ging Will zu ihr, immer noch ganz aufgewühlt von Blakes Liebeserklärung.

„Warum, Karen? Wieso tust du sowas? Und noch wichtiger, wer hat dir das angetan?" Karen wich seinem Blick aus. „Komm schon, Karen, sag's uns." Sie schüttelte eigensinnig den Kopf.

„Ich glaube, Sir, solche Fragen sollten besser auf dem Polizeirevier gestellt werden", bekundete der männliche Beamte mit verhaltener Stimme. „Zunächst einmal wäre da die kleine, aber dringend zu klärende Angelegenheit der Verschwendung von Polizeizeit." Er nickte seiner Partnerin zu, und sie brachte Karen hinaus. „Bitte entschuldigen Sie, Mr. Parkinson." Will neigte kurz den Kopf. Die beiden Beamten begleiteten die weinende Karen aus dem Gebäude. Will hoffte, dass sie der Sache auf den Grund gehen würden. Denn *irgendjemand* hatte ja tatsächlich seine Wut an Karens Gesicht ausgelassen.

„Meinst du nicht, du schuldest mir eine Erklärung?"

Will sah, wie Blakes Kiefermuskeln sich verkrampften, als Justin auf seinen Sohn zumarschierte, immer noch blass im Gesicht. Blake richtete sich zu seiner vollen Größe auf und stellte sich ihm.

„An und für sich, Dad, geht dich mein Privatleben nichts an."

Justins Augen blitzten. „Es geht mich sehr wohl etwas an, wenn es sich auf meine Firma auswirkt. Ich" –

„Und da haben wir es. *Deine* Firma", sagte Blake mit finsterer Miene. „Was wurde aus ‚es ist deine Firma, mein Sohn'? ‚Drücke ihr deinen Stempel auf'? Kommt dir das irgendwie bekannt vor?" Justin senkte den Blick, und Blake reckte das Kinn vor. „Nun, das alles habe ich getan, Dad, und noch mehr. Also sag' mir doch bitte, wie sich mein Schwulsein auch nur im Geringsten auf die Firma auswirken soll."

Es folgte ein langes Schweigen, während die beiden Männer einander gegenüberstanden. Will wusste, dass das gesamte Team das Spektakel verfolgte. Er trat an Blakes Seite und schob seine Hand in Blakes. Blake streifte ihn mit einem dankbaren Blick. Justin sagte nichts; er schluckte nur sichtlich. Will hielt den Atem an und wartete auf Justins Reaktion. Blakes Hand fasste seine fester.

„Weißt du was? Mir reicht's", fauchte Blake. „Wenn du nicht bereit bist, alles anzuerkennen, was ich in den letzten sechs Jahren getan habe, dann bin ich hier raus. Du kannst deine kostbare Firma *behalten.*" Will kam aus dem Staunen nicht mehr heraus.

„Das ist nicht dein Ernst." Justin bekam Stielaugen.

„Und ob." Blake starrte ihn entschlossen an.

Justin klappte die Kinnlade herunter. „Aber…
aber was machst du dann?"

Blake lachte auf. „Ganz einfach. Ich gründe
einen eigenen Verlag."

„Und wo der Boss hingeht, da gehen wir auch
hin." Ed stellte sich neben Blake und legte ihm den
Arm um die Schultern. „Stimmt's, Leute?" Es gab
Gemurmel, als Blakes Team einmütig vortrat und
sich hinter ihn stellte. Aller Augen waren auf Justin
gerichtet. Will war sehr stolz auf sie für dieses
Zeichen ihrer Solidarität. Er warf einen Blick auf
seinen Geliebten und war bestürzt, ihn zittern zu
sehen.

„Willst du das wirklich, Dad?" Blakes Stimme
wurde sanfter. „Bist du bereit, alles zu verlieren,
was diese Firma gewonnen hat, nur weil du dich
schämst, einen schwulen Sohn zu haben?"

Justins Augen weiteten sich alarmiert.
„Moment mal… du denkst, ich schäme mich für
dich?"

„Na ja, was soll ich denn sonst denken?"
Blake sah so elend aus, dass es Will schier das Herz
zerriss.

Justin schüttelte den Kopf. „Verzeih mir,
Blake. Für meine Generation war Schwulsein etwas,
was man besser unerwähnt ließ. Ich weiß, dass das
heutzutage ganz anders ist, aber ich stecke wohl
immer noch in der Vergangenheit fest. Um ehrlich
zu sein, meine erste Reaktion war die Frage, wie die
Firma wahrgenommen werden würde, wenn bekannt
würde, dass ihr Besitzer schwul ist."

Blake schnaubte. „Niemand wird auch nur mit
der Wimper zucken, das verspreche ich dir." Er
stockte. „Es… es macht dir nichts aus, dass ich
schwul bin?" Will sah das hoffnungsvolle Leuchten

in Blakes Augen und hielt den Atem an, betete für Justins Reaktion.

„Natürlich macht es mir nichts aus." Justin heftete den Blick auf seinen Sohn. „Na schön, ich hatte nicht damit gerechnet, aber das ändert nichts an dem, was ich für dich empfinde." Er neigte fragend den Kopf. „Wieso sollte es mich stören, dass du schwul bist?"

Blake bekam den Mund nicht mehr zu. „Aber… aber was ist mit Onkel Dominic?"

Justin runzelte die Stirn. „Das verstehe ich nicht. Was hat denn dein Onkel mit der ganzen Sache zu tun?"

Blake starrte ihn verwundert an. „Ich weiß noch genau, wie du warst, wenn er mich besuchen kam. Du hast es nicht ertragen, mit ihm im selben Zimmer zu sein."

Justin brach in Gelächter aus. „Oh, Blake." Er schüttelte schmerzlich lächelnd den Kopf. „Ich konnte ihn nicht leiden, da hast du recht. Aber nicht, weil er schwul war, sondern weil er ein unausstehlicher Kotzbrocken war!"

Blake schaute ungläubig drein. „Was?"

Justin machte ein finsteres Gesicht. „Dieser Mistkerl wollte immer Geld von mir. Er hat gesoffen wie ein Loch und war ständig verschuldet. Einmal stand er bei fast jedem Wettbüro in London in der Kreide." Er sah Blake mit großen Augen ins Gesicht. „Hast du wirklich gedacht, ich hätte was gegen Schwule?" Als Blake wie betäubt nickte, meinte Justin niedergeschlagen: „Das zeigt mir, wie sehr wir uns einander entfremdet haben – und das macht mich ungemein traurig."

Blake blinzelte. „Aber... aber was ist mit deiner Reaktion auf die schwulen Romane, die Trinity herausgibt? Ich dachte, du wärst dagegen?"

Justin seufzte. „Nein, das war nicht der Grund. Ich hatte nur Bedenken, ob sich das auszahlen würde. Und damit wären wir wieder bei der Sache mit der ‚älteren Generation'." Er sah seinem Sohn in die Augen. „Du hattest natürlich recht. Das Genre wird immer beliebter. Es war die richtige Entscheidung – nur eine in einer langen Reihe von guten Entscheidungen, muss ich sagen."

Er ging auf Blake zu und Ed trat zurück, um ihm Platz zu machen. Justin fasste mit festem Griff nach Blakes Schulter. „Ich bin stolz auf dich, mein Sohn."

Die Freude in Blakes Augen war kaum zu ertragen. Will konnte nur mit Mühe die Tränen zurückhalten. „Dad?"

Justin stockte. „Ja, mein Sohn. Das hätte ich schon sehr viel früher mal sagen sollen. Und ich glaube, ich hätte einen klaren Schnitt machen sollen, statt mich weiter an die Firma zu klammern." Er legte Blake die Hände auf die Schultern und schaute ihm direkt in die Augen. „Aber das können wir ändern."

Will wagte kaum zu atmen, als er den hoffnungsvollen Ausdruck auf Blakes Gesicht sah.

Justin lächelte. „Ich glaube, es wird Zeit, dass wir es offiziell machen, findest du nicht auch? Ich werde für morgen eine Presseerklärung vorbereiten, die besagt, dass du der rechtmäßige Eigentümer von Trinity Publishing bist und die Firma in den letzten sechs Jahren eigenverantwortlich geleitet hast. Betrachte das als dein Weihnachtsgeschenk." Er zwinkerte, doch dann wurde er wieder ernst. „Es tut mir leid, dass ich mich so abfällig über dein Team geäußert habe, Blake. Es war wirklich wundervoll, wie sie sich alle geschlossen hinter dich gestellt haben. Du hast dir gute Leute ausgesucht, mein Sohn." Er fixierte das Team mit einem direkten Blick. „Und ich glaube, hier sollte jetzt eigentlich eine Party stattfinden. Also warum fangt ihr anderen nicht schon mal an, während ich mit meinem Sohn und seinem… Partner zum Reden in sein Büro gehe?" Er zwinkerte. „Wir sind gleich soweit – wollen doch nicht verpassen, wie ihr eure Geschenke aufmacht!"

Unter allgemeinem Lächeln führte Justin Blake und Will in Blakes Büro und schloss dann die Tür hinter ihnen.

Blake wirkte wie im Traum. Er starrte seinen Vater immer noch blinzelnd und mit offenem Mund an. Justin betrachtete ihn mit einem Anflug von Besorgnis.

„Geht es dir gut, mein Sohn?"

Will griff nach Blakes Hand und drückte sie fest. Blake warf ihm einen dankbaren Blick zu, dann sah er seinen Vater an. „Ja, Dad, alles in Ordnung."

Justin erwiderte seinen Blick für einen Moment und streckte dann Will die Hand hin. „Sehr erfreut, Will. Ich hoffe, wir lernen uns bald besser kennen."

„Darauf freue ich mich auch, Sir." Will schüttelte ihm die Hand.

Justin schmunzelte. „ ‚Sir' erscheint mir ein wenige zu formell für die gegenwärtige Situation. ‚Justin' genügt völlig." Er legte den Kopf schräg. „Also, ich muss fragen… weiß Melissa es schon?"

Blake erschauerte. „Gott, nein." Er erbleichte. „Verdammt, du weißt ja gar nicht, was hier los war." Rasch berichtete er über die Ereignisse der letzten paar Wochen. Justins Gesicht verfärbte sich zu fleckigem Purpurrot.

„Dieses hinterhältige kleine Miststück." Er spie die Worte geradezu aus. „Na warte, wenn ich das Bill erzähle!" Bill Richards war Melissas Vater und einer von Justins engsten Freunden. „Der enterbt sie glatt. Das wird sie dort treffen, wo es *richtig* wehtut."

„Warte, Dad."

Will registrierte den Gesichtsausdruck seines Geliebten. Er kannte diesen Blick. Blake führte irgendwas im Schilde.

„Ich habe vor, heute in einer Woche hier im Büro eine Silvesterparty zu geben und Melissa dazu einzuladen."

Will verstand die Welt nicht mehr. *Was zum Teufel...?* Blake sah seinen konsternierten Blick und drückte ihm beschwichtigend die Hand, ehe er seine Aufmerksamkeit wieder Justin zuwandte. „Ich habe einen Plan, aber damit der funktioniert, darf Melissa keine Ahnung haben, was heute passiert ist. Das gilt ganz besonders für die Sache mit Will", sagte er ernst, und Justin nickte.

„Ich verspreche es dir – kein Wort. Und nebenbei bemerkt – es tut mir leid, dass ich versucht habe, dein Liebesleben zu organisieren." Er schüttelte sich. „Obwohl ich sagen muss, dass ich erleichtert bin. Ich habe dich nur mit Melissa zusammengebracht, um Bill einen Gefallen zu tun. Gemocht habe ich sie noch nie." Er neigte den Kopf. „Und du willst mir nicht sagen, was du vorhast?" Will gefiel das Funkeln in Justins Augen. Es war nicht zu fassen, wie er sich verändert hatte. Blake schien überglücklich über die Verwandlung seines

Vaters zu sein. Will musste unwillkürlich daran denken, wie viel Zeit die beiden Männer verloren hatten. Sie hatten viel nachzuholen.

Blake lachte in sich hinein. „Nein, das sage ich nicht – keinem von euch beiden." Will zog die Augenbrauen hoch. „Nicht, weil ich dir nicht vertraue, Babe." Blake beugte sich vor und drückte Will ein Küsschen auf die Wange. „Aber ich habe was ganz Besonderes im Sinn."

Justin räusperte sich und Will stellte belustigt fest, dass er rot geworden war. Der Kosename und Blakes liebevolle Geste hatten auch ihn überrascht. Dieser neue, selbstsichere Blake gefiel Will ausnehmend gut.

„Gehen wir zurück zur Party, ja?"

Blake zwinkerte Will zu. „Klingt gut." Sie verließen das Büro und folgten dem Klang von Musik und Gelächter in den Konferenzraum.

Die sechs Leute, die um den Tisch herumsaßen, sahen alle entspannt und glücklich aus. Sie blickten erwartungsvoll auf, als Blake, Will und Justin den Raum betraten.

„Wird aber auch Zeit, dass ihr kommt." Ed schenkte Wein in drei Gläser und gab jedem eins. Blake setzte zu einem Protest an, aber Ed fuhr ihm in die Parade. „Und hör mir bloß auf mit diesem ‚Kein Alkohol am Steuer'-Scheiß. Dein Dad hat einen Fahrer, also kann er dich nach Hause fahren, stimmt's?" Er strahlte Blake an. „Komm schon, Boss, du outest dich ja nicht jeden Tag, oder?", sagte er mit einem Augenzwinkern. „Und schon gar nicht, indem du verkündest, dass du schon einen verdammten Freund hast!" Er grinste Will anzüglich an. „Damit hast du ganz schön hinterm Berg gehalten, Kumpel. Wir hatten keine Ahnung."

„Du vielleicht", fügte Rick im Flüsterton hinzu und zwinkerte Will zu. Will grinste. Er beugte sich vor und flüsterte Rick ins Ohr: „Dein Geheimnis ist bei mir gut aufgehoben, Süßer. Ich werde es ihm nie erzählen. Versprochen." Rick warf ihm einen Blick voll tiefer Dankbarkeit zu.

Blake sah sein Team an. „Für euch ist das also wirklich okay?"

Peter schnaubte. „Warum denn nicht? Mit Rick halten wir es ja auch aus. Und ich meine, seien wir doch mal ehrlich – wenn wir Rick ertragen können...."

„Hey!" Ricks empörter Tonfall brachte alle zum Lachen.

„Ich finde das echt süß", seufzte Lizzie. Beth, die neben ihr saß, stimmte ihr zu.

Blakes ungläubige Miene war rührend. Will schubste ihn mit der Schulter an und grinste.

Ed hob sein Glas. „Hoch die Tassen, Leute. Auf den Boss und seinen Macker. Fröhliche Weihnachten euch beiden. Prost."

Rundum stimmten alle in den Trinkspruch mit ein und stießen mit ihren Gläsern an.

„Darf ich einen Toast ausbringen?"

Alle drehten sich zu Justin um, der aufstand und sein Glas erhob. „Auf den Inhaber von Trinity Publishing, Blake Davis, der zweifelsfrei bewiesen hat, dass er diese Firma besser leiten kann, als ich es je konnte." Er wandte sich seinem Sohn zu. „Was nicht nur mir, sondern auch der Welt da draußen klar sein wird, sobald ich meine Presserklärung abgegeben habe." Die beiden Männer lächelten einander an. Beifall und Jubelrufe aus dem Team folgten Justins Worten. Blake strahlte sein Team an.

„Ich hätte da mal eine Frage." Ricks Stimme übertönte den Lärm. Alle Blicke richteten sich auf ihn. Ricks Augen funkelten spitzbübisch. „Ich für meinen Teil möchte den Boss Will küssen sehen." Einige schnappten nach Luft, aber Rick schnaubte. „Ach, jetzt tut doch nicht so. Ihr wollt es doch genauso gern sehen wie ich." Gelächter schlug ihm entgegen. Will sah, dass Blake einen Blick auf seinen Vater warf, aber Justin grinste nur breit und winkte ab.

„Schau nicht mich an. Sie sind dein Team – halte sie bei Laune. Immerhin ist ja Weihnachten."

Blake schüttelte ungläubig den Kopf, doch er winkte Will mit dem Finger zu sich. „Komm her." Will ging langsam auf ihn zu und blieb dicht vor ihm stehen. Blake raunte ihm zu: „Ich kann's einfach nicht fassen, dass wir das machen."

Will lachte leise. „Um deine Worte von vorhin zu zitieren – küss mich."

Blake umfasste mit beiden Händen seinen Hinterkopf und zog ihn an sich. Ihre Lippen berührten sich ganz leicht. Will schloss die Augen und unterdrückte ein Stöhnen, als Blake kühner wurde, ihn inniger küsste, als sich beide allmählich mitreißen ließen.

Will hatte keine Ahnung, wie lange sie so dastanden. Aber als sie sich schließlich trennten, sah Blake ihn mit leuchtenden Augen an.

Fast sofort ging der Applaus los. Beth und Lizzie hatten große, glänzende Kulleraugen. „Gott, war das schön", sagte Lizzie mit erstickter Stimme.

Rick starrte ihn und Blake so sehnsuchtsvoll an, dass Will sich als Neujahrsvorsatz vornahm, ihm einen eigenen Mann zu suchen.

„Lieb' dich."

Blakes Worte durchdrangen seine Gedanken. Er betrachtete seinen Geliebten voller Staunen. Mit diesen Worten hatte Blake soeben ihre beiden Leben verändert. Will konnte nur vermuten, was die Zukunft sonst noch alles für sie bereithielt. Aber was Heiligabend betraf, da wusste Will ganz genau, was als nächstes passieren würde, wenn es nach ihm ging.

Er wollte nach Hause und mit Blake Liebe machen.

13

„Du hättest das nicht tun müssen, weißt du."

Blake erwachte aus der behaglichen Welt, in der er sich verloren hatte,und sah Will an, der in seinen Armen auf dem Sofa lag. „Hmm? Was meinst du?" Er war durch und durch zufrieden. Das Abendessen hatten sie mit vereinten Kräften zubereitet. Es war ein schönes Gefühl gewesen, nur sie beide, wie sie in der Küche miteinander gelacht und gescherzt hatten. Etwas, woran Blake sich durchaus gewöhnen konnte. Und jetzt, wo sie zusammen auf dem Sofa lagen, Blake auf dem Rücken und Will ausgestreckt auf ihm, war der Gedanke noch einladender. Das Feuer brannte hinter der Glasscheibe, und die Lichter vom Weihnachtsbaum tanzten über die Wände und die Decke, reflektiert von den glitzernden Christbaumkugeln, mit denen der Baum geschmückt war.

„Du hättest den Polizisten nicht sagen müssen, dass wir die ganze Nacht zusammen waren." Will hob die Hand und streichelte ihm sanft die Wange. „Sie wären schon dahintergekommen, dass ich nichts damit zu tun hatte, sobald sie gesehen hätten, dass es keine Beweise gibt."

Blake schloss die Arme fester um Will. „Ich konnte nicht klar denken. Ich hab' nur noch vor mir gesehen, wie sie dich in Handschellen wegschleifen, und das konnte ich nicht ertragen." Er küsste Will eicht auf den Scheitel. „Ich musste etwas sagen."

Will verdrehte sich in seinen Armen, um ihn ansehen zu können. „Bereust du es?" Er biss sich auf die Unterlippe.

Blake zog ihn hoch, bis Wills Gesicht über seinem schwebte. „Keine Sekunde lang." Wills Pupillen weiteten sich, und Blake umfasste seinen Hinterkopf und zog ihn an sich. Ihre Lippen trafen sich in einem zärtlichen Kuss.

Sie trennten sich voneinander und Blake schaute Will in die Augen. „Ich liebe dich." Was für einen Kick es ihm gab, die Worte endlich sagen zu können.

Da war wieder dieser Blick in Wills Augen, der von dem Foto. „Ich liebe dich auch." Will küsste ihn sanft und sinnlich. Er stieß einen tiefen, langgezogenen Seufzer aus. „Oh, es war so schön, in der vergangenen Woche jede Nacht mit dir zu verbringen. Mit dir aufzuwachen." Er kuschelte sich an Blake; sein Körper war warm und vertraut.

Blake liebte die leisen, zufriedenen Laute, die Will entschlüpften, wenn er in Blakes Armen lag. „Ja, ich fand es auch schön, dich hier zu haben." Es hatte ihm so gut gefallen, dass der Abschied jedes Mal schmerzlich war, wenn Will wieder ging.

Will küsste ihn auf die Nasenspitze. „Weißt du, wie schwer es sein wird, morgen wieder nach Hause zu gehen und Weihnachten in meiner kleinen Wohnung zu verbringen?" Sein schwermütiger Seufzer zerriss Blake schier das Herz, das plötzlich einen Purzelbaum schlug, als ein Gedanke sich in seinem Hirn einnistete und nicht mehr verschwinden wollte.

„Dann geh nicht. Bleib hier." Blakes Stimme zitterte leicht.

Will blickte mit gerunzelter Stirn auf ihn herab. „Du willst, dass ich über Weihnachten bleibe?"

Blake schüttelte den Kopf. „Nein, ich möchte, dass du für immer bleibst." Er wartete mit pochendem Herzen auf Wills Reaktion. Wills Augen wurden groß und rund, und seine Lippen teilten sich.

„Meinst du das ernst?", fragte er im Flüsterton.

„Von ganzem Herzen." Blake schaute in diese warmen schokoladenbraunen Augen, die er so liebgewonnen hatte. „Zieh zu mir."

Will wurde ganz still über ihm. Ihre Blicke blieben ineinander verfangen, und Blakes ganzer Körper schien vor gespannter Erwartung zu kribbeln.

„Ja", hauchte Will, und dann küsste er Blake. Der Kuss begann langsam und sinnlich, wurde dann aber immer drängender.

Blake stockte der Atem, als Will ihm langsam sein dunkelblaues Hemd aufknöpfte, jeden einzelnen Knopf mit bedächtiger Sorgfalt öffnete, bis er zuletzt den Stoff beiseite schob und Blakes Brust zu küssen begann, ohne jede Eile an der warmen Haut leckte. Blake wimmerte, als Will eine seiner Brustwarzen zwischen die Zähne nahm und sanft daran zog. Blake spürte das Vibrieren von Wills leisem Lachen an seiner Brust. Will schnippte mit der Zunge gegen Blakes Brustwarze, dann ließ er sie wieder los.

„Gefällt dir das?"

„Oh ja. Mehr." Blake hatte es nötig.

Da war wieder dieses ironische Kichern. „So gierig. Geduld." Er schnippte nochmal gegen die

Brustwarze, dann küsste er Blakes Bauchmuskeln, fuhr die Konturen mit der Zunge nach und überzog dann seinen Bauch mit zarten Küssen.

„Du machst das mit Absicht, oder?", stieß Blake mit zusammengebissenen Zähnen hervor. Er schnappte nach Luft, als Will sanft an seinem Hosenbund zog und ihn direkt oberhalb der Leistengegend leicht küsste.

Will rutschte auf dem Sofa weiter nach unten, bis er zwischen Blakes Schenkeln lag, die sich für ihn spreizten. Er lachte leise und streichelte zärtlich Blakes Ständer, der bereits gegen seinen Reißverschluss drückte. „Meine Güte, was sind wir heute aber eifrig." Er nestelte an Blakes Gürtel herum, zog ihn aus den Gürtelschlaufen und warf ihn auf den Boden, dann knöpfte er die Hose auf. Den Reißverschluss nahm er zwischen die Zähne und zog ihn langsam runter, den Blick auf Blake geheftet.

Blake konnte nicht wegschauen, als Will ihm die Hose abstreifte und dann mit dem Mund seinen steifen Penis umschloss, den die enge schwarze Boxershorts kaum noch bändigen konnte. Der Stoff war bereits von Lusttropfen durchweicht. „Zieh sie aus", keuchte er.

Will gab ein leises Stöhnen von sich und setzte sich auf. Begierig zerrte er Blake Hose, Unterhose und Socken vom Leib und warf alles neben dem Sofa auf einen Haufen, dann zog er Blake hoch, um ihm das Hemd abzustreifen. Blake bebte vor Vorfreude, als er seinen Geliebten auszuziehen begann, ihm mit zitternden Fingern ein Kleidungsstück nach dem anderen abstreifte, bis er Will schließlich nackt vor sich hatte. Seine Haut schimmerte warm im Feuerschein. Blake stand vom

Sofa auf, nahm Will bei der Hand und führte ihn zu dem Teppich, auf dem ‚Alec' ihn vor drei Monaten gevögelt hatte. Beide Männer sanken auf den dichten Flor nieder und legten sich Kopf zu Fuß auf die Seite. Blake leckte an der dicken, prallen Erektion, die er vor sich hatte, dann nahm er Will in den Mund und saugte ihn tief ein. Er stöhnte laut auf, als sein Schwanz in der heißen, feuchten Enge von Wills Mund versank. Mehrere Minuten lang waren nur die leisen Schreie und Seufzer zu hören, während sie einander andächtig mit den Mündern liebkosten und ihre Hände zärtlich über die warme Haut des anderen glitten. Blake leckte und lutschte den dicken Schaft und stöhnte auf, als Wills Kehle sich um seine Eichel schloss.

Er gab Wills Schwanz frei und schnappte nach Luft. „Du bringst mich noch zum Abspritzen", keuchte er atemlos.

Will nahm den Mund von seinem Schaft, der vor Speichel triefte. „Ist das nicht irgendwie Sinn und Zweck der Sache?", krächzte er mit lüsternem Blick. Blake drehte sich um, schubste Will auf den Rücken und beugte sich über ihn, so dass ihre Gesichter nur noch Zentimeter voneinander entfernt waren.

„Ich will in dir sein, wenn ich komme."

Wills Pupillen weiteten sich noch mehr, bis kaum noch eine Spur von Braun zu sehen war. „Oh Gott, ja."

Blake umfasste Wills Gesicht mit den Händen und küsste ihn drängend.

Will packte Blakes Hand und schob sie nachdrücklich nach unten, auf seine Leistengegend zu. Er murmelte etwas in Blakes Mund, gierige, drängende Laute, die Blakes Schwanz steinhart werden ließen. Blake unterbrach den Kuss, steckte Will zwei Finger in den Mund und wimmerte, als Will gierig an ihnen lutschte, um sie nass zu machen. Schnell entzog er ihm seine Finger und drang mit einem davon langsam in ihn ein. Will war eng, und die abgehackten, lustvollen Laute, die er von sich gab, waren Musik in Blakes Ohren.

„Fühlt sich das gut an?", raunte er Will ins Ohr, während er tiefer in ihn eindrang, nach seiner Prostata suchte. Ein leiser Aufschrei brach aus Will heraus, als Blake an den kleinen Höcker in seinem Innern stupste. Seine Augen flehten Blake an, während seine Hüften sich in leichten, wiegenden Stößen vom Boden hoben. Blake grinste und drang ohne Pause mit einem zweiten Finger in ihn ein. Will erschauerte, sein Mund öffnete sich weit, und sein Körper wölbte sich vom Teppich hoch.

Blake zog seine Finger heraus, rollte sich auf Will und rieb sich mit sinnlichen, schlängelnden Bewegungen an ihm, während sie sich küssten, ein Zusammenprall von Lippen und Zungen. Blake sehnte sich schmerzlich danach, in ihm zu sein. Er streckte sich nach dem Kaffeetisch, zog eine Schublade auf und kramte darin herum, bis seine Finger gefunden hatten, was sie suchten – einen Streifen Kondome und eine Flasche Gleitgel. Er kniete sich hin, riss ein Folienquadrat ab und hielt es hoch, um es Will zu zeigen. „Bereit für mich?"

„Blake, hast du… hast du es jemals ohne Kondom gemacht?"

Wills Frage brachte ihn ins Stocken. Er blickte auf seinen Geliebten hinab. „Noch nie." Aber natürlich spukte ihm der Gedanke jetzt im Kopf herum. Die Vorstellung, ohne Kondom in Will einzudringen, trieb seinen Puls in die Höhe und ließ

seinen Schwanz zucken. „Heißt das, ich soll dich…
"

„Nein", entgegnete Will hastig. „Ich hab‘
mich nur gefragt, ob…" Seine Stimme erstarb, aber
Blakes Herz geriet ins Stolpern, als er den Blick in
Wills Augen sah. Will wollte es, soviel war klar.

Blake legte das Päckchen neben ihm auf den
Teppich und zog Will in eine aufrechte Position, bis
er rittlings auf seinem Schoß saß, die Beine um
Blakes Taille geschlungen. Er nahm ihn in die Arme
und zog ihn an sich. „Wie wär's, wenn wir uns
beide testen lassen würden?", sagte er schließlich.
„Und dann sehen wir weiter." Er küsste ihn
genüsslich und stieß die Hüften nach oben, genoss
es, zu spüren, wie sein Schwanz an Wills Rosette
rieb. Will klammerte sich an seine Schultern und
stöhnte in den Kuss, immer lauter, je hitziger Blakes
Bewegungen wurden.

„Will dich in mir haben. Bitte." Will lehnte
sich zurück, auf die Arme gestützt, und sah zu, wie
Blake das Kondom überstreifte und dann Gleitgel
auf seinen steifen Schaft gab. Als Blake ihn etwas
anhob, um seinen Schwanz in Position zu bringen,
zitterte Will bereits vor Verlangen. Er senkte sich
herab und stieß ein tiefes, inbrünstiges Stöhnen aus,
als Blake ihn komplett ausfüllte. „Oh *fuck*, ich spüre
jeden einzelnen Zentimeter."

Blake drückte ihn an sich und stemmte
langsam die Hüften nach oben. „Oh Gott, so tief in
dir." Sie begannen sich gemeinsam zu bewegen und
fanden schnell in einen Rhythmus. Blake trieb sich
mit bedächtigen, langsamen Stößen in Will hinein,
und Will erschauerte, wenn Blake seine Prostata
streifte. „Du fühlst dich so gut an, Baby." Blake
konzentrierte sich ganz auf Will und kämpfte gegen

den Drang an, das Tempo zu steigern. Er hatte einen Plan. „Du musst es mir sagen, wenn du kurz davor bist. Wir zögern es hinaus, so lange wir können, okay?"

Oh Gott. Will hatte schon immer mal mit Grenzerfahrungen spielen wollen.

Er klammerte sich an Blakes Rücken, während er seinen Schwanz ritt und wimmerte jedes Mal, wenn der dicke Schaft in ihn hineinglitt. Die Eindringlichkeit, mit der Blake ihn beobachtete, war sehr sexy; er ließ Will nicht aus den Augen, während er ihn mit langsamen, kraftvollen Stößen fickte und sich darauf konzentrierte, es für Will schön zu machen.

„Oh mein Gott, Babe, das fühlt sich..." Es fühlte sich verdammt nochmal viel zu gut an. „Bin kurz davor."

Blake hielt still und streichelte ihm den Rücken. Sie küssten sich, bis Will nicht mehr ganz so nah am Rand des Abgrunds war, über dem er noch Sekunden zuvor geschwebt hatte. „Gut so, Baby, zögere es hinaus." Blake erforschte genüsslich seinen Mund mit der Zunge und Will wimmerte, als warme Hände zärtlich über seine Brust strichen und sanft an seinen Brustwarzen zupften. Verdammt, Blake brachte ihn um den Verstand.

„Bereit für mehr?"

Will wollte die Frage gerade bejahen als Blake ihn packte und nach unten drückte, bis er auf dem Rücken lag, Blakes Schwanz immer noch tief in ihm. Blake drückte Wills Schenkel nach oben an seine Brust und hakte die Arme unter seine Kniekehlen, um ihn am Boden festzuhalten. Er lehnte sich über ihn und begann ihn wieder zu ficken, mit langsamen, gemessenen Stößen, ohne auch nur einmal den Blick von ihm zu wenden. Es war eine herrliche Folter.

Blakes Gesicht schwebte kaum eine Handbreit über Wills, sein warmer Atem strich über Wills Wangen.

„Ich liebe es, in dir zu sein."

Will wimmerte.

„Ich liebe es, wenn mein Schwanz ganz in dir steckt und ich spüre, wie eng dein Arsch ist." Will schrie auf, als Blake einmal kräftig zustieß und seine Eier gegen Wills Hintern klatschten. „Liebe es, dein Gesicht zu sehen, wenn ich in dir bin und zu fühlen, wie dein Körper sich um meinen Schwanz herum zusammenzieht, wenn du kommst." Will stöhnte, als Blake sich schneller zu bewegen begann. „So wie jetzt. Dein Gesicht ist so schön, wenn du kurz davor bist."

Wills Atmung wurde unregelmäßiger, während Blake immer energischer zustieß. Sein Körper kribbelte. „K-kurz davor, Blake!" Er griff nach seinem Schwanz, doch Blake wischte seine Hand beiseite und wurde wieder langsamer.

„Der gehört mir. Du fasst ihn nicht an."

Will unterdrückte ein Aufheulen. Verdammt, was Blake ihm hier antat…

Er verlor jedes Gefühl dafür, wie oft Blake ihn schon an den Rand des Orgasmus gebracht hatte, so nah, dass ein einziger weiterer Stoß von Blakes Schwanz gereicht hätte, um ihn in wollüstiges Vergessen zu stürzen. Und jedes Mal ließ er dann wieder nach, bis Will fast schluchzte vor Erleichterung und zugleich vor Enttäuschung. Dennoch wusste er – wenn er endlich kommen durfte, würde das ein Höhepunkt sein, wie er noch keinen erlebt hatte.

Blake zog sich nahezu ganz aus ihm heraus, bis nur noch seine Eichel in ihm war. Er fixierte Will mit einem Blick, dessen Eindringlichkeit ihn erschütterte. Für einen Moment kam es ihm fast so vor, als könnte Blake jeden einzelnen seiner Gedanken lesen. Blake packte Wills Hände und hielt sie über seinem Kopf am Boden fest. Dann hing er über Will in der Schwebe, und seine Lippen waren aufreizend nah

„Bereit zu kommen?" Diese blauen Augen sahen ihn, sahen das Verlangen in ihm.

„Ja", flüsterte Will. „Gott, ja. Jetzt, bitte, Babe." Er zitterte, und sein ganzer Körper balancierte wie auf Messers Schneide über einem Abgrund der Begierde.

Blake lächelte. „Ich liebe dich." Er fiel über Wills Mund her und stieß kraftvoll die Hüften vor, rammte sich mehrmals in ihn hinein. Weißes Licht explodierte hinter Wills Augenlidern und er schrie in Blakes Mund, als sein Sperma aus ihm herausspritzte. Blake erstarrte, dann warf er den Kopf in den Nacken und brüllte vor Wollust. Will fühlte das Pulsieren von Blakes Schwanz tief in seinem Innern, spürte, wie Blake unter der Wucht seines Höhepunkts bebte, und ließ… einfach… los.

Oh Gott, es war wie… Will fühlte sich, als würde er schweben. Welle um Welle der Lust brandete durch seinen Körper, eine Euphorie, wie er sie noch nie erlebt hatte. Er nahm wahr, dass Blakes Körper seinen vollständig bedeckte, dass Blake ihn auf den Mund küsste, den Hals, die Brust. Und immer noch hielten diese Hände ihn fest, verankerten ihn am Boden, während sein Orgasmus ihn durchströmte und ihn zitternd und bebend zurückließ. Blake raunte ihm beruhigende Laute ins Ohr, die ihn wärmten, ihm bestätigten, dass sein Geliebter da war, und Blakes Schwanz war immer noch in ihm.

Will lag zitternd da, während die Schockwellen der Lust allmählich verebbten, bis sein Puls sich normalisiert hatte und er wieder einigermaßen ruhig atmete. Blake ließ seine Handgelenke los und massierte sie zärtlich, dann zog er sich behutsam aus Will heraus, wobei er das Kondom festhielt. Für einen kurzen Moment träumte Will davon, zu spüren, wie Blakes Sperma nach dem Liebesspiel als träges Rinnsal aus ihm heraussickerte. Eines Tages…

„Oh mein Gott, Will, das war…" Der Blick, mit dem Blake ihn ansah, war voller Erstaunen.

Will hob die Hand und umschloss seine Wange. „Perfekt. Das war perfekt."

Er zog Blake zu sich herunter und küsste ihn zärtlich. Ihre Herzen schlugen im Gleichtakt, als Blake ihn auf die Seite rollte, die Arme um ihn legte und ihn an sich drückte, ein Bein über Wills Hüfte gehakt, um ihn noch enger an sich zu ziehen. Sie lagen auf dem Teppich, vom Feuer gewärmt, und hielten einander in den Armen. Nur ihr gleichmäßiges Atmen war zu hören, während sie sich küssten und streichelten, für den Rest der Nacht in ihrer eigenen Welt versunken.

Blake hatte es immer vor Weihnachten gegraut. Nach dem Tod seiner Mutter war es eine schwierige Zeit gewesen, nur er und Justin, und in gewisser Weise fühlte Blake sich um den kindlichen Zauber der Weihnachtszeit betrogen, etwas, was er nie zurückbekommen konnte.

Will änderte all das an einem Tag.

Von den frischen Croissants zum Kaffee, mit denen er ihn weckte, über die Weihnachtslieder, die er auflegte und die leise durch die Wohnung drangen, bis zum Mittagessen, das sie gemeinsam zubereiteten… Will hatte ihnen einen Tag voller magischer Erinnerungen geschenkt – gar nicht zu reden von einigen sehr sinnlichen, intimen Erinnerungen. Blake staunte immer wieder, wieviel Gespür Will für ihn hatte, und das nicht nur im Bett, sondern auch ganz allgemein. Sie waren wie füreinander geschaffen. Und spätestens bei diesem Gedanken wurde ihm innerlich ganz warm. Blake fühlte sich so leicht, er hätte schweben können.

Der Tag wäre jedoch beinahe an einem Anruf gescheitert. Das Abendessen war vorbei und Blake lag mit Will in den Armen auf dem Sofa. Er hatte inzwischen eine Vorliebe für diese Stellung entwickelt. Das Trillern seines Handys war eine unliebsame Störung dieses friedlichen Tages. Will griff nach dem Handy und reichte es ihm mit finsterer Miene. Ja, Blake wusste, wie Will sich fühlte. Sein Herz sank, als er Melissas Namen auf dem Display sah. Er wusste, er würde früher oder später mit ihr reden müssen – aber im Moment wäre ihm später sehr viel lieber gewesen.

„Melissa, was kann ich für dich tun?" Auf keinen Fall würde er sich mit diesem Miststück in

Höflichkeiten ergehen. Er sah, wie Wills Augen sich weiteten, als er sich aufsetzte. Blake stemmte sich hoch.

Ihre näselnde Stimme quäkte ihm ins Ohr: „Na, dir auch ein frohes Fest!"

Er seufzte. „Fröhliche Weihnachten." In Gedanken war er tausendmal durchgegangen, was er zu ihr sagen wollte, aber ihre Stimme zu hören machte den ganzen Kummer wieder lebendig, den sie ihnen bereitet hatte. „Ich hatte dich gestern im Büro erwartet." Nicht, dass er nicht erleichtert gewesen wäre, als sie nicht gekommen war. Es machte das, was er vorhatte, sehr viel einfacher.

„Nun ja, Daddy hat mich zum Mittagessen ausgeführt." Ihre Stimme klang plötzlich scharf. „Und, hast du über meinen Vorschlag nachgedacht?"

Blake lachte auf. „Vorschlag? Das klingt ja, als hätte ich eine Wahl."

Sie schniefte. „Stell dich bloß nicht so an. Sonst kann ich dir nämlich das Leben sehr ungemütlich machen."

Nicht mehr, dachte Blake. Okay, jetzt zu seinem Plan...

„Nächste Woche findet im Büro eine Silvesterfeier statt. Du bist eingeladen. Ich werde eine Ankündigung machen, und da solltest du wirklich dabei sein." Er zwinkerte Will zu, der seinen Blick mit einer tiefen Falte zwischen den Augenbrauen erwiderte. Blake hauchte ihm einen Kuss zu und lächelte beschwichtigend. „Kannst du kommen?"

Die hämische Freude in ihrer Stimme war nur allzu offensichtlich. „Natürlich! Vielleicht sollte ich sogar shoppen gehen und mir extra zu diesem Anlass ein neues Outfit zulegen."

Blake hatte Mühe, sein Lachen im Zaum zu halten. „Gute Idee. Du wirst schließlich gut aussehen wollen." Er heftete den Blick auf den Mann neben sich und hatte plötzlich keine Lust mehr, das Gespräch fortzuführen. „Tut mir leid, Melissa, aber ich muss jetzt noch was im Internet einkaufen. Wir sehen uns dann bei der Feier. Um acht geht es los. Schöne Weihnachten noch." Bevor sie ein weiteres Wort sagen konnte, legte er auf.

Will nahm ihm das Handy ab und sah ihn scharf an. „Würdest du mir vielleicht mal sagen, was das alles soll?"

Blake schüttelte den Kopf. „Nein. Das wird eine Überraschung für alle." Sein Blick wurde sanfter. „Eins kann ich dir aber versprechen. Es wird dir gefallen." Er zwinkerte. „Und ich garantiere dir, dass es Melissa nicht gefallen wird." Er beugte sich vor und küsste Will sanft auf die Lippen. „Und jetzt – wie wär's, wenn wir da weitermachen, wo wir vorhin aufgehört haben, als wir so rüde unterbrochen wurden?"

Wills Gesicht verzog sich zu einem wunderschönen Lächeln. Diese Antwort gefiel Blake.

14

„Mr. Parkinson, könnte ich Sie und Mr. Davis bitte kurz sprechen – unter vier Augen?", fragte Karen mit leiser Stimme.

Will versteifte sich. Karen hatte in den letzten drei Tagen kein Wort mit ihm gesprochen. Sie war am Donnerstag wieder zur Arbeit erschienen. Ihr Gesicht sah nicht mehr so lädiert aus, aber sie war ihm geflissentlich aus dem Weg gegangen. Er wusste, dass Blake sie zu einer Unterredung gebeten hatte, bei der sie jedoch nicht sehr mitteilsam gewesen war. Sie hatten beide immer noch keine Ahnung, warum sie Will beschuldigt hatte. Aber es machte ihn traurig, dass sie ihn siezte und ‚Mr. Parkinson' nannte.

Er blickte sich im Konferenzraum um. Die Vorbereitungen waren so gut wie abgeschlossen. Lizzie, Rick und Beth hatten den Raum mit Ballons dekoriert, und der Tisch bog sich unter dem Essen, das Blake bestellt hatte. Peter hatte ein Soundsystem aufgebaut und war gerade damit beschäftigt, die Musik für die Party zusammenzustellen. Blake hatte sämtliche Teammitglieder aufgefordert, ihre Partner und Familien mitzubringen. Er hatte sogar Dave eingeladen. Justin würde in Kürze eintreffen.

Karen betrachtete ihn ängstlich und drehte ihre Armbanduhr ums Handgelenk. Will warf einen Blick auf die Uhr. Es war Zeit genug, bevor die Party anfangen sollte. „Gut, gehen wir in Blakes

Büro." Karen atmete vernehmlich auf und lächelte ihn dankbar an. Will führte sie in Blakes Büro. Die Tür war angelehnt. Blake ging gerade an seinem Schreibtisch eine Reihe von Aktenordnern durch und machte Ordnung. Er blickte überrascht auf, als Will mit Karen hereinkam. „Ist irgendwas?"

Bevor Will auch nur ein Wort sagen konnte, stürzte Karen sich in eine Rede, die sie offenbar vorbereitet hatte. Will konnte ihr kaum folgen, weil sie so schnell sprach.

„Ich musste Sie beide sprechen, weil ich mich für das entschuldigen wollte, was ich letzte Woche getan habe. Nachdem ich mit der Polizei geredet hatte, haben sie von einer Anzeige abgesehen, aber nur, weil ich ihnen erzählt habe, was wirklich los war. Sehen Sie, ich" –

„Karen, mach langsamer." Blake deutete auf das Sofa. „Setz' dich doch kurz, bitte."

Karen holte Luft und ging zum Sofa. Sie beäugte die beiden argwöhnisch. Blake setzte sich ans andere Ende des Sofas, aber Will blieb stehen und lehnte sich an Blakes Schreibtisch. Karen fingerte an ihrer Halskette herum, und Will bemerkte zum ersten Mal, dass sich ihr Bekleidungsstil geändert hatte. Keine engen Blusen und Röcke mehr. Sie trug eine dunkle Hose und eine schlichte, aber elegante Bluse.

„Okay, fangen wir nochmal von vorne an." Will liebte Blakes ruhige Art. „Wer hat dir das angetan?"

Karen starrte erst Blake und dann Will an. Ihre Wangen röteten sich immer stärker. „Tom, mein Freund", sagte sie mit gedämpfter Stimme.

Will sah sie ungläubig an. „Warum in aller

Welt hast du dann der Polizei erzählt, dass ich es war?" Mit Bestürzung stellte er fest, dass sie weinte. Dicke Tränen rannen ihr über die Wangen.

„Weil er mich dazu gezwungen hat!", schluchzte Karen. Will und Blake wechselten stirnrunzelnd einen Blick. „Es ist alles meine Schuld!"

Blake stand auf, ging in seinen Waschraum und kam mit einer Handvoll Papiertücher wieder, die er Karen reichte. Sie schnäuzte sich lautstark die Nase.

Als Blake sich wieder setzte, sah er alles andere als glücklich aus. „Karen, du darfst dir keine Vorwürfe machen. Er hat dir das angetan."

„Ja, aber wegen etwas, was ich getan habe." Sie hickste. „Er hat mich mal abends nach der Arbeit abgeholt, und da hat er mich mit Will zusammen rauskommen sehen. Er... er hat gesehen, wie ich Will am Arm angefasst habe, und da..."

Will erinnerte sich sofort an den Vorfall. Karen hatte einfach nur mit ihm geflirtet, wie üblich. „Aber das ist doch schon Wochen her." Sie nickte kläglich. Etwas kam ihm in den Sinn. „Karen, hat er dich vorher schon mal geschlagen?"

Sie erstarrte. Für einen Moment herrschte Schweigen, und dann flüsterte sie: „Ja."

Blake stöhnte auf. „Warum um Himmels willen bist du dann bei ihm geblieben? Warum bist du nicht gegangen?"

Karen unterdrückte ein Schluchzen. „Er hat mir andauernd gesagt, dass ich als Frau nichts tauge, dass keiner mich je lieben wird. Und dann hat er immer gesagt, wieviel Glück ich hätte, dass *er* bei mir bleibt. Das habe ich dieses Jahr so oft zu hören gekriegt, dass ich es allmählich selbst geglaubt habe."

Will hatte Mitleid mit ihr. Er wusste, wie häufig sich jemand in einer missbräuchlichen Beziehung eine solche Behandlung gefallen ließ und wie weit manche gehen würden, um den Partner nicht zu verlieren. Doch das beantwortete noch nicht seine Frage. „Aber warum hast du der Polizei erzählt, dass ich es war?"

Sie verdrehte die Papiertücher in den Händen. „Er ist ständig darauf herumgeritten, hat mich gefragt, ob ich was mit Ihnen hätte, ob ich an Ihnen interessiert wäre. Ich habe ihm die Wahrheit gesagt, aber er wollte mir nicht glauben. Zum Schluss ist er einfach… ausgerastet." Sie wischte sich die Augen. „Er wusste, dass er zu weit gegangen war, als er am nächsten Morgen aufgewacht ist und gesehen hat, in was für einem Zustand ich war."

Karen sah aus wie ein Häufchen Elend, als sie zu Will aufblickte.

„Tom h-hat gesagt, ich soll der Polizei sagen, dass Sie das waren, u-und dass es noch v-viel schlimmer für mich wird, w-wenn ich es nicht tue." Die Tränen begannen wieder zu fließen. „Ich weiß, dass es dumm war, aber ich konnte nicht klar denken. Wie auch immer, nachdem ich der Polizei alles gesagt hatte, haben sie Tom wegen Körperverletzung verhaftet. Sie haben mich dazu gekriegt, eine einstweilige Verfügung zu erwirken. Damit muss er sich von mir fernhalten, wenn er auf Kaution freikommt."

„Dann *hast* du ihn also verlassen?" Blake musterte sie skeptisch. Als sie nickte, stieß er einen erleichterten Seufzer aus. „Na, das ist ja schon was."

„Karen, falls es was hilft, ich würde mich gern bei dir entschuldigen." Will ging vor ihr in die Knie. Karens Augen weiteten sich überrascht. „Für mein Verhalten in der Küche damals. Es tut mir leid, dass ich so auf dich losgegangen bin."

Karen presste die Lippen zusammen. „Ich war so wütend auf Sie. Es war demütigend, zu wissen, dass ich mich wochenlang einem schwulen Mann an den Hals geworfen hatte. Und Sie haben mich gelassen!" Will bekam leichte Gewissensbisse. Dann begann ihre Unterlippe zu zittern. „Aber das ist keine Entschuldigung für das, was ich getan haben." Sie starrte auf die Hand, die er ihr entgegenstreckte, und dann nahm sie sie. Er drückte ihr fest die Hand.

„Es ist vorbei, okay?", bekräftigte Will und sah ihr in die Augen. Als sie endlich nickte, wallte Erleichterung in ihm auf. Impulsiv beugte er sich vor und gab ihr einen Kuss auf die Wange. Karen wurde rot.

„Bleibst du zur Party?", wollte Blake wissen.

Sie sah ihn an und nagte an ihrer Lippe. „I-ich hatte nicht die Absicht. Ich dachte, dem Team ist es vielleicht peinlich, wenn ich da bin."

„Quatsch", sagte Blake knapp. „Sie sind alle erleichtert, dich zu sehen. Natürlich bleibst du." Er zwinkerte. „Außerdem – *die* Party willst du nicht verpassen. Glaub mir."

Will fragte sich zum x-ten Mal an diesem Tag, was Blake im Schilde führte. Er erhob sich aus seiner knienden Haltung und lehnte sich wieder an den Schreibtisch.

Karen stand auf und schnäuzte sich ein letztes Mal die Nase. „Danke, Mr. Davis, und Ihnen auch, Mr. Parkinson."

Blake seufzte. „Willst du uns nicht endlich wieder duzen, Karen? Lassen wir die Förmlichkeiten, was meinst du?" Sie überlegte für einen Moment, dann nickte sie und lächelte schwach. Blake drückte ihr die Hand und sah ihr nach, als sie das Büro verließ.

„Na, ich bin froh, dass das geklärt ist", sagte er mit einem ironischen Lächeln. „Wie sieht's da draußen aus?"

Will grinste ihn an. „Gut sieht's aus. Die Truppen haben alles im Griff." Er nahm Blake an der Hand, zog ihn vom Sofa hoch und legte die Arme um ihn. Blakes Augen strahlten.

„Und was hast du vor?"

Will umfasste sein Kinn und küsste ihn langsam und liebevoll. Blake schloss die Augen, und Will zog ihn enger an sich, genoss das Gefühl, wie Blake sich an ihn schmiegte. Als sie sich wieder voneinander trennten und Will zurücktrat, bedauerte er bereits den Verlust von Blakes Wärme. „Was mein Weihnachtsgeschenk betrifft…"

Blake lächelte ihn an. „Hat es dir gefallen? Es gibt nichts Schöneres, als ein Buch mit dem eigenen Namen auf dem Titel in Händen zu halten, wie ich aus zuverlässiger Quelle weiß."

Wills Magen krampfte sich zusammen. Am Weihnachtsmorgen das Buch aufzuschlagen war eine wunderbare Überraschung gewesen, aber er hatte seither Zeit gehabt, darüber nachzudenken. „Sieh mal, darüber wollte ich mit dir reden. Ich" –

Es klopfte an der Tür und Rick streckte den Kopf herein. „Boss, dein Dad ist hier." Er zog sich wieder zurück.

„Großartig." Blake küsste Will auf die Nasenspitze. „Lass uns später weiter reden, okay?"

„Ja, klar." Wobei Will gar nicht genau wusste, was er sagen sollte. Er musste ein paar Dinge klarstellen. Blake verließ das Büro und Will folgte ihm. Justin stand im Flur vor dem Konferenzraum und verfolgte die fieberhaften Vorbereitungen mit einem ironischen Lächeln auf den Lippen. Als er Blake sah, grinste er.

„Das sieht wirklich gut aus. Wieviele Leute sollen denn kommen?"

Blake zählte an den Fingern ab. „Das Team plus diverse Familienangehörige und Partner, Dave Thurston, Melissa..." Seine Augen weiteten sich. „Dad, hast du Bill Richards eingeladen, wie ich dich gebeten hatte?"

„Das musste ich gar nicht. Melissa war mir zuvorgekommen. Aus irgendeinem Grund scheint sie sich sehr auf diese Party zu freuen." Er zwinkerte Blake zu. „Keine Ahnung, warum." Beide Männer schmunzelten. „Und, sagst du mir jetzt, was du vorhast?"

„Nee", sagte Blake mit einem spitzbübischen Grinsen. „Du wirst einfach warten müssen."

Justin verdrehte die Augen. „Bist du sicher, dass du meinen Sohn in deinem Leben haben willst, Will? Er kann *äußerst* nervig sein."

Will faste nach Blakes Hand und drückte. „Ich bin sicher." Er und Blake wechselten einen Blick, bei dem Will weiche Knie bekam. Gott, was dieser Mann für eine Wirkung auf ihn hatte.

Stimmen und Schritte hinter ihnen signalisierten die Ankunft der ersten Gäste, und Blake ließ seine Hand los. „Ich gehe mal die Leute begrüßen." Er gab Will ein Küsschen auf die Wange. „Kannst du meinen Dad was zu trinken besorgen?" Will nickte, und Blake warf ihm im

Weggehen ein gewinnendes Lächeln zu. Will drehte sich um und stellte fest, dass Justin ihn voller Zuneigung betrachtete.

„Ich habe euch beide seit unserem letzten Gespräch nicht oft zu sehen gekriegt", sagte er.

Will musste ein Kichern unterdrücken. Das war nicht verwunderlich. Blake hatte Will die ganze Woche über nicht aus den Augen gelassen. Jede Minute, die sie nicht im Büro waren, hatten sie zusammen verbracht. Am Sonntag nach Weihnachten hatte der Umzug stattgefunden, und es war ein wunderbares Gefühl gewesen, endlich Blakes Haustür hinter sich zuzumachen und zu begreifen, dass er zuhause war. Der Gedanke brachte ihn zum Lächeln. Zuhause war dort, wo Blake war.

„Du liebst ihn wirklich, nicht wahr?"

Will kehrte in die Gegenwart zurück und sah Justin in die Augen. Seine Antwort kam aus tiefstem Herzen. „Ja, Sir."

Justin legte ihm den Arm um die Schultern und drückte ihn. „Ich bin so froh, dass du in seinem Leben bist, Will. Ich habe Blake noch nie so glücklich gesehen."

Wenn es nach Will ging, würde Blake für den Rest ihrer gemeinsamen Zeit glücklich sein. Darum würde er sich persönlich kümmern.

Es war fast Mitternacht. Die Party war sehr gut gelaufen. Melissa war stilvoll spät gekommen, ihren Vater im Schlepptau. Will konnte nur schätzen, wie viel sie für ihr Outfit ausgegeben hatte. Er machte ein finsteres Gesicht. Sie hatte sich nicht Blake zuliebe so schick gemacht. Sie wollte einfach nur fabelhaft aussehen, wenn Blake ihre Verlobung bekanntgab. Die finstere Miene wich einem Grinsen. Er konnte es kaum erwarten, ihr Gesicht zu sehen.

Plötzliche Stille riss ihn aus seinen Gedanken, als die Musik abgestellt wurde. Blake winkte ihn näher heran. Justin und Bill waren ins Gespräch vertieft, und beide blickten auf, um zu sehen, was los war. Melissa hielt sich mit glänzenden Augen in Blakes Nähe auf. Alle Anwesenden wandten sich Blake zu, der am Ende des Raums stand.

„Danke, dass ihr heute Abend alle hier seid. Ich weiß, dass einige von euch auf große Familienfeiern verzichtet haben, um heute hier sein zu können."

„Hey Boss, dafür sollten wir *dir* danken!" Ricks Ausruf brachte alle zum Lachen.

Blake grinste. „Und einige von euch hatten vielleicht sogar vor, mit den Massen am Flussufer das Feuerwerk anzuschauen."

„Ja, schon gut, wir sind froh, hier zu sein, okay?" Eds fröhlicher Einwurf rief weiteres Gelächter hervor.

Blake bat mit erhobener Hand um Ruhe. „Wie gesagt, es war mir sehr wichtig, euch heute hier zu haben. Ich bin besonders dankbar, mein Team um mich zu sehen." Er hob sein Champagnerglas. „Leute, ihr seid das beste Team, das man sich nur vorstellen kann. Ihr gebt hundert Prozent, Tag für Tag, und ohne eure harte Arbeit wäre diese Firma heute nicht da, wo sie ist." Applaus folgte seinen Worten. Blake wandte sich an seinen Vater. „Dad, ich danke dir für die wunderbare Presseerklärung letzte Woche. Dass du dich lobend über all das geäußert hast, wir hier erreicht haben, war mit das Beste, was mir je passiert ist. Ich hoffe, dass Trinity Publishing immer größere Erfolge erzielt, damit du weiter stolz auf mich sein kannst." Aus dem Publikum gab es beifälliges Gemurmel.

Blake senkte sein Glas und blickte sich unter den Umstehenden um. Will stellte fest, dass er Gänsehaut auf den Armen bekam. Er erschauerte. Seine sämtlichen Sinne sagten ihm, dass jetzt etwas kam.

„Jemand hat kürzlich zu mir gesagt, dass Silvester ein sehr romantischer Moment sei, um eine Verlobung bekannt zu geben." Aus dem Augenwinkel nahm Will wahr, dass Melissa neben ihm stand. Er warf einen flüchtigen Blick in ihre Richtung. Ihre Augen funkelten triumphierend. „Das hat mich zum Nachdenken gebracht. Schließlich ist Neujahr die Zeit für Neuanfänge, für gute Vorsätze, eine Zeit, um schlechte Gewohnheiten abzulegen und neue anzunehmen. In diesem Sinne möchte ich daher etwas Persönliches mit euch allen teilen."

Will hörte, wie ein Summen durch den Raum ging. Aller Augen waren auf Blake gerichtet, seine eingeschlossen.

„Ich habe jemanden kennengelernt, jemanden, der mein Ein und Alles ist. Wir kennen uns noch nicht allzu lange, aber wenn man den Menschen trifft, mit dem man den Rest seines Lebens verbringen will, weiß es das Herz. Zeit spielt keine Rolle."

Wills Brust zog sich zusammen. Was zum Teufel... Sein Herz raste, als Blake eine kleine, mit schwarzem Samt bezogene Schatulle aus der Tasche zog und langsam auf ihn zuging. Will fühlte seine Beine zittern. Blake würde doch nicht...

„Will Parkinson, ich liebe dich. Ich will keine Minute meines Lebens mehr ohne dich verbringen." Will stockte der Atem, als Blake das Knie vor ihm beugte und ihm die offene Schatulle hinhielt, in der ein schlichter, mit Diamanten besetzter Weißgoldring funkelte.

Neben ihm schnappte jemand scharf nach Luft.

Will ignorierte das; seine Aufmerksamkeit galt einzig und allein dem Mann, der vor ihm kniete und dessen nach oben gewandtes Gesicht vor Liebe strahlte. „Heiratest du mich, Will?"

Das Gemurmel und Luftschnappen der Anwesenden verklang, als Will seinem Geliebten in die Augen schaute. Mit pochendem Herzen legte er Blake eine Hand an die Wange. „Oh Gott, ja." Das Lächeln, das sich über Blakes Gesicht ausbreitete, ließ ihn auf Wolken schweben. Blake stand auf, nahm den Ring aus der Schatulle und steckte ihn Will an den Finger, schob ihn an seinen Platz. Er kam näher, bis Will seine Körperwärme spüren konnte.

„Ich liebe dich so sehr", murmelte Blake. Er umfasste Wills Hinterkopf mit beiden Händen und zog ihn in einen Kuss, der ihm den Atem raubte. Will vergaß alles um sich herum und nahm nur noch den Mann wahr, der ihn so fest hielt. Er verlor sich in dem berauschenden Kuss, in der Süße des Seufzers, den Blake ihm in den Mund hauchte. Irgendwo im Hintergrund begann der Applaus und wurde immer lauter, bis er von den Wänden wiederhallte, begleitet von lautstarker Zustimmung und Beifallsrufen.

„Was zum *Teufel* geht hier vor?"

Melissas schneidende Stimme drang durch den freudigen Tumult. Blake und Will lösten sich voneinander und traten zurück. Melissas Gesicht war verzerrt und dunkelrot gefleckt, und ihr quollen fast die Augen aus dem Kopf. Sie starrte sie wütend an.

„So hatten wir das *nicht* vereinbart!"

Blake musterte sie kühl. „Was genau hatten wir vereinbart, Melissa?" Will nahm plötzlich die entsetzten Blicke wahr, die Bill seiner Tochter zuwarf.

„Du weißt, wovon ich rede! Du hättest *mir* einen Heiratsantrag machen sollen!"

Blake lachte, und der schroffe Laut passte gar nicht zu ihm. „Ich bin schwul, Melissa. Warum hätte ich *dir* einen Heiratsantrag machen sollen?" Ihre Lippen wurden schmal, und ihre Augen verengten sich zu Schlitzen. „Ach ja, stimmt, das hatte ich ganz vergessen. Ich hätte dich heiraten und reich machen sollen, und als Gegenleistung hättest du meinem Vater nicht gesagt, dass sein Sohn eine *Schwuchtel* ist." Das kalte Funkeln in Blakes Augen ließ Will erschauern. „Das *war* doch der Deal, oder?"

Bill Richards sah seine Tochter finster an. „Wovon redet Blake, Melissa?" Will sah, wie Melissa alle Farbe aus dem Gesicht wich. Ihr Mund ging auf und wieder zu, als sie ihren Vater anstarrte.

Justin warf seinem Freund einen entschuldigenden Blick zu. „Tut mir leid, dass du es auf diese Art erfahren musstest, Bill. Die Jungs haben mir letzte Woche von Melissas kleinem Erpressungsversuch erzählt. Glücklicherweise haben die Dinge einen anderen Lauf genommen." Melissa stand mit offenem Mund da. Justin trat zu Will und Blake und legte ihnen die Arme um die Schultern. „Ich freue mich sehr über eure Neuigkeiten, und ich bin sicher, ich spreche damit für alle hier." Rundum gab es begeistertes Gemurmel. Justin warf einen vernichtenden Blick in Melissas Richtung. „Nun ja, für *fast* alle."

Melissa stolzierte auf Blake zu und spuckte ihm ins Gesicht. „Und das ist für das ganze Geld, das ich deinetwegen für dieses Outfit ausgegeben habe. Hast du eine *Ahnung*, wie viel mich das gekostet hat?"

Bill knurrte: „Das reicht jetzt."

Blake zückte sein Portemonnaie und nahm ein Bündel Banknoten heraus. Er schleuderte sie ihr ins Gesicht. „Ich möchte ja nicht, dass du drauflegen musst", stieß er zwischen zusammengebissenen Zähnen hervor, während die Scheine zu Boden flatterten. Als sie sich bückte, um das Geld aufzuheben, packte Bill sie am Oberarm und zerrte sie hoch.

„Lass das. Du benimmst dich wie eine kleine Nutte." Seine Miene drückte Abscheu aus. Will fühlte, wie Blake ihn an der Hand nahm. Er schluckte.

Bill wandte sich an Justin, Melissas Oberarm fest im Griff. „Das alles tut mir sehr leid, Justin. Ich gehe jetzt, damit ihr alle in Ruhe weiterfeiern könnt. Schließlich ist es fast Mitternacht." Er sah seine Tochter wütend an, die zu flennen begonnen hatte. „Melissa und ich werden uns ein bisschen über ihre Zukunft unterhalten und darüber, wie sie *ohne* mein Geld auf ihrem Bankkonto zurechtkommen wird." Melissa starrte ihren Vater mit großen Augen an. Der nickte Blake und Will kurz zu.

„Ich gratuliere dem glücklichen Paar, und meine aufrichtigste Entschuldigung für allen Kummer, den sie euch bereitet hat. Ich kann mir nur vorstellen, was das für ein Gefühl gewesen sein muss." Und damit schleifte er die jetzt laut schluchzende Melissa hinaus. Die Mitglieder von Blakes Team schauten ihrem Abgang mit kühlen Blicken zu.

Justin klatschte in die Hände. „Füllt die Gläser, bitte, meine Damen und Herren. Mitternacht naht." Rick und Beth eilten durch den Raum und sorgten dafür, dass jeder ein volles Glas hatte. Peter öffnete das Fenster, und in der Ferne war die Menschenmenge zu hören, die die Sekunden bis zum Glockenschlag herunterzählte. Justin hob sein Glas. „Zur Ankunft des neuen Jahres möchte ich einen Toast ausbringen. Auf Blake und Will, mit vielen Segenswünschen für ihre glückliche gemeinsame Zukunft." Seine Worte wurden von allen Anwesenden aufgegriffen, während die Glocken von Big Ben das neue Jahr einläuteten.

Während rundum Gläser klangen und Glückwünsche ausgetauscht wurden, wandte Will sich mit strahlenden Augen an Blake. „Frohes Neues Jahr!" Er küsste ihn sanft, schloss die Augen und genoss es, Blakes seidige Lippen auf seinen zu spüren. Als sie sich schließlich wieder voneinander lösten, sah Blake ihn mit einem Funkeln in den Augen an.

„Ich persönlich halte nichts von einer langen Verlobungszeit. Ich weiß nicht, wie du das siehst, aber ich will nicht warten. Wenn es nach mir geht, soll unsere Zukunft so bald wie möglich beginnen."

Will grinste. „Du wirst mich verrückt machen, oder?"

Blake antwortete mit einem noch breiteren Grinsen. „Du hast ja *keine* Ahnung."

Allerdings war Will sich sicher, dass es ihm Spaß machen würde, es herauszufinden.

Epilog

„Ich bin zuhause, Babe!"

Will lehnte sich zurück und streckte sich. „Ich bin hier!" Perfektes Timing. Er hatte gerade die Szene fertig geschrieben und fühlte sich geistig ausgelaugt. Er speicherte die ersten fünftausend Worte ab, die er heute geschrieben hatte, und schloss den Laptop – wobei er genau wusste, dass er innerhalb einer halben Stunde wieder davorsitzen und an der Szene herumfeilen, Dinge hinzufügen oder löschen würde, bis er wirklich zufrieden war. Er wischte sich die feuchten Augen.

„Schwere Szene?" Blake stand im Durchgang zum Esszimmer, das jetzt auch als Wills Büro diente. Er lehnte am Türrahmen, das Sakko lässig über der Schulter, bereits ohne Krawatte und mit offenem Kragenknopf. Will fühlte seinen Schwanz steif werden beim Anblick seines hinreißenden Ehemanns. *Vielleicht kann das Herumfeilen noch eine Weile warten.* Er hielt den Atem an, als Blake zielsicher auf ihn zu geschlendert kam und hinter ihm stehen blieb. Er schob Will die Hände unters T-Shirt, streichelte ihm die Brust und spielte an seinen Brustwarzen herum, bis sie zu festen kleinen Knospen wurden. Blakes Lippen geisterten an seinem Hals entlang und Will erschauerte vor Vorfreude. „Brauchst du eine kleine Pause?"

Will legte den Kopf in den Nacken und wartete, in der Gewissheit, dass ihm ein Kuss bevorstand. Blake enttäuschte ihn nicht. Wills Mund wurde hungrig in Besitz genommen; Blakes Zunge verlangte Einlass und erforschte ihn gierig, während Blakes Hand bereits nach unten glitt und die Beule in Wills Leistengegend rieb. Will stöhnte in den Mund seines Ehemanns. Er liebte es, wie Blake ihn innerhalb von Minuten von lauwarm auf glühend heiß bringen konnte. *Minuten? Sekunden.*

Blake wich zurück. Will hörte ein Wimmern und erkannte mit Bestürzung, dass es ihm selbst entschlüpft war. Blake lachte leise. „Später, okay?"

„Erst aufgeilen und dann abblitzen lassen", knurrte Will und drückte den Handballen gegen den Ständer, den Blake ihm beschert hatte. Er warf einen Blick auf die Wanduhr und richtete sich sofort auf. „Ich habe total die Zeit vergessen!"

Blake lächelte ihn vielsagend an. „Ja, das ist bei dir heutzutage ein Berufsrisiko."

Will ignorierte die sanfte Stichelei. Wenn er erstmal richtig in einem Buch drin war, konnte neben ihm eine Bombe fallen, ohne dass er es mitbekam, das wusste er. Konzentration war absolut kein Problem. Jedenfalls solange er den Lockruf von Facebook ignorierte. „Hast du schon was gehört?", fragte er ungeduldig.

Blake schüttelte den Kopf. „Du?" Selbe Reaktion. Er zückte sein Handy und inspizierte den Akkustand. „Wir sollten doch inzwischen was gehört haben."

Will lächelte gequält. „Wie lange hat es letztes Mal gedauert? Achtzehn Stunden?"

Blake verzog das Gesicht. „Oh Gott, erinnere mich nicht daran. Die Warterei hat mich verrückt gemacht! Jedenfalls geht es beim zweiten normalerweise schneller." Will zog die

Augenbrauen hoch und Blake zuckte die Achsel. „Hab' ich mir sagen lassen."

Will kicherte. „Und es ist schließlich erst" – er zog seine Armbanduhr zu Rate – „vier Stunden, fünfunddreißig Minuten und fünfzehn Sekunden her, seit du angerufen und mir gesagt hast, dass Lizzie Wehen hat." Er grinste. „Dein Patensohn wird schon rechtzeitig hier sein." Er stand auf und küsste Blake leicht auf die Lippen. „Ich mache mal frischen Kaffee. Möchtest du welchen?" Blake nickte abwesend, in Gedanken offensichtlich bei Lizzie und Dave.

„Wer hat Milly?", fragte Blake, während er Will in die Küche folgte.

Will griff lachend nach dem Kaffee und begann, die Maschine vorzubereiten. „Ich nicht, Gott sei Dank!" Ihre dreijährige Patentochter war ein Energiebündel; wenn sie zu Besuch kam, waren sie beiden hinterher immer völlig fertig. Dave lachte jedes Mal und verspottete sie für ihr mangelndes Stehvermögen. „Ich glaube, Rick und Angelo haben sie – Gott helfe ihnen." Will sah Blake in die Augen. „Bist du sicher, dass du das immer noch machen willst? Wenn wir auf Milly aufpassen, ist es immer, als wäre hier ein Mini-Tornado durchgefegt."

Blake stutzte. „Du kriegst doch nicht etwas kalte Füße, oder?"

Blake hatte plötzliche eine Falte zwischen den Augenbrauen, und Will verfluchte sich, weil er schuld daran war. Er beeilte sich, seinen Ehemann zu beruhigen, indem er ihn in die Arme nahm. „Nein, Baby, überhaupt nicht." Er küsste Blake zärtlich. „Und jetzt dauert es bestimmt nicht mehr lange. Ich rechne jeden Tag mit einem Anruf von Donna, dass sie gute Nachrichten für uns hat."

Das einsetzende Trillern von Blakes Handy erschreckte sie beide. Blakes Augen weiteten sich und Will sah seine Hand zittern, als er den Anruf annahm. „Dave? Ist alles okay?" Plötzlich breitete sich ein strahlendes Lächeln über sein Gesicht. „Oh, das sind ja tolle Neuigkeiten! Wie geht es Lizzie?" Will schenkte zwei Tassen Kaffee ein und stellte eine vor Blake hin, der ihn anlächelte. „Wieviel wiegt er? Wow. Arme Lizzie." Er kicherte. „Sag ihr, sie darf mich hauen, wenn wir uns heute Abend sehen. Wir sind zur Besuchszeit da, bewaffnet mit einem Teddy. Und hat unser Patensohn schon einen Namen?" Blakes Lippe begann zu zittern und Will sah mit Beunruhigung, dass er plötzlich Tränen in den Augen hatte. „Oh Dave, das ist... das ist wundervoll." Er hörte eine Minute lang aufmerksam zu. „Ja, das gebe ich weiter. Bis später. Und Dave? Danke."

Blake beendete den Anruf und starrte für einen Moment schweigend auf das Display.

Will wartete ungeduldig und mit pochendem Herzen. Schließlich hielt er es nicht mehr aus. „Und?"

Blake hob den Kopf und sah ihn mit feuchten Augen an. „3810 Gramm." Will zuckte zusammen. „Justin William Thurston."

Oh. Will zog Blake an sich und umarmte ihn stürmisch, küsste ihn auf den Scheitel, auf die Wangen und schließlich voller Liebe auf den Mund. Er wich zurück und wischte sich die Augen, da er plötzlich ganz verschwommen sah. „Justin hätte seine helle Freude gehabt." Er schniefte. Sie hatten Justin erst vor sechs Monaten verloren – sein zweiter Herzinfarkt hatte sich als fataler erwiesen als der erste. Wenigstens hatten er und Blake in den letzten fünf Jahren eine neue Beziehung zueinander aufgebaut. Und für Will war Justins Verlust genauso schmerzhaft gewesen wie für Blake. Die beiden hatten sich so nahe gestanden, als wäre Justin auch Wills Vater gewesen.

Will führte Blake ins Wohnzimmer und drängte ihn mit sanftem Nachdruck aufs Sofa. Er kuschelte sich an ihn, um ihn zu wärmen. Blake legte einen Arm um ihn und zog ihn an sich.

„Weißt du, was das Traurigste ist?" Blake starrte ins Leere. „Dad wird nie sein Enkelkind zu sehen bekommen." Sie hatten das vergangene Jahr damit verbracht, eine Leihmutter zu finden, und Donna war perfekt. Beide Männer hatten in der Klinik Sperma gespendet. Es spielte keine Rolle, wer der biologische Vater des Kindes war. Es würde *ihr* Kind sein.

Will küsste ihn auf die Wange. „Ich bin sicher, dass er es wissen wird. Ich glaube daran." Blake lächelte ihn unter Tränen an. „Und das sind doch tolle Neuigkeiten von Dave und Lizzie." Er lachte leise. „Wer hätte das gedacht? Dave vor all den Jahren zu einer Party einzuladen hat ihr Leben verändert."

Blake sah ihn scharf an. „Vor wie vielen Jahren war das nochmal?" Seine Augen funkelten.

Will kicherte. „Nein, ich hab's nicht vergessen. Der Champagner ist im Kühlschrank und das Hühnchen steht im Ofen." Er legte Blake eine Hand an die Wange und küsste ihn auf den Mund. „Alles Gute zum fünften Hochzeitstag, Mr. Davis – und natürlich herzlichen Glückwunsch zum sechsunddreißigsten Geburtstag." Mehrere Minuten lang taten sie nichts weiter als sich zu küssen, langsam und genüsslich, beide zufrieden, den Moment zu genießen.

Schließlich endete der Kuss, und Blake griff nach seiner Tasse, um einen Schluck Kaffee zu trinken. Sein Blick ging zu den Bücherregalen, wo ein Fach inzwischen Wills Büchern gewidmet war. Will sah, in welche Richtung er schaute.

„Bereust du es manchmal, dass du mich gefeuert hast?" Will biss sich auf die Lippe und wartete auf den üblichen, vehementen Protest. Er brauchte nicht lange zu warten.

„Ich habe dich nicht gefeuert!"

Will brach in Gelächter aus. „Oh doch, das hast du. Ich habe immer noch deine Worte von damals im Ohr. Du hast gesagt, dass ich was anderes mit meinem Leben anfangen soll und dass du mich auf jede nur mögliche Weise unterstützen würdest, während ich mich auf meine Schriftstellerei konzentriere."

Blake grummelte. „Na ja, hättest du denn weiter unter mir arbeiten können?"

Will grinste anzüglich. „Oh, aber ich liebe es, unter dir zu sein."

Blake gab ihm einen Klaps auf den Arm. „Bleib ernst."

Will lächelte breit. „Oh, aber das war mein voller Ernst." Er wackelte mit den Augenbrauen und zog dann einen Flunsch, als Blake sich vom Sofa hochstemmte und zum Bücherregal ging. Will wusste auch ohne hinzuschauen genau, was Blake dort wollte.

Und tatsächlich hielt Blake ein wohlbekanntes Buch in der Hand, als er sich wieder umdrehte. Will musste lächeln. „Sei vorsichtig damit. Das ist eine absolute Rarität."

Es war sein Buch, *Out in the Cold*, das Blake damals an ihrem ersten gemeinsamen Weihnachtsfest für ihn drucken lassen hatte. Das einzige existierende Exemplar.

„Bereust du es manchmal, dass du mir nicht erlaubt hast, es zu veröffentlichen? Es hätte ein Riesenerfolg werden können, weißt du."

Will schüttelte den Kopf. „Es war die richtige Entscheidung, Babe. Das war viel zu persönlich für mich. Und es wäre immerhin möglich gewesen, dass mich jemand darin erkennt. Ich wollte nicht, dass irgendwelche Leute in meiner Vergangenheit herumwühlen. Außerdem ist dieses Kapitel meines Lebens abgeschlossen." Sein Blick schweifte über die aufgereihten Bücher, die die letzten fünf Jahre seines Lebens repräsentierten. Er sah zu seinem Ehemann auf. „Ich habe es nie bereut, dass ich Trinity verlassen habe. An meiner Schriftstellerei zu arbeiten war sehr erfüllend. Ganz abgesehen davon, dass es lukrativ ist." Sein aktuellstes Werk, ein Thriller mit schwulen Protagonisten, war vor über zwei Monaten rausgekommen und immer noch in den Top Five bei Amazon. Und natürlich hatte der Erfolg der Bücher ihm geholfen, seine Studienkredite vollends abzuzahlen. Ihr Gespräch war ihm noch so deutlich im Gedächtnis, als wäre es gestern gewesen. Er konnte sich lebhaft an seine Reaktion erinnern, als Blake angeboten hatte, ihn zu unterstützen.

„Was ich gemacht habe... das habe ich gemacht, um die Kredite zurückzuzahlen. Ich weiß es zu schätzen, dass du mir deine Hilfe anbietest, aber du musst das verstehen. Wenn ich dafür Geld

von dir nehme? Das wäre, als würde ich mich weiterhin prostituieren, um sie abzahlen zu können." Blake öffnete den Mund zum Sprechen, aber Will hob die Hand. *„Ich habe nicht gesagt, dass es logisch ist. Aber so fühle ich mich dabei. Bitte sag, dass du es verstehst."*

Blakes Mundwinkel bogen sich nach oben. „Ja, das verstehe ich. Und ich wollte eigentlich sagen, ich finde es einfach unglaublich, so eine Einstellung zu haben. Das zeigt Charakterstärke."

„Genug Selbstbetrachtung, Mr. Davis." Blake grinste plötzlich. Er war überglücklich gewesen, als Will nach der Hochzeit seinen Namen angenommen hatte. Will hatte keine Lust gehabt, den Namen Parkinson zu behalten. Er diente nur als Erinnerung an die Familie, die ihm den Rücken gekehrt hatte. Justin war ihm in ihren fünf Jahren als Familie ein besserer Vater gewesen, als er es sich je erträumt hätte.

Blake kehrte zum Sofa zurück und streckte ihm die Hand entgegen. Will ergriff sie verdutzt, und Blake zog ihn auf die Füße. Er nahm ihn in die Arme und drückte ihn an sich. Mit einer rauchigen Stimme, die wunderbare Sachen mit Wills Schwanz anstellte, raunte er ihm ins Ohr:

„Wir haben ein paar Stunden Zeit, bis wir ins Krankenhaus gehen können. Das Essen muss nur aufgewärmt werden, und der Champagner kann warten, bis wir wieder nach Hause kommen." Er zog mit den Zähnen sanft an Wills Ohrläppchen. Will erschauerte. „Und vergessen wir nicht, dass heute noch ein anderer Jahrestag ist. Heute vor sechs Jahren, Babe." Er deutete auf den Teppich. „Die frische Flasche Gleitgel ist in der Schublade vom Kaffeetisch", sagte er augenzwinkernd.

Will grinste. „Ich hole die Lederfesseln."

Ende

Über die Autorin

K.C. Wells lebt auf einer Insel vor der Südküste Englands, umgeben von der Schönheit der Natur. Sie schreibt über Männer, die Männer lieben und kann sich ein Leben ohne Schriftstellerei gar nicht mehr vorstellen.

Das Tattoo einer regebogenfarbenen Rose auf ihrem Rücken mit den Worten "Love is Love" und "Love Wins" ist ihre Art, Flagge zu zeigen. Sie hat vor, noch sehr lange über die Liebe zwischen Männern in all ihrer Vielfalt - romantisch und zärtlich, leidenschaftlich oder im Kontext von BDSM - zu schreiben.

Verfügbare Titel von K.C. Wells

Schuld
Schritt für Schritt

Dreamspun Desires
Der Verlobte des Senators
Als die Einsamkeit wich
My Fair Brady

Zum Ersten Mal Liebe
Gestern, Jetzt und Auf Ewig
Mehr als ein Sommer mit Rylan

Mord in Merrychurch
Lugen haben kurze Beine

Maine Men
Finns Fantasie
Bens Boss
Sebs Sommer

Salvation
Gebändigt

Collars & Cuffs
Herz Ohne Fesseln
Vertrauen in Thomas

Persönlich
Persönliche Entscheidungen
Persönliche Veränderungen
Mehr als Persönliche
Persönliche Geheimnisse

Streng Persönlich
Persönliche Herausforderungen

Persönlich - Die Komplette Serie

Jasons Befreiung
Mein Weihnachtsgeist
Ein Weihnachtsversprechen
Das Gesetz der Wunder
Verliebt in Santa Claus
Santas Geheimnisse

<u>Southern Boys</u>
Truth & Betrayal
Pride & Protection
Desire & Denial

<u>Unverhoffte Liebesgeschichten</u>
Lehre Mich
Vertrau Mir
Sieh Mich
Liebe Mich
Unverhoffte Liebesgeschichten Vol 1

<u>A Material World</u>
Spitze
Satin
Seide
Jeans
A Material World Vol 1 (#1-#3)

Sonne und Schatten
Kels Hüter
Sexting mit dem Boss

Damon & Pete: Spiel mit dem Feur
Der Schöne im Zug
Bären im Wald
Sieh zu und lerne
Holy hell – Wenn Engel und Dämonen Lieben
Sein verwöhnter Prinz
Für dich da